KB121487

로크미디어가
유혹하는
재미있는 세상

ROK
MEDIA
로크미디어

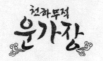

천하무적
윤가장

천하 무적 운가장 2

2023년 4월 11일 초판 1쇄 인쇄
2023년 4월 14일 초판 1쇄 발행

지은이 운천룡
발행인 강준규

기획 이기헌 왕소현 박경무 강민구 조익현
책임편집 금선정
마케팅지원 이원선

발행처 (주)로크미디어
출판등록 2003년 3월 24일
주소 서울시 마포구 마포대로 45 일진빌딩 6층
Tel (02)3273-5135 Fax (02)3273-5134
홈페이지 rokmedia.com E-mail rokmedia@empas.com

ⓒ 운천룡, 2023

값 9,000원

ISBN 979-11-408-0922-6 (2권)
ISBN 979-11-408-0920-2 04810 (세트)

차례

제一장   7

제二장   73

제三장   143

제四장   207

제五장   273

제一장

한 달이 지난 후 섬서성(陝西省) 상락(商洛) 지방에 운가장이
들어섰다.

상락 지역은 산이 많고 공기가 좋아서 질 좋은 약재들이
많이 나오는 곳이었다.

그래서 약재상과 관련된 상업이 발달한 도시였다.

또한, 넓은 단강이 흐르고 있어서 수로를 이용한 운송 또
한 발달하여 여러 가지 물품이 자유롭게 흘러 들어와 많은
표국들이 이곳에 상주하였다.

이곳에 새로이 장원을 짓는 것보다는 기존에 있던 장원을
사서 수리를 하고 확장하는 편이 낫다고 생각해 상락 외곽에
있는 낡은, 장원을 구매했다.

시간이 지나고 낡은 장원은 수리를 모두 끝내고 마치 새것처럼 변해 있었다.

장원의 문 앞에는 천룡과 그의 제자들이 감회에 젖어 서 있었다.

"아버지, 이제 이곳이 아버지의 집이자 우리들의 집입니다."

운가장(雲家莊)이라고 힘찬 필체로 적혀 있는 현판을 바라보던 천룡은 고개를 돌려 자신의 제자들을 바라보았다.

"고맙다…… 너희들이 고생이 많았다."

몇 마디 안 되는 고마움의 표시였지만 다들 미소 지으며 웃었다.

지금 감격스러운 마음에 말이 안 나오는 것을 잘 알기 때문이었다.

"자! 사부, 어서 들어가 보세요!"

태성이 재촉을 하자 천룡은 고개를 끄덕이며 계단을 밟고 올라가 문을 열었다.

문이 열리자 넓은 정원이 그들을 반겼다.

새로이 심은 나무와 화초들이 초록빛을 내뿜으며 마음을 편안하게 해 주었고, 중간에 있는 작은 연못과 그 안에서 헤엄을 치는 잉어들은 소소한 즐거움을 주었다.

연못의 옆에는 다 같이 모여서 담소를 나누거나 술자리를 할 수 있는 정자가 한 폭의 그림처럼 자리하고 있었다.

넓은 정원을 천천히 구경하며 지나자 이번엔 전각들이 나왔다.

"이곳엔 현재 총 열두 개의 전각이 있어요. 아버지는 저기 제일 가운데 전각에서 머무시면 되고요. 나머지는 저희와 이곳에서 앞으로 생활할 식구들이 머물 곳입니다."

무광이 장원에 대해 하나하나 설명을 해 주며 걸음을 옮겼다.

"저 뒤에 넓은 공터가 있었는데 그곳은 연무장으로 개조했어요. 아무래도 여기 장원 무사들이 오면 연습할 곳도 필요하고 그래서요."

무광의 설명을 계속 듣던 천룡이 고개를 끄덕이며 말했다.

"그래. 정말 좋은 집이구나. 정말…… 좋은 집이야."

천룡이 다시 장원을 둘러보며 감상에 빠지자 무광을 비롯한 천명, 태성은 뒤로 조용히 물러나 그 모습을 지켜보았다.

한참을 그렇게 장원을 둘러보고는 말했다.

"이곳이 이제 우리 집이다. 우리가 이렇게 다 모여서 사는 날이 올 것이라고 생각도 안 했는데. 그런 날이 오니 너무나도 행복하다. 행복해."

우리 집이라고 강조를 하면서 자신의 제자들을 바라보았다. 말이 제자지 그에겐 자식들이었다.

애정이 듬뿍 담긴 눈으로 자신의 자식들을 바라보는 천룡이었다.

그러한 천룡의 눈빛을 받은 제자들도 역시 애정이 듬뿍 담긴 눈으로 보답했다.

사제 간의 말없는 대화가 어느 정도 이어지고 난 뒤, 아까 오면서 보았던 정원 가운에 있는 정자에 다들 모여 앉았다.

아직 장원을 관리할 사람들이 오지 않아서 태성이 인근 객잔에 가서 사 온 술과 간단한 안줏거리로 상을 차리고 축하주를 마시기 시작했다.

한참을 술을 마시다가 천룡이 말을 꺼냈다.

"이제 집도 생기고 너희들과 함께 지낼 생각을 하니 세상에 나오길 정말 잘했다는 생각이 든다. 하지만 나는 최대한 평범하게 살아갈 생각이다."

모두가 천룡에 말에 숨도 쉬지 않고 경청하고 있었다.

그러한 자신의 제자들을 한 번 보고, 술로 입을 축인 다음 이어서 말을 했다.

"내가 세상에 나올 때 결심한 것이 바로 나는 강호인이 아닌 평범한 사람으로 살겠다고 마음먹고 나왔다. 물론 너희들이 위험에 처하면 내가 나서겠지만…… 지금 보니 그럴 일은 없을 것 같고…… 내가 이런 말을 꺼내는 이유는…… 나와 함께 살게 되면 너희들도 그러한 삶을 살아야 한다. 갑갑한 삶을 살 수도 있다."

천룡의 말을 다 들은 세 사람은 고개를 끄덕였다.

천룡이 무엇을 걱정하는지 이해하는 세 사람이었다.

천가문의
윤가장

솔직히 여기 세 사람의 무력만 해도 중원 무림을 정복하는 데 전혀 지장이 없다.

세 사람이 서로 협력해서 당장이라도 나쁜 마음을 먹는다면 그것은 중원에 재앙이 될 것이다.

그 정도로 세 사람의 무력은 강했다.

하지만 그러한 세 사람이 합공해도 이길 수 없는 존재가 바로 천룡이었다.

단지 아버지나 사부의 존재라서 그런 것이 아니고 정말로 압도적인 무력으로 세 사람을 상대할 수 있는 무력을 지녔다.

그러한 천룡이 돌변하여 중원을 정복하겠다고 마음을 먹는다면 그날로 중원은 천룡에 의해 통일될 것이다.

천룡이 그러겠다고 하면 정과 사를 떠나 무조건 따를 절대 삼황이 그의 제자들이었기 때문이었다.

하지만 천룡이 저런 말을 먼저 꺼내니 세 사람의 마음엔 역시 우리 사부님이라는 생각이 일어났다.

저런 반듯한 천룡을 보며 자라 왔기에 자신들도 이렇게 올바른 가치관으로 살아갈 수 있는 것이라 생각을 하는 세 사람이었다.

"네! 아버지! 아버지 곁에 있는 한 최대한 평범하게 살도록 하겠습니다. 그래도 가끔 어쩔 수 없이 무력을 써야 하는 건…… 이해해 주세요. 워낙에 세상이 흉흉한지라…….."

무광이 머리를 긁적이며 말하자 천룡이 웃으며 답했다.

"하하하, 녀석아. 내가 말하는 건 그것이 아니다. 운가장을 무림문파가 아닌 평범한 장원으로 만들겠다는 것이지, 너희들의 무공을 쓰지 말라는 소리가 아니야. 나야 갑자기 세상에 나온 이방인이라서 사람들이 크게 신경을 쓰지 않겠지만 너희들은 이곳 세상에서 모든 강호인이 의지하는 기둥들이 아니냐. 그냥 혹시라도 너희들이 운가장을 무림 최고의 문파로 만드네, 어쩌네 할까 봐 미리 말해 주는 거다."

천룡의 말에 세 사람은 다시 고개를 끄덕였다.

그리고 전혀 엉뚱한 생각을 하고 있었다.

'평범한 최강의 장원으로 만들어야지.'

'중원 최강의 평범한 장원을 만들어 보자!'

'세상 사람들이 우러러보는 평범한 장원을 만들어야겠군.'

천룡의 말뜻을 전혀 다르게 해석하는 세 사람이었다.

훗날 천룡의 의도와는 다르게 강호를 수호하는 진정한 최강 집단의 탄생은 이렇게 작은 정자에서 조촐하게 시작되었다.

대막 초원 한가운데에 흙으로 만들어졌다고는 믿기 힘들 정도로 거대한 성이 있었다.

성 주위로 흐르는 강을 제외하면 주변에 아무것도 없는 허허벌판에 덩그러니 홀로 존재하는 거대한 성.

얼핏 보면 오래된 것이 사람이 살지 않는 폐성 같아 보였다.

하지만 그 성의 진정한 정체는 모든 강호인이 공포로 기억하는 한 단체의 본거지였다.

성의 중심에 빨간 기와가 인상적인 대저택이 자리하고 있었다.

저택의 가운데에 있는 정원에는 거대한 호랑이들이 한 사람에게 애교를 부리고 있었다.

머리카락과 수염이 번쩍 빛이 나는 찬란한 은발의 남자였다.

은발의 남자는 대호들의 머리를 쓰다듬으며 수하의 보고를 받고 있었다.

"호오…… 지금 네가 말하는 보고가 정녕 사실이더냐?"

은발의 남자가 묻자, 보고를 하는 수하는 온몸에 땀을 흘리며 대답했다.

"그, 그러하옵니다. 교주님. 모든 지부에서 비슷한 정보가 들어왔으니 믿어도 될 것 같사옵니다."

수하의 말에 은발의 남자는 턱을 손등으로 쓸어 넘기며 생각에 잠겼다. 그러다가 자신의 옆에 기립해 있는 한 노인에게 물었다.

"자네는 어찌 생각하나? 무황이 노망이라……. 이 말을 정말 믿어야 하나?"

그렇다. 지금 부복해서 보고하는 남자는 무황이 노망에 걸려 성주 직에서 물러났다고 보고를 하는 것이었다.

"저도 믿기 힘든 보고지만 그렇다고 거짓이라고 단정하기엔 모든 상황이 너무 딱딱 들어맞습니다."

듣는 사람으로 하여금 모골이 송연하게 만드는 노인의 목소리에 은발의 남자는 고개를 저으며 말했다.

"하아…… 자네는 그 목소리 좀 어찌 안 되나? 들을 때마다 소름이 돋네."

"소, 송구합니다. 소신도…… 고치려고 노……력하고 있사옵니다."

단지 농으로 한 말에도 노인은 긴장하며 답변을 했다.

자신의 앞에 있는 남자는 진정한 세상의 지배자였기 때문이었다.

지금은 저렇게 온화하게 있지만 언제 돌변하여 화를 낼지 모르니 항상 긴장하는 것이었다.

"뭘 또 그리 긴장을 하나? 누가 보면 내가 때리는 줄 알겠네. 이렇게 농을 진심으로 받아들이니 정말 재미없군."

은발 남자의 말에 노인은 그저 고개를 조아릴 뿐 대답을 하지 않았다.

"되었네. 쯧쯧. 좀 당당해지게. 그래도 우리 교가 이렇게 다시 일어날 수 있었던 가장 큰 이유는 바로 자네 아닌가? 백

년을 예상한 대계를 육십 년으로 단축하였으니 이 얼마나 대단한 공인가? 하하하하하!"

"화, 황송하옵니다. 교주님."

노인이 허리를 직각으로 굽히며 은발의 남자에게 인사를 했다.

"음, 암튼 이야기가 다른 곳으로 샜군. 그래. 자네 생각도 저 보고를 믿어도 된다 이거지?"

"그러하옵니다. 무황의 성격상 절대 저런 권모술수(權謀術數)를 쓰지 않을 것이옵니다. 그는 말 그대로 정파의 기둥답게 정정당당한 방법만을 고집하는 자이옵니다."

"크하하하하하하하!"

노인의 말이 끝나자 은발의 남자가 파안대소하며 웃었다.

"정말 재밌지 않으냐? 하하하, 무황이 노망이라고? 하하하하하. 노망이라…… 노망……."

그렇게 웃다가 갑자기 돌변하며 낮은 목소리로 중얼거렸다.

"이제 모든 복수의 준비가 다 되어 가거늘…… 노망이라고? 왠지 허무해지는군……. 이번 무림 정벌은 싱겁겠어."

그리 말하는 은발 남자의 눈은 붉게 변하고, 그의 몸에선 살기가 넘실거리며 피어오르고 있었다.

그 살기에 은발 남자의 주변에 있던 호랑이들이 거품을 물고 기절을 했다.

"노망이 들었다면 그 노망을 치료해서라도 네놈에게 보여 줄 것이다. 네가 그토록 지키려 한 중원이 어찌 사라지는 지……. 그리고 네놈을 개처럼 끌고 다닐 것이다. 온 중원 사람들이 다 볼 수 있도록 말이다. 흐흐흐."

더더욱 엄청난 살기가 장내에 진동하기 시작했다.

부복해 있던 수하는 이마에 핏줄기가 선명하게 돋아났고 그 옆에 시립해 있던 노인은 피를 토했다.

노인이 각혈하자 그제야 살기를 거두며 한숨을 쉬는 은발의 남자였다.

"거참…… 자네, 명색이 우리 혈천교 이인자일세. 겨우 이정도 살기에 그리 각혈을 하면 어찌하나."

혈천교(血天敎).

그렇다.

이곳은 과거 무림을 피로 물들이며 공포의 도가니로 몰아넣었던 악마의 집단 혈천교 본단이다.

은발의 남자는 과거에도 모습을 드러내지 않아 무림에서도 그 정체를 아는 이가 없는 혈천교의 교주다.

혈천교(血天敎) 교주(敎主) 혈마황(血魔皇) 은마성(殷魔成).

그가 지금 이렇게 모습을 드러낸 것이다.

각혈을 토해 내고 있는 노인은 혈천교의 제 이인자이자 혈천교의 군사인 천뇌마제(天腦魔帝) 방염(龐念)이었다.

"가서 보약 좀 지어 먹게나. 쯧쯧, 곧 대계가 시작되는데 몸이 그리 약해서야 되겠나?"

은마성의 말에 방염은 입가에 묻은 피를 닦을 생각도 못한 채 허리를 굽혔다.

"마, 망극하옵니다."

"보약 짓는 김에 그 노망에 좋다는 약도 좀 알아봐. 치료할 방법도 같이 말이야."

그 말에 방염이 고개를 번쩍 들어 올리며 잘못들었다는 표정을 했다.

"이제 귀까지 안 들리나? 노망에 좋다는 약과 치료법도 알아보라고! 담무광 그놈을 치료해야 할 것 아니야."

은마성의 대답에 방염이 조심스럽게 물었다.

"소신…… 그 이유를 알아도 되겠습니까? 정말로 정신을 돌아오게 한 뒤에 끌고 다니려고 그러시는 것인지요?"

농인 줄 알았는데 그게 아니었나 보다.

"하하, 군사 생각을 해 봐. 그놈을 멀쩡한 상태에서 자근자근 밟아 놔야 중원 놈들이 희망을 잃을 것이 아닌가? 노망난 노인 하나 처리한들 그게 먹히겠나? 이런 건 말 안 해 줘도 척하고 알아야지……. 자네 오늘따라 왜 이러는 건가? 내가 그놈이 날뛰고 있을 때, 하필 깨달음이 찾아와서 잠시 자리를 비웠던 것이 아직도 한이네! 한이야!"

과거에 담무광이 등장하던 시기는 혈천교가 이미 전 무림을 정복한 상황이었다.

그래서 은마성은 맘 편히 새로운 깨달음을 정리하기 위해 폐관에 들어갔었다.

후에 폐관을 끝나고 나왔을 때 교는 이미 회복할 수 없을 정도로 붕괴되어 있었다.

분노에 혼자서 담무광을 잡으러 가려 했지만, 그 넓은 중원에 그놈이 어디에 있는지 알고 찾는단 말인가.

그때의 그 분노, 억울함, 황당함은 평생 잊을 수 없는 기억이었다.

무엇보다 붕괴한 교를 다시 재정비해야 했다.

그것이 무엇보다 중요한 일이었기에 은마성은 분을 삼키며 이 멀고 황량한 대막까지 와서 이렇게 때를 기다리고 있었다.

그때 일만 생각하면 지금도 이가 갈리고 자다가도 벌떡 일어나는 은마성이었다.

그 이후로 성격이 괴팍하게 변해, 온화했다가 화를 냈다가 하는 성격으로 바뀐 것이었다.

그리고 사실 방염은 지금 온몸의 기혈이 끓고 있어 제정신이 아니었다.

정상적인 사고는커녕 빨리 운기조식을 하고 내상을 치료해야 했다.

"쯧쯧, 어서 가 보게. 이러다 사람 죽겠구먼."

이미 방염의 상태를 알고 있는 은마성이었다.

그런데도 그는 방염을 나무랐다.

그래야 더 긴장하고 발전을 할 테니 말이다.

"황공하옵니다. 소신 이만…… 물러가겠습니다."

그러면서 살짝 비틀거리면서 나가는 방염이었다.

그런 그를 지그시 바라보면서 오른손을 허공에 휘저었다.

그러자 앞에 부복해 있던 수하의 몸이 퍽 하는 소리와 함께 터졌 나갔다.

그 모습을 바라보며 작은 소리로 중얼거렸다.

"군사의 저런 약한 모습을 아무도 알아선 안 되겠지…….
후후, 앞으로 몇 년 뒤면…… 이 지긋지긋한 무료함도 끝나겠군."

은마성은 고개를 들어 하늘을 바라봤다.

어느덧 해가 저물며 마치 미래의 중원을 상징하듯 붉게 물드는 하늘이었다.

그러한 하늘을 보며 미소 짓는 은마성이었다.

"기다리거라…… 다시는 못 일어나도록 해 줄 테니……."

그리고 조용히 사막의 바람을 만끽하며 눈을 감았다.

검은색 무복에 검은색 장검을 손에 든 무리가 운가장 문 앞에서 누군가를 기다리고 있었다.

무리 대부분의 인상은 험악했다.

다른 사람들이 보았다면 이 집에 돈을 받으러 왔거나 무언가 협박을 하기 위해 왔을 것으로 생각했을 것이다.

운가장의 대문이 열리며 무천명이 나왔다.

천명의 모습을 보자마자 검은 무리가 일제히 부복하며 복창을 하였다.

"은인을 뵙니다!"

얼마나 우렁차게 대답을 하는지 문이 덜컹거릴 정도였다.

그들의 합창에 천명이 당황한 표정으로 그들을 말렸다.

"이 사람들아, 아직도 그 소린가? 그만들 하시게."

천명의 말에 검은 무복 무리는 미동도 하지 않았다.

그중 제일 앞에서 부복하는 한 사내가 다시 힘차게 말을 하였다.

"그 어인 말씀이십니까? 한 번 은인은 영원한 은인인 법입니다. 부디 저희의 진실한 마음을 곡해(曲解)하지 말아 주십시오. 은인께서 저희에게 부탁하실 일이 있다고 하셔서 저희가 얼마나 기뻤는지 모릅니다. 그 어떤 부탁이라도 반드시 들어드리겠습니다!"

천명과 그들 사이에 어떠한 사연이 있는 듯했다.

이들의 정체는 한때 너무나도 유명했던 살수 집단인 월영문(月影門)의 자객들이다.

천명이 천룡을 찾기 위해 여행을 하던 도중 우연히 월영문의 위기를 보게 된다.

멸문의 위기에서 그들을 구해 내고 보니 그곳이 살수들의 터전이었다.

'달빛 아래 그림자가 비치면 너의 목숨은 이미 죽은 것이니, 세상에 미련을 가지지 말라.'

월영문(月影門)을 표현하는 격언(格言)이다.

그만큼 은밀하고 무서운 살수 집단이었다.

하지만 그런 것은 상관하지 않고 그들을 도왔다.

자신들의 정체를 알고도 선뜻 나서서 성심을 다해 도와주던 천명을 보며 그들은 감격했던 것이었다.

하나 그들의 터전은 이미 불타고 사라진 뒤였다.

갈 곳을 잃은 살수들은 천명에게 자신들을 의탁하기로 마음을 먹었다.

그가 누구인지 악인이든 선인이든 그런 것은 상관없었다.

주군이라고 부르겠다는 그들을 간신히 말리고 말려서 겨우겨우 은인이라는 말로 합의를 한 것이었다.

후에 천명이 부르면 어디든지 달려가겠다고 약조를 하며 초승달이 그려진 복면을 건넸다.

자신들을 다시 부를 때, 저 복면 안에 위치를 적어 매달아 놓으면 자신들이 찾아가겠다고 말한 것이다.

그리고 그들은 천명이 자신들을 불러 줄 때까지 숨어서 생활했다.

그런 그들이 천명의 부름에 이렇게 운가장에 모인 것이었다.

"오랜만에 보는 은인 얼굴이 좋아 보여서 정말 다행입니다. 그리고 보니 이렇게 깔끔한 은인의 모습은 처음 뵙는 것 같습니다."

천명은 오랜 여행으로 인해 당시 거지꼴이나 다름이 없었다.

오죽했으면 개방 사람으로 착각하는 일도 허다했었다.

하지만 지금은 그러한 모습이 아닌 깔끔한 비단 경장 차림에, 머리와 수염이 말끔히 정돈되어 있으니 저런 말이 나오는 것도 무리는 아니다.

"그나저나 저희에게 부탁하실 일이 무엇입니까?"

월영문의 장으로 보이는 자가 묻자, 천명은 운가장을 가리키며 말했다.

"이곳의 경호를 좀 맡아 줄 수 있겠나? 장원을 경호하는 일이라 자네들에게 부탁해야 하나 한참을 고민했는데, 그래도 자네들 실력이라면 믿고 맡길 수 있을 것 같아 이리 청했네. 내키지 않는다면 그냥 가도 되네. 그대들에게 부담을 줄 마음은 없으니……."

천명의 말이 끝나기도 전에 월영문의 수장은 고민도 없이 대답했다.

"하겠습니다! 은인의 부탁인데 무엇인들 못 하겠습니까?

맡겨 주십시오! 이제 이곳은 그 누구도 침범하지 못하는 철옹성이 될 것입니다. 안 그러냐? 애들아?"

"네! 맞습니다!"

뒤에 있는 사람들 역시 일말의 고민도 없이 큰 소리로 대답을 하였다.

오히려 무언가 할 일이 생긴 것에 기쁜 듯이 활기찬 모습들이었다.

"뭐가 이렇게 시끄러워? 어라? 뭐냐 이 많은 사람은?"

장원 안에 새로 들어온 총관과 하인들에게 장원 안내와 전반적인 업무들을 알려 주던 참에 대문이 시끌벅적해서 나와 본 무광과 태성이었다.

그 모습에 모든 사람의 시선이 그쪽으로 쏠렸다.

월영문 사람들을 본 태성의 눈빛이 반짝하고 빛났다.

"어? 월영문 애들이네? 아직 존재하고 있었네?"

태성의 한마디에 무광은 살짝 놀란 얼굴을 하였고, 천명은 깜짝 놀랐다.

그러나 그것은 월영문 무사들이 놀란 것에 비하면 조족지혈이었다.

자신들의 정체를 단번에 알아채는 태성을 보면 월영문 무사들은 모두 벌떡 일어나 거리를 벌린 뒤 경계를 하며 기세를 올렸다.

월영문이라는 단체는 알 수 있지만 이렇게 무사들의 면면만 보고 단번에 맞히기란 불가능이었기 때문이었다.

자객이 왜 자객인가?

은밀하고 그 정체가 알려지지 않기 때문에 자객이다.

이렇게 단숨에 '어? 저 사람 월영문이다.'라고 알아낸다면 누가 자객질을 하겠는가? 바로 복수의 검을 받아야 할 판인데…….

"그, 그대는 누구시오? 어찌…… 우리 정체를 단번에 아신 거요?"

월영문의 장으로 보이는 자가 침을 꼴깍 삼키며 긴장된 목소리로 물었다.

"쯧쯧, 말 한마디에 나 월영문 맞소! 하고 이렇게 당황하는 놈들이 무슨 자객질을 하겠다고……. 대사형 저 애들이 그 유명한 월영문 애들입니다."

태성의 말에 월영문 사람들은 생각했다.

'대사형? 운가장이란 곳이 무림 문파였나? 저들은 은인과 무슨 관계일까?'

그리 생각을 하고 있을 때 무광이 태성을 바라보며 물었다.

"넌 어찌 그렇게 잘 아냐? 대번에 바로 알아보던데?"

무광의 질문에 태성은 피식 웃으며 월영문 사람들을 턱짓으로 가리키며 말했다.

"대사형도 참, 제가 누굽니까? 쟤들도 다 저희 쪽 애들 아닙니까? 당연히 알고 있어야죠."

태성의 말에 월영문 사람들은 점점 더 혼란해지기 시작했다.

오늘 난생처음 보는 사람이 자신들을 마치 엄청나게 잘 안다는 듯이 말하고 있었다.

그리고 그다음에 나온 무광의 말에 월영문 사람들의 심장이 떨어질 정도로 놀랐다.

"아! 맞다! 너 사황이었지? 아, 요새 자꾸 까먹는다. 얼마 전만 해도 그렇게 밉상이었는데 하하하."

"에에에에엑?"

월영문 사람들은 자신들의 문파를 멸문지화로 만든 습격 때도 이 정도로 놀라진 않았었다.

땡그랑!

사방에서 너무 놀란 나머지 칼을 떨어뜨리는 사람들이 생겼다.

사황이라니?

여기서 사황이 왜 튀어나온단 말인가?

그것보다 저자가 사황이라면 그에게 태연하게 반말을 하는 저자는 또 누구란 말인가? 그러고 보니 대사형이라고 하였다.

사황에게 사형이 있다는 얘기는 금시초문이었다.

그 말을 듣고 나서 자세히 보니 젊어졌긴 했지만 사황의 특징이 그대로 나타나 있었다. 특히나 그의 제일 큰 특징인 붉은 머리가 선명하게 보이었다.

그 와중에 천명은 그제야 이해를 했다는 듯이 고개를 끄덕이고 있었다.

"에이, 대사형도 참. 쟤들 놀라잖아요. 저기 저놈은 침까지 흘리고 있네요."

놀랄 만도 하다.

사황은 모든 사파 무리의 지존이다.

사파들에게 있어서 사황은 명부의 염라 같은 존재다.

월영문도 사파 소속이기에 사황의 무서움을 너무나도 잘 알고 있었다.

모두 사색이 된 채 석상인 된 것처럼 미동도 하지 못하고 서 있었다.

"근데 아까 오면서 얼핏 들으니까 애들한테 경비를 맡기시려고요?"

태성이 천명을 바라보며 말하자 천명이 고개를 끄덕였다.

"좋은 생각입니다. 숨어서 무언가를 하는 분야에서 최고인 애들이죠. 한데…… 제가 듣기론 오 년 전쯤에 멸문했다고 들었는데 아닌가 보네요?"

"분위기를 보아하니 천명이가 구해 준 모양이군. 저놈들은 은혜를 갚겠다고 온 거고. 참, 괜찮은 녀석들이네? 은혜를 원수로 갚는 놈들도 많은데, 저리 은혜를 갚겠다고 온 걸 보면."

이제 자신들의 은인과 아주 편하게 대화를 하고 있었다.

특히나 저 회색빛 짧은 수염의 남자는 자신들의 은인에게 자연스레 이름을 부르고 있었다.

무광의 말에 천명은 쑥스러운 듯이 말했다.

"하하, 그저 우연히 지나다가⋯⋯."

"참나, 아무리 그래도 사파면 날 찾아와야지⋯⋯. 사형 정체 모르는 거 아니에요?"

그 모습에 태성이 심통이 난 듯이 중얼거렸다.

"응? 그, 그건 생각 안 해 봤는데⋯⋯ 알지 않을까?"

태성의 물음에 천명이 뒷머리를 긁적이며 말했다. 그러자 무광이 나섰다.

"뭘 고민해? 직접 물어보면 되지. 야! 니들 얘가 누군지 알고 이러냐?"

무광의 질문에 월영문 사람들은 주춤거리며 말을 못 했다.

그 모습을 보고는 태성이 피식 웃으며 말했다.

"사형, 맨날 여행 다닌다고 거지같이 하고 다니니 사람들이 저렇게 검황인지 모르잖아요. 티 좀 내고 다녀요. 우리 애들이 실수할까 봐 내가 얼마나 조마조마하는지 알아요?"

태성의 말에 월영문 사람들의 고개는 모두 무천명을 향해 돌아갔다.

그리고 그들의 수장은 크게 당황하며 물었다.

"그, 그게 사실입니까? 진정⋯⋯ 거, 검황이십니까?"

그들의 질문에 천명이 고개를 끄덕이자 사람들의 표정이
환해졌다.

아까 사황의 소리를 들었을 때와는 완전 딴판이었다.

"어쩐지 대단하시더라니…… 하하, 역시 제가 사람을 제대
로 보았군요."

그들의 뇌리엔 이미 태성의 존재는 희미해졌다.

굳이 사황을 두려워하지 않아도 된다는 생각이 마구 들었
다.

이미 월영문의 사람들은 두 눈이 반짝이고 있었다.

표정에서 그런 낌새를 느낀 무광이 태성의 어깨를 툭 치며
말했다.

"야. 아까 네 정체를 들었을 때랑은 반응이 완전 딴판이
다? 저것들 눈빛은 충성심을 보일 때, 나오는 눈빛인데?"

"쳇. 반응이 다르니 조금 열받네?"

태성의 말에 월영문 사람들은 일순간 모든 동작이 정지되
었다.

천하의 사황의 기분이 안 좋아졌기 때문이었다.

그것은 곧 재앙의 시작이라는 소리였다.

하지만 계속해서 이어지는 태성의 말에 다들 안도의 한숨
을 쉬며 경청했다.

"그래도 뭐 저라도 그런 상황이었으면 저들처럼 저런 선택
을 했을지도 모르죠. 이해합니다. 솔직히 저것들 자객 집단이

라 사파 취급 받는 거지, 성향은 정파에 가까운 놈들이에요."

태성이 자신들에 대해 이야기를 시작하자 월영문 사람들의 표정이 변했다. 장내는 이제 모두가 태성이 하는 말에 집중하고 있었다.

자신에게 모든 관심이 쏠리자 헛기침을 한 번하고 다시 말했다.

"큼, 쟤네들이 죽이는 놈들은 정말 죽어 마땅한 놈들뿐이죠. 그것이 월영문의 의뢰 제일 조건입니다. 그리고 자객 집단답지 않게 선행 활동이나 구호 활동도 자주 하고요. 그래서 별종들로 취급받고 있죠."

자신들의 칭찬이 저 사황의 입에서 나오는 것이 믿기지 않는 월영문 사람들이었다.

자신들의 변심을 눈치채면 가만두지 않을지도 모른다는 생각에 조금 전에 두려움에 떨었지만, 지금은 그게 아니었다.

그토록 두려워하던 절대자에게 저런 말을 듣는 건 지금까지 경험해 보지 못했던 감동이었다.

그러거나 말거나 태성은 무광을 보며 말했다.

"근데 저놈들이 진짜로 존경하고 좋아하는 인물은 제가 알기로 대사형인 것으로 알고 있어요."

태성의 말에 무광은 검지로 자신을 가리키며 되물었다.

"응? 나? 왜? 나는 쟤들한테 딱히 뭘 해 준 게 없는데?"

태성과 무광의 대화에 월영문 사람들이 술렁거리기 시작

했다. 물론 지금은 천명을 따르려고 왔지만, 자신들이 진정으로 존경하는 인물은 바로 무황이었다.

사실 무황 담무광은 정사를 막론하고 모든 무인이 존경하는 무인이다.

그는 전설이기 때문이다.

무림을 구한 영웅이기 때문에 무황에게는 서로의 세력을 구분하지 않고 경의를 표하는 것이었다.

"서, 설마? 무, 무, 무황이십니까? 저, 정녕…… 무, 무황이십니까?"

둘의 대화에 설마 하는 마음으로 떨리는 목소리로 물어보는 월영문의 사람들이었다.

그런 그들의 모습에 무광은 허허 웃으며 말했다.

"사람들이 그렇게 불러 주고 있기는 하지. 한데 나는 자네들에게 무엇을 해 준 적이 없는데……."

자신이 무황이 맞다고 인정하는 무광의 말에 월영문의 사람들은 너나 할 것 없이 모두가 무황에게 고개를 깊숙이 숙이며 단체로 정성껏 포권을 하였다.

"월영문의 모든 문도가 무림의 영웅이신 무황께 이렇게 인사드립니다!"

그 모습에 무광이 깜짝 놀라며 역시 포권을 하며 대답해 줬다.

"하하…… 고, 고맙네."

인사를 하고선 기립을 하고는 한 사람이 앞으로 나와 모두를 대신해 말을 하기 시작했다.

"무황께서 하신 일이 없다니요? 무황께서 없었으면 지금 저희도 이 무림도 이렇게 존재하지도, 지금처럼 평화롭지도 못하였습니다. 이러한 인사를 받으실 자격이 충분하시다 못해 넘치십니다. 정식으로 인사 올립니다. 저는 현재 월영문의 임시 문주직을 맡고 있는 여월이라고 합니다. 정말 놀랍습니다. 이렇게 대단하신 세 분께서 거주하시는 곳을 저희가 경호하게 되다니요. 맡겨만 주신다면 철통같은 경비를 보여 드리겠습니다."

절대 삼황이 함께 거주하는 장원의 경비는 앞으로 월영문이 다시 태어날 큰 기회기도 했기에, 여월은 결연한 눈빛으로 세 사람을 바라보며 말했다.

그 모습이 어찌나 믿음직스러운지 무광과 천명, 태성은 고개를 끄덕였다.

"사형 믿어도 될 겁니다. 저 여월이라는 사람은 저래도 칠왕십제(七王十帝) 중에 일인인 암혼살왕(暗魂殺王)이니까요."

태성의 말에 여월의 눈이 격하게 커졌다.

그 사실은 아무도 모르는 일이었기 때문이었다.

태성의 말에 무광과 천명 역시 놀랐다.

그 별호는 그저 실체가 없는 칠왕십제의 일인이었기 때문이었다.

아무도 본 자가 없기에 그저 사람들이 만들어 낸 가상의 인물인 줄 알고 있었다.

"그, 그것을 어찌!"

여월이 당황하며 물어 오자 태성이 웃으며 말했다.

"아까도 말했지만, 내가 누구라고? 당연히 다 알고 있었지!"

다시금 사황과 구룡방의 무서움을 깨닫는 여월이었다.

무광이 고개를 끄덕이며 말했다.

"그 정도면 아주 믿음직스럽지! 앞으로 잘 부탁하네!"

"네? 네……. 아, 알겠습니다."

과연 훗날에 이곳을 벗어날 수 있을까 하는 생각이 드는 여월이었다.

그렇게 운가장에 새로운 식구들이 합류했다.

천룡과 제자들이 운가장에 온 지도 벌써 여섯 달이 지났다.

그동안 운가장의 내실을 다지느라 다들 정신없이 바쁜 하루하루를 보냈다.

그러한 노력으로 이제 어느 정도 장원의 모습을 갖춘 운가장이었다.

하지만 상락 사람들은 이곳에 운가장이 있는지 모르는 사람들이 더 많았다.

보통 장원을 열면 그곳을 알리기 위해 잔치를 하거나 주변의 유명한 사람들은 초청해서 개파식 같은 것을 하는 것이 관례였다.

그러나 조용히 평범하게 살기를 원하는 천룡의 강력한 의견에 따라 그 어떤 것도 하지 않았다.

거기다가 장원이 있는 곳이 인적이 드문 장소인 것도 사람들이 모르는 이유에 포함되었다.

하지만 유일하게 운가장에 관심을 두고 있는 사람들이 있었다.

바로 상락 지역에 있는 천룡표국의 사람들이었다.

천문산에서 천룡 일행의 도움을 받아 무사히 표물의 표행을 완료하여 다행히 큰 위기는 넘겼지만, 아직 넘어야 할 산이 많았다.

무엇보다 표국에서 가장 중요한 무력이 너무나도 부족했다.

안전한 표행을 위해선 그에 뒷받침되는 무력이 필요했는데 천룡표국은 그것이 부족했다.

다른 표국들은 자체적으로도 강한 무력이 있었지만, 그것보다 다른 문파의 도움을 많이 받았다.

소정의 상납금을 주고 문파는 그 대가로 표국이 표행을 떠날 때 도움을 주는 악어와 악어새의 관계를 형성하는 것이 대부분이었다.

하지만 천룡표국과 그러한 관계를 맺으려는 세력이 없었다.

한때 천룡표국은 섬서 지역에서 세 손가락 안에 들어가는 큰 표국이었다.

그러나 언제부터인지 점점 그 세가 줄어들더니 결정적으로 전대 표국주가 기이한 병으로 세상을 떠난 후부터 급격하게 몰락했다.

가장 큰 원인은 잦은 표행의 실패가 원인이었다.

표행을 실패한다는 것은 곧 그 표국의 신뢰가 떨어지는 일이었다.

누가 표행에 실패하는 표국에 물건을 맡기고 의뢰를 하겠는가.

거기다가 국주 사후에 표국을 물려받은 사람이 실무 경험이 전혀 없는 그의 딸이었다.

표국 일에 대한 경험 자체가 없는 사람이 국주 자리에 앉자 신뢰도가 더욱더 하락하면서 일이 거의 뚝 끊겨 버렸다.

땅으로 추락한 신뢰로 인해 많은 어려움을 겪고 있는 천룡표국이다.

거기에 최근에 잦은 표행 실패로 인해 나간 위약금으로 극심한 자금난까지 겪고 있었다.

유가연은 오늘도 머리를 싸매고 고민을 하고 있었다.

처음부터 차근차근 일을 배워 가며 경험을 쌓고 국주에 올라도 잘될까 말까인데, 갑작스레 물려받은 상태에서 일을 배워 가며 국주 업무를 하려니 모든 것이 엉망이었다.

그때 총관이 들어왔다.

현재 천룡표국의 모든 것을 총괄하고 있는 그였다.

의뢰를 받아 오는 것 역시 현재는 그가 맡아 진행하고 있었다.

"국주님! 기뻐하십시오! 제가 이번에 대박 의뢰를 받아 왔습니다!"

총관이 호들갑을 떨며 말을 하자, 유가연은 자리에서 벌떡 일어나 기뻐했다.

"저, 정말인가요?"

"네! 하하하! 듣고 놀라지 마십시오!"

총관이 뜸을 들이자 유가연이 귀를 쫑긋하며 집중했다.

"무려! 금자 삼천 냥짜리 의뢰입니다! 어떻습니까?"

"헉! 그렇게 큰 의뢰를요? 저희가요?"

"국주님! 이건 기회입니다! 지금 표국 상황 잘 아시지 않습니까? 당장 문을 닫아도 이상하지 않을 정도로 엉망입니다."

유가연도 잘 알고 있었다.

그래서 요즘 들어 하루하루가 정말 고통이었다.

"국주님! 지금이 저희 표국의 최대 위기 상황입니다. 자금

이 떨어져 가서 긴축 운영을 하고 있기는 하지만, 얼마나 더 버틸 수 있을지 모르겠습니다. 다행히 남아 있는 표국 사람들이 이해해 주고 있지만…… 이마저도 얼마나 갈지 모를 일입니다."

천룡표국의 총관이 심각한 얼굴로 현 상황을 모두에게 보고하고 있었다.

보고하다가 목이 탔는지 탁자에 놓인 차를 한 모금 마시고는 계속 말을 이어 나갔다.

"다행히 이번에 이런 큰 의뢰가 들어왔습니다. 반드시 성공해야 하는 중요한 의뢰입니다."

열심히 총관이 목청을 높여 이야기하고 있는데 표국주가 손을 들어 잠시 제지를 하고 질문을 하였다.

"그렇게 위험한 의뢰를 꼭 받아야 하나요? 저는 아무래도 이상해요. 그렇게 큰 의뢰를 맡을 능력도 안 되고요. 아시잖아요. 저희 표행도 간신히 성공하는 거요."

천룡표국의 국주인 유가연이 총관을 바라보며 말했다.

그러한 국주에게 총관이 답답한지 가슴을 치며 말했다.

"그게 무슨 소리입니까! 의뢰를 가려서 받으면 언제 표국을 일으켜 세우고 전대 국주님의 뜻을 이루실 겁니까? 안전도 좋지만, 그전에 표국 문 닫게 생겼습니다!"

총관의 말에 유가연은 할 말이 없었다.

자신이 의욕적으로 주도한 일들이 실패를 많이 해서 주도

권 자체가 총관에게 많이 넘어간 상태기도 했다.

"일단 들어 보세요. 생각보다 어렵지 않습니다. 의뢰금은 금자로 삼천 냥입니다. 성공 시 보수는 거기에 삼천 냥을 더 주는 것으로 계약서를 작성했습니다. 세상에 이런 기회가 또 어디에 있습니까?"

"네에? 거기에 또 금자…… 삼천 냥을 더요? 아니……. 물건이 무엇이길래……. 금자가 삼천 냥이면…… 저희 표국을 오 년간 운영할 수 있는 금액이에요. 거기에 성공 보수가 금자 삼천 냥이면…… 총 육천 냥이라는 말이잖아요! 그게 제법 큰 의뢰인가요? 제가 볼 때는 엄청 위험한 의뢰인 것 같은데요? 이런 걸 지금 하자고요?"

총관의 말에 깜짝 놀라 벌떡 일어나며 총관을 다그치는 유가연이었다.

그러자 총관이 의뢰를 받은 이유를 그럴싸하게 설명하기 시작했다.

"물론 말도 안 되는 계약이죠. 그런데 반대로 생각해 보십시오. 우리 같은 망해 가는 표국이 이런 큰 의뢰를 받았다고 누가 생각이나 합니까? 다들 그저 또 약초 표물 의뢰겠지 하고 넘어가겠죠! 국주님 저희 표행은 산적들도 피합니다. 왜요? 돈이 안 되니까요."

총관의 말에 유가연이 욱했지만, 딱히 반박하지 못했다. 자신이 생각해도 일리가 있는 말이었기 때문이었다. 그것이 그녀를 더욱더 맘 아프게 했다.

표국에 대한 사람들의 인식이 어느새 저 정도까지 떨어졌다는 사실에 억장이 무너지는 기분이었다.

또 그것을 무의식중에 인정하고 있는 자신들이 너무나도 한심했다.

다시 생각해 보면 의뢰인은 오히려 안전하게 이동을 시키기 위해 그러한 세간의 인식을 역으로 이용한 것이었다. 어찌 생각해 보면 맞는 말 같기도 했다.

"하아…… 뭐라 반박하지 못하는 저 자신이 한심하네요……. 저라도…… 저희 표국이 운반을 하는 표물이라면…… 크게 신경을 쓰지 않을 것 같네요."

유가연이 슬픈 얼굴로 말했다.

"그 물건이 무엇인지 확인하셨나요? 아니면 비밀인가요?"

"물론 확인했습니다. 여러 가지 약초들하고 가장 중요한 것은 인형설삼(人形雪蔘)입니다."

"……네?"

잠깐 적막감이 흘렀다.

적막감이 지나고 나서야 유가연이 더듬거리며 말했다.

"그, 그걸…… 저희가 운반한다고요? 저희가요? 총관님! 전 아무래도 이건 아닌 것 같아요."

"국주님! 정신 좀 차리십시오. 이 의뢰 아니면 저희 끝입니다. 끝! 더 물러설 곳도 없습니다. 지금 애들 수당도 못 주고 있다고요."

강하게 나가는 총관이었다.

"……그 정도인가요?"

"네! 그 정도입니다!"

유가연이 눈을 감고 잠시간 고민을 했다.

"알겠어요…… 총관님 뜻대로 하세요."

"감사합니다! 제가 성심을 다해 준비하도록 하겠습니다!"

싱글거리며 총관이 나가자 대표두가 들어왔다.

"저놈은 왜 저리 싱글벙글합니까?"

대표두의 질문에 유가연이 모든 것을 얘기했다.

"뭐라고요? 이 새끼가 미쳤나? 국주님! 제가 가서 다리를 분질러서 끌고 오겠습니다!"

"그만하세요. 총관님도 저희 표국을 위해 하신 일이에요. 나무랄 일이 아니에요. 제가 능력이 없는 것을 탓해야죠."

"그, 그게 무슨 말씀입니까? 아가씨. 아니 구, 국주님은 정말 잘하고 계십니다."

대표두가 안절부절못하며 달래자, 유가연이 미소를 지으며 말했다.

"고마워요. 이왕 벌어진 일이니, 최선을 다해야겠어요. 우선 만약을 대비해서 고수를 초빙해야 할 것 같아요. 대표두님, 혹시 아시는 분 없으신가요?"

유가연의 말에 대표두가 머리를 긁적이며 말했다.

"죄송합니다……."

그리고 고개를 푹 숙이는 대표두를 보며 유가연의 이마에 내천(川)이 새겨지며 깊은 고민에 빠졌다.

그 누구도 말을 못 하고 또다시 고요함이 찾아왔다.

한참을 고민하고 있을 때 대표두가 무언가 생각이 난 듯 조용히 유가연에게 말했다.

"저…… 방금 생각 난 고수분들이 있습니다. 다만…… 그 분들을 초빙하기 위해선…… 국주님이 나서셔야……."

대표두는 살짝 국주의 눈치를 보며 말했다.

"정말요? 아시는 분들이 계세요? 강한 분들인가요? 그런 분들이면 제가 무조건 나서서 모셔 와야죠. 어떤 분들인가요?"

대표두의 말에 약간의 희망이 생겼는지 얼굴에 살짝 화색이 돌기 시작한 유가연이었다. 그런 모습을 보고선 더더욱 말을 못 하는 대표두였다.

말을 못 하고 머뭇거리자 유가연이 답답하다는 듯이 말했다.

"뭔데요. 왜 말을 못 하시는데요? 그분들이 돈을 많이 밝히시나요? 가만 제가 가야 한다고 하셨죠? 혹시…… 저를?"

무언가 엄청난 오해를 하며 몸을 감싸고 눈을 동그랗게 뜨는 유가연이었다.

그 모습에 다급하게 고개와 손을 동시에 흔들며 말하는 대표두였다.

"아, 아닙니다. 오해십니다. 국주님이 생각하는 그런 분들이 아닙니다. 혹시 전에 천문산에서 만난 분들을 기억하십니까?"

천문산의 이야기가 나오자 유가연은 고운 아미를 찡그리며 생각을 했다.

잠시 생각을 하더니 기억이 난 듯 손뼉을 치며 말했다.

"아! 그분들요? 어디 계시는지 아시나요? 꼭 다시 뵙고 싶었는데!"

유가연은 천문산에서 만났던 그 은인들을 생각하며 반가운 얼굴을 했다.

"그분들이 얼마 전에 이곳으로 이사를 왔더군요. 저도 우연히 듣고는 깜짝 놀랐습니다. 인사드리러 가야지, 가야지 하다가 아직 가 보진 못했습니다. 아무튼, 이번에 인사도 드릴 겸 가서서 부탁해 보는 것은 어떨까요?"

그 말에 유가연은 벌떡 일어나며 당장이라도 갈 기세로 말했다.

"그곳이 어디죠? 저희 표국의 큰 은인들이십니다. 인사를 드리러 가는 것이 당연한 예의예요."

방금에 심각한 상황은 잊었는지 밝은 모습으로 대표두를 재촉하는 유가연이었다.

"구, 국주님. 아무리 그래도 준비도 좀 하시고…… 선물도 아직 준비를 못 했습니다."

"아! 그러네요. 큰 실수를 할 뻔했네요. 빈손으로 인사를 드리러 가는 것은 큰 실례죠. 그럼 대표두님이 준비해 주세요. 준비가 끝나면 출발하도록 해요."

"네! 알겠습니다. 국주님. 최대한 빨리 준비를 마치고 모시러 오겠습니다."

유가연의 말에 고개를 끄덕이며 말을 하고는 서둘러 준비를 하기 위해 나서는 대표두였다.

그러한 대표두의 모습을 보며 유가연은 그때 자신들을 도와주었던 운가장의 장주를 떠올렸다.

'그분을 다시 뵙는구나. 나를 알아보실까? 그래도 다시 뵐 수 있어 다행이야.'

잠시나마 천룡을 떠올리며 지친 자신을 달래는 유가연이었다.

사흘이 지난 후 천룡표국에서 유가연과 대표두가 마차에 무언가를 싣고는 운가장이 있는 곳으로 이동하기 시작했다.

그렇게 얼마 정도를 달렸을까? 저 멀리 커다란 장원이 보이기 시작했다.

"국주님, 저기 보이는 저곳이 바로 운가장입니다."

대표두의 말에 유가연은 미소를 지으며 말했다.

"정말 사람 인연이라는 건 모르는 것인가 봐요. 다시는 못 뵐 것으로 생각했는데…… 이렇게 가까운 곳에 이사를 오실 줄이야."

가는 내내 무엇이 그렇게 기분이 좋은지 싱글벙글하는 유가연이었다.

현재 자신이 처한 상황도 잊을 만큼 기분이 들떠 있었다.

그러한 모습을 오랜만에 보는 대표두의 입가에도 미소가 살짝 어렸다.

운가장 정문에 도착하니 정문 위사가 다가왔다.

"어디서 오신 분들이십니까?"

정중하게 포권을 하며 자신들에게 말을 거는 정문 위사에게 유가연과 대표두 역시 정중히 포권을 하며 대답했다.

"아, 예. 저희는 이곳에서 천룡표국이라는 작은 표국을 운영하는 사람들입니다. 전에 여기 운가장주님께 큰 은혜를 입은 적이 있어서 이렇게 늦게나마 인사드리러 왔습니다."

자신들의 장주에게 큰 은혜를 입었다는 소리에 정문 위사의 얼굴이 환해졌다.

무언가 자부심에 가득 찬 모습이었다.

"하하! 그러시군요. 잠시만 여기서 기다려 주십시오. 제가 안에 전달해 드리고 오겠습니다."

정문 위사가 들어가고 나자 그제야 운가장을 천천히 살펴보는 두 사람이었다.

"어머, 여기 생각보다 더 대단하네요. 하긴 그렇게 강한 호위를 둘 정도니까요. 웬만한 중소 문파보다 더 대단한 것 같아요."

"그렇습니다. 국주님. 아까 그 정문 위사도 절대 제 아래가 아니었습니다. 그 정도 고수가 일개 정문 위사이니 정말 위세가 대단한 것 같습니다."

그렇게 둘이 운가장에 대한 감상을 나누고 있을 때 아까 들어갔던 정문위사가 밝은 표정으로 나오며 말했다.

"하하, 오래 기다리게 해서 죄송합니다. 안으로 들어가시지요. 장주님께서 기다리고 계십니다. 안내는 저기 저 무사가 할 것이니 저 무사를 따라가시면 됩니다."

정문위사의 손가락 끝을 따라가니 푸른 무복을 입은 무사가 포권을 하며 말했다.

"운가장에 오신 것을 환영합니다. 자! 저를 따라오시면 됩니다. 이쪽으로."

푸른 무복의 무사가 손을 내밀며 길 안내를 시작했다.

푸른 무복을 따라가면서 보이는 운가장의 풍경은 정말 대단했다.

아름답게 펼쳐진 넓은 정원을 지나자 웅장하게 지어진 거대한 전각들이 나왔다.

원래 이 정도 크기까지는 아니었지만, 무광이 그래도 사람들에게 무시를 안 당할 정도는 돼야 한다며 이렇게 키운 것이다.

기둥에는 천룡을 상징하는 용들이 아주 섬세하게 당장이라도 튀어나올 것처럼 생생하게 새겨져 있었고, 전각마다 이어진 길들은 용의 비늘 모양의 돌들을 깔아 놓아 마치 용의 등을 밟고 지나가는 기분이 들게 해 주었다.

이것도 최대한 자제하며 꾸민 것이었다.

자제하지 않았다면 전각의 모든 기와와 기둥, 그리고 이 길까지 금박을 씌우고 대리석으로 온갖 치장을 했을 것이다.

생각보다 어마어마한 장원의 위용에 두 사람은 연신 감탄을 하며 무사를 따라갔다.

두 사람의 감탄 소리가 들릴 때마다 뿌듯한 마음에 미소를 감추지 못하는 무사의 모습은 덤이었다.

그렇게 한참을 따라가서 도착을 한 곳이 바로 천룡이 머무는 여의각(如意閣)이었다.

이미 문 앞에 천룡이 밝은 미소로 그들을 기다리고 있었다. 유가연이 온다는 소리에 천룡은 너무나도 기뻤다.

다시 만나 보고 싶었었는데 이렇게 직접 찾아와 주니 더 고마웠다.

"하하, 어서 오세요. 누추한 곳에 이리 와 주셔서 감사합니다."

천룡이 포권을 하며 인사를 하자 두 사람은 손사래를 치고 포권을 하였다.

"아, 아닙니다. 누, 누추하다니요. 제 생전 이렇게 아름다운 장원은 처음 봅니다. 저희를 잊지 않고 이리 반겨 주시다니 어찌 감사를 드려야 할지⋯⋯."

"천룡표국주 유가연, 은인께 인사드리옵니다."

대표두가 포권을 하며 인사를 하고 있을 때 유가연은 천룡을 향해 양손을 공손히 모으고 고개를 숙였다.

그 모습에 천룡은 다급하게 계단을 내려와 유가연을 잡고 일으켜 세웠다.

"하하, 아닙니다. 자 자, 어서 들어가시죠."

유가연과 천룡이 나란히 걸어서 올라가는 모습을 지켜보던 대표두는 흐뭇한 미소를 지으며 그 뒤를 따라갔다.

접객실에서 모두 자리를 잡고 앉자 천룡이 말했다.

"하하, 그때 일로 이렇게까지 안 오셔도 되는데. 정말 감사드립니다."

다시 한번 감사 인사를 하는 천룡이었다.

그런 천룡에게 아니라며 손사래를 치고 또 인사하고 그렇게 몇 번의 인사가 오간 뒤, 서로의 안부를 묻고 자잘한 이야기들을 나누었다.

유가연과 하는 대화로 시간 가는 줄 모르고 행복한 천룡이었다.

그러다가 현재 표국에 대한 상황을 듣게 된 천룡이었다.

천룡이 그 부분에 대해 조금 더 자세히 말해 달라고 했지만, 유가연은 말이 헛나온 것이라며 둘러댔다.

그리고 서둘러 돌아가려는 그녀에게 저녁 대접을 하겠다며 붙잡아 놓은 상태였다.

천하무적
운가장

그들을 접객실에 두고 잠시 밖으로 나온 천룡은 여월을 불렀다.

"여월!"

아무것도 것도 없는 공중에서 누군가가 모습을 드러내며 부복했다.

"신! 여월! 부르셨습니까? 주군!"

육 개월 전에 운가장을 보호하기 위해 온 월영문의 수장 여월이었다.

한 문파의 수장이며 칠왕십제의 일인인 그가 지금 천룡을 주군이라 부르며 부복하고 있었다.

실은 월영문 사람들은 검황의 은혜를 갚기 위해 이곳에 왔지만 계속 이곳에 있을 생각은 없었다.

은혜를 갚았다는 생각이 들면 언젠가는 자신들의 문파를 재건해서 다시 시작할 마음으로 이곳에 온 것이었다.

멸문을 당한 것이나 다름이 없는 문파라 세가 많이 약해져 있는 상태였기 때문에 안전한 곳에서 몸을 의탁하고 기회를 엿보고 있었던 것이었다.

그런데 어느 날 월영문 사람들이 무공 수련을 하는 모습을 우연히 천룡이 보게 된다. 약한 무공들은 아니었지만, 천룡의 눈에는 왠지 힘겨워 보였던 것이었다.

그래도 자기 장원을 지키기 위해 온 고마운 사람들이기에 보약이라도 지어 줘야겠다는 생각에 선유동에 가서 약재들을 가지고 와 신단을 만들었다.

천룡은 공청석유와 여러 가지 영약을 섞어서 하얀색 환단을 만들었다.

그리고 백령단(白靈丹)이라는 이름을 지어 월영문 사람들에게 나누어 주었다.

장주가 나누어 준 영단을 먹고 운기를 하기 시작했다.

입안으로 들어가자마자 모든 사람이 깜짝 놀랐다. 주화입마에 빠질 뻔할 정도로 엄청난 영단이었기때문이다.

그런데 장주는 그 자리에 서서 수백에 달하는 자신의 문도들의 운기를 도와주며, 더 많은 약효를 받아들일 수 있도록 도와주었다.

운기를 하면서 장주의 따스한 기운을 느낀 사람들의 눈에선 감격의 눈물이 흐르고 있었다. 그 누구도 자신들에게 이런 친절을 베푼 사람이 없었다.

그동안 자객 집단이라며 사람들의 멸시와 공격을 당하며 어렵게 살아왔던 지난날이 주마등처럼 운기 도중에 지나갔다.

모든 운기가 끝나자 그들의 몸에는 엄청난 내공이 생겨 있었다.

월영문 사람들은 어찌 자신들에게 이 귀한 것을 아낌없이 주었냐고 물었다.

방금 자신들이 복용한 영단 하나면 천금을 벌 수 있을 정도로 효능이 어마어마했다.

윤가장

그러한 영단을 하나도 아닌 수백 개를 나눠 주었으니 그러한 의문이 생길 법도 했다.

그러한 그들을 보면서 한 천룡의 한마디는 그들을 천룡에게 절대복종하는 충성스러운 부하들로 만들어 버렸다.

－잠시 있다가 가도 내 사람입니다. 내 사람들에게 주는 것인데 그깟 영단이 무슨 대수입니까? 오히려 힘찬 모습을 보니 제가 더 힘이 나는군요. 하하하.

그날로 월영문은 정말로 멸문하였다.

모든 월영문의 사람들이 천룡에게 목숨을 바치겠다고 마음먹은 바로 그날에 말이다.

특히 여월은 천룡의 말이라면 정말로 목숨도 내놓을 정도로 열렬한 추종자가 되어 있었다.

"여월. 다 들었지?"

"네! 주군!"

"미안한데 좀 알아봐 줘."

"충!"

그 말과 함께 순식간에 자취를 감추며 사라지는 여월이었다.

한편 접객실에서는 유가연과 대표두가 대화를 나누고 있었다.

"국주님…… 어찌 부탁을…….”

"못 해요……. 저분에게 차마 못 하겠어요. 은혜는 못 갚을 망정 폐를 끼칠 순 없어요.”

"제, 제가 무릎을 꿇고 오체투지를 해서라도 부탁을 해 보겠습니다.”

"아니에요. 그러지 마세요.”

"국주님…….”

"우리 힘으로 한번 잘 이겨 내 봐요.”

"……명 받들겠습니다. 국주님.”

"고마워요. 숙부.”

어려서부터 항상 자기를 숙부라 부르며 따라다니던 그녀였다.

그런 그녀에게 큰 힘이 되어 주지 못하는 자신이 너무 원망스러웠다.

고개를 숙인 채 유가연 모르게 울음을 삼키는 그였다.

밖에 나갔던 천룡이 다시 들어오고 언제 그랬냐는 듯이 웃으며 말을 하는 유가연과 대표두였다.

한참을 다시 이야기 삼매경에 빠져 있을 때 여월이 들어왔다.

"주군! 신 여월 주군께 보고드립니다!”

그 말에 천룡이 다시 양해를 구하고 밖으로 나갔다.

한편 여월을 본 대표두는 엄청난 충격을 받았다.

"구, 국주님! 방금 그, 그 사람 엄청난 고, 고수입니다!"

"네?"

어찌나 놀랐는지 말까지 더듬거리는 대표두였다.

"여, 여긴 도대체 뭐 하는 곳이길래…… 생각해 보니 전에 그 호위분들도 예사롭지가 않았습니다."

"그 정도예요?"

"네!"

"장주님은 정말 대단하신 것 같아요."

"그렇습니다! 저…… 그래도 모르니 넌지시 부탁을 드려 보는 건…… 저희에게 좋은 감정을 가지고 계신 것 같으니 조심스럽게 부탁을 드려 보면 가능하지 않을까요?"

대표두의 말에도 유가연은 요지부동이었다.

"안 돼요!"

"네……."

안에서 이런 이야기를 하는 것과 달리 보고를 받는 천룡의 표정은 심각했다.

"그러니까 표행을 가야 하는데, 그것을 지켜 줄 무인이 부족하다?"

"네! 문제는 그 무인의 질인데…… 형편없는 수준입니다."

"그 정도야?"

"주군…… 사실…… 표국이라고 말하기도 민망한 수준이 었습니다……."

여월은 조사하는 과정에서 어이가 없었다.

이런 곳이 망하지 않고 버틴 것이 용했다.

"흠……."

"어찌할까요? 더 알아볼까요? 명만 내리신다면 표국에 들어가서 모든 것을 알아오겠습니다."

"아니야. 그 정도면 충분해. 가서 애들 좀 불러 줘."

"네!"

여월이 사라진 곳을 바라보며 천룡은 생각에 잠겼다.

'도와주고 싶은데…… 무슨 방법이 없을까?'

일단 아이들이 오면 이 문제를 의논해야겠다 생각하고 다시 방으로 들어갔다.

그 시각 여월에게 부름을 받고 달려오는 세 사람이 있었다.

무광과 천명, 그리고 태성이었다.

그들은 서로 대화하며 천룡각으로 빠르게 이동했다.

"대사형, 그 표국주가 찾아올 줄은 몰랐네요. 어떻게 인연을 만드나 고민한 것이 허무해지네요."

태성의 말에 무광이 고개를 끄덕이며 답했다.

"그러게나 말이다. 사람 인연이라는 것이 억지로 만든다고 만들어지는 것이 아니라는 것을 오늘에서야 확실하게 알았다. 이어질 사람은 어찌 됐든 반드시 이어지는 법이구나. 하하하!"

둘의 대화에 천명이 끼어들었다.

"그 표국주가 정말로 저희 사부님이 사모하시는 분입니까? 저는 아직도 믿기지 않습니다. 하하, 저희 사부님께 연인이 생기다니……."

자세한 내막을 들은 천명의 입가엔 미소가 가득했다.

"아직은 그런 단계가 아니니 다들 입을 조심하고, 절대로 사부님이라는 단어가 나오면 안 된다. 우리는 지금부터 장주님의 호위무사인 거야, 명심해라."

"네!"

"물론이죠! 하하."

무광의 말에 둘은 힘차게 대답을 했다.

"아, 그리고 무의식적으로 전음을 보내면 안 된다. 알지? 오늘을 위해 우리가 열심히 연마해 온 그것이 드디어 빛을 발하는 날이다. 꼭 심어(心語)로 말해야 한다. 시험 결과 심어는 듣지 못하신다."

"네! 대사형!"

"하하, 세상천지에 혜광심어(慧光心語)를 이렇게 쓰는 사람들은 저희밖에 없을 겁니다."

그렇다.

그들은 자신들의 전음을 천룡이 들을 수 있다고 알게 된 후부터 전음에 대해 연구하고 수련을 한 것이다.

단지 자신들의 비밀 대화를 위해 수련을 한 것인데, 이 과

정에서 깨달음이 찾아와 한 단계 더 경지가 상승하는 일거양
득의 효과까지 얻은 것이었다.

그러한 모든 상황이 전부 천룡의 장가를 위해 하늘이 돕는
것으로 생각하고 오히려 의지를 불태우는 그들이었다.

그렇게 의지를 불태우며 달리자 어느새 접객실에 다다랐
다.

"장주님! 부르심에 저희 이렇게 달려왔습니다."

문을 열고 들어가 마치 정말로 호위무사인 것처럼 무릎을
꿇으며 천룡에게 인사를 했다.

그 모습에 천룡이 살짝 당황하며 전음을 날렸다.

-깜짝이야! 야! 니들 왜 이래?

-어? 저희 호위무사 역할 아닙니까? 저기 국주님은 저희를
호위로 알고 계실 텐데요?

-그, 그런가?

-그렇죠.

아니나 다를까 유가연이 그들을 발견하고는 벌떡 일어나
공손하게 인사를 했다.

"어머! 그때 그분들이시네요! 천룡표국 국주 유가연, 은인
들께 인사드립니다!"

"아, 그때 그 국주님이시군요! 하하하!"

"여기는 어쩐 일이십니까? 하하하!"

무광과 태성의 어설픈 연기에도 유가연은 이상함을 느끼

지 못한 채 대답했다.

"아! 이곳으로 이사 오셨다고 해서 감사 인사를 드리러 왔어요. 인사만 드리고 가려 했는데, 여기 장주님께서 저녁에 초대하셔서 염치없이 이렇게 있네요."

"하하하, 그 무슨 소리십니까? 오히려 저희가 감사드립니다. 국주님 오시고 나서 저희 장주님 표정이 살아났습니다. 장주님을 웃게 해 주셨으니 오히려 저희가 감사해야죠!"

"야, 쓸데없는 소리!"

무광의 말에 천룡이 화들짝 놀라 버럭버럭했고, 유가연은 고개를 숙였다.

─그런데 아버지 저희 왜 부르신 거예요? 자랑하시려고?

─아냐!

─그럼 왜요?

천룡은 현재 상황에 대해 전음으로 상세히 설명해 주었다.

천룡의 전음에 세 사람은 미소를 지으며 답했다.

─아하! 그런 겁니까? 저희만 꽉 믿으십시오.

그 말에 천룡이 불안한 눈빛을 지었다.

저녁을 먹고 유가연과 차를 마시던 천룡이 넌지시 말을 꺼냈다.

"아까 얘기하신 내용이 자꾸 걸려서 그러는데, 좀 더 자세히 말해 주시겠습니까?"

"네? 그게 무슨 말씀이세요?"

"이번 표행이 걱정이라고 하셨잖습니까?"

"아! 그, 그건……."

유가연이 말을 못 하고 머뭇거리자 그 옆에 있던 대표두가 기회라 생각했는지 천룡 앞으로 달려 나가 엎드려 간청했다.

"장주님! 국주님을 대신해 소인이 이렇게 간청드리옵니다! 부디 저희 표국을 한 번만 도와주십시오!"

갑작스러운 대표두의 행동에 유가연이 화들짝 놀라며 말리려 했다.

하지만 먼저 천룡이 다가가 대표두를 일으켜 세워 주며 말했다.

"알겠습니다. 저희가 도와드리겠습니다."

예상외로 너무나 쉽게 허락이 떨어지자 오히려 당황하는 두 사람이었다.

"저, 정말입니까?"

"그럼요! 도와드리겠습니다."

천룡의 말에 대표두의 눈에서 큼지막한 눈물방울이 떨어져 내렸다.

"크흐흑! 가, 감사합니다! 정말 정말 감사합니다!"

"가, 감사합니다…… 흑."

유가연 역시 예상치도 못했던 결과에 눈물을 흘리며 기뻐했다.

그 모습을 흐뭇한 모습으로 잠시 바라보는 천룡이었다.

그리고 자신의 제자들을 바라보며 말했다.

"너희들의 도움이 필요하다. 도와주겠느냐?"

"명만 내리십시오! 그 어떤 것이라도 하겠습니다!"

세 사람이 우렁차게 대답을 하였다.

그 모습이 영 적응이 안 되는 천룡의 이마가 찡그려지고 있었다.

천룡의 그런 모습은 세 제자에게 소소한 즐거움을 주고 있었다.

유가연은 정신을 차리고 그들에게 현재 상황 설명을 해 주었다.

모든 상황에 대해 들은 세 사람은 고개를 끄덕이며 답했다.

"네! 알겠습니다. 그런데 언제 출발입니까?"

태성의 질문에 천룡이 유가연을 쳐다보았다.

"아? 아! 죄, 죄송해요. 일주일 후 출발이에요."

"일주일이라…… 좀 빠듯하긴 하네요. 하지만 괜찮을 것 같습니다!"

태성의 말에 천룡이 고개를 갸웃거렸다.

빠듯할 일이 뭐가 있단 말인가?

"저기 국주님? 여기 집중 좀…….."

멍하게 있는 유가연에게 태성이 조심스럽게 말을 했다.

너무도 자연스럽게 표행에 끼어든 그들을 보며 잠시 이게 현실인지 구분이 안 간 유가연이었다.

여기 오기 전까지만 해도 어디서 무인을 구하나 고민을 했던 그녀였기에 더욱 지금 이 상황이 어리둥절했다.

"앗, 정말 죄송해요! 제가 큰 실례를……."

"하하하! 아닙니다! 그럼 일주일 후에 저희가 천룡표국의 앞으로 가겠습니다. 그때 뵙기로 하지요."

천룡이 인사를 하자 유가연과 대표두는 절을 하며 감사의 뜻을 표했다.

"은혜는 갚지 못할망정 이런 무리한 부탁을 드렸는데……. 들어주셔서 정말 감사드립니다. 장주님의 이 크신 은혜는 평생 갚겠습니다. 정말로…… 정말로 감사합니다. 흐흐흑!"

"고맙습니다! 흑흑! 저, 정말…… 고맙습니다!"

큰일 하나를 해결하니 긴장이 풀리면서 눈물이 흘러나오는 그들이었다.

"또…… 또 이러신다. 어서 일어나십시오."

"그런데 목적지가 어딥니까?"

무광의 질문에 흘리던 눈물을 닦고 대답을 하려는 천룡표국 사람들이었다.

그 모습에 천룡이 만류하고 나섰다.

"넌 그런 걸 묻냐, 왜? 맘에 안 드는 곳이면 안 가려고?"

"하하, 아니요. 그냥 궁금해서……."

"이 녀석 말은 신경을 쓰지 마시고 출발하는 날에 뵙겠습니다."

"가, 감사합니다!"

연신 감사하다며 인사를 하는 그들을 달래 문밖까지 배웅해 주고는 뒤를 돌아서서 자신의 세 제자를 바라보았다.

"하아, 너희들 왜 이리 신이 났냐? 무슨 꿍꿍이냐? 응? 그리고 뭐가 빠듯하다는 건데? 그냥 전처럼 가볍게 가는 거 아니야?"

천룡이 한숨을 쉬며 말하자 무광이 싱글벙글하며 말했다.

"하하, 아버지도 참. 누가 들으면 저희가 사고 치는 사고뭉치인 줄 알겠어요. 간만에 밖에 나갈 생각을 하니 신이 나서 이러는 것이지요. 다른 뜻은 없습니다. 그리고 먼 길 가는데 준비는 철저하게 해야지요!"

무광의 말에 나머지 둘 역시 한마음 한뜻이 되어 같은 대답을 했다.

그러한 모습에 천룡은 조금 꺼림칙한 기분이 들면서도 왠지 이해가 가서 고개를 끄덕였다.

솔직히 그동안 장원 때문에 매일 집에만 있었으니 저 아이들이 얼마나 좀이 쑤셨겠는가…… 하는 생각도 들어 그냥 그러려니 하고 넘어가기로 했다.

그때 여월이 천룡의 앞에 나타나 부복하며 말했다.

"장주님! 소신도 데려가 주십시오. 장주님의 진정한 호위무사는 바로 저입니다!"

자신을 꼭 데려가야 한다는 의지를 활활 태우며 허락 전에
는 절대 일어나지 않겠다는 눈빛을 하는 여월이었다.

　그 모습에 무광이 나서서 말했다.

　"데려가시죠? 잔심부름시킬 애도 필요하고……."

　그 말에 천룡이 인상을 찡그리며 말했다.

　"여월이 하인이냐? 잔심부름을 시키게? 여월도 같은 우리
가족이다. 그런 소리 하지 마라. 그래…… 여월도 갑갑하겠
지. 같이 가자꾸나."

　사소한 말이지만 천룡의 저 말에 다시 한번 감동하는 여월
이었다.

　"감사합니다! 장주님!"

　─야, 천명아. 저거 점점 광신도가 되어 가는 것 같다? 쟤 원
래 저런 애가 아니었는데?

　─그만큼 저희 사부님께서 매력이 철철 넘치시는 것이지요.
하하하.

　둘은 심어를 주고받으며 앞서가는 천룡의 뒤를 따르기 시
작했다.

　　　　　　　　　　　　＆

　섬서성 서안(西安)의 중심가에 자리를 잡은 거대한 상단이
있었다.

천금상단(千金商團).

천금상단의 상단주는 표국의 표사에서 시작해 지금의 거대 상단을 만든 입지적인 인물이었다.

천금상단의 상단주 집무실에서 천금상단의 총관과 상단주가 둘만이 은밀한 대화를 나누고 있었다.

"준비는 차질 없이 진행되고 있겠지?"

천금상단주 배금령이 총관에게 은밀하게 묻고 있었다.

"그렇습니다. 거기 총관 놈이 저희에게 넘어오지 않았습니까? 이번은 확실합니다. 크크크. 그것도 모르고 그자를 믿는 멍청이들이라니…….."

총관이 즐거운 표정으로 배금령을 바라보며 말을 하자 배금령은 독기가 가득한 얼굴로 말했다.

"크크크, 똑똑한 놈들은 진즉에 다 빠져나간 곳이다. 멍청하고 그저 의리만 내세우는 것들만 남은 곳이야. 그놈들은 세상에서 사라져야 해. 존재 자체가 나에게는 짜증을 불러오는 놈들이야. 과거의 안 좋은 기억이 자꾸 그놈들 때문에 떠오르잖아."

단순한 복수를 위해 금자 삼천 냥을 쏟아부으며 이러한 일을 벌이는 상단주가 더 이해 안 되는 총관이었다.

"물론 몇 번의 표행 실패를 하는 것을 보고 금방 무너지겠다고 생각을 했는데…… 끈질기게 버티는군. 젠장! 운이 좋은 건지……. 이 기회에 확실하게 무너지게 해야겠어. 다시는 그 무엇도 하지 못하게 아주 절망적으로 말이야."

그렇게 한참을 자신의 말을 하다가 총관을 바라보면서 말했다.

"절대로 우리가 했다는 사실을 들켜선 안 된다. 그리되면 역으로 우리가 신뢰를 잃어서 모든 것을 잃는다. 천룡표국 놈들에게 고수가 붙지 않게 잘 처리하고 있겠지?"

"네. 그들이 접근한 고수들에게 따로 다시 접근해서 그들이 부른 금액의 두 배를 지급하여 저희 쪽으로 돌리고 있습니다. 이제 닷새가 지나면 저들은 모든 것을 잃고 거리에 나앉게 될 것입니다."

총관의 말에 고개를 끄덕이며 술잔을 비웠다.

"어차피 금자 삼천 냥은 다시 우리에게 돌아오는 돈이다. 오히려 저들의 재산까지 위약금으로 먹게 되면 오히려 이득이니 걱정 안 해도 돼. 그러니 잠깐 나가는 돈에 신경 쓰지 말고 저것들 무너뜨리는 데, 모든 것을 집중해."

"네! 알겠습니다. 안 그래도 확실하게 하려고 혈호방(血虎房)에 의뢰해 두었습니다. 그들의 무력으로는 절대 혈호방의 습격을 막지 못할 것입니다."

혈호방은 천룡표국이 표행을 가기 위해 지나는 감숙성에 위치한 거대 사파 세력이었다.

정파에 정통의 구파일방(九派一幇)이 있듯이, 사파에도 그 계보를 이어 온 전통의 오문육방(五門六幇)이 존재하고 있었다.

비록 정파에 비해 그 역사가 짧지만 그래도 사파 쪽에서 정통의 강자로 손꼽히는 세력들이었다.

그중 하나가 바로 혈호방이었다.

과거 정사대전에서 정파에게 가장 큰 피해를 준 세력이기도 했다. 그만큼 강한 세력이었다.

그러한 혈호방에 의뢰한 것이다. 당연히 혈호방이라는 사실을 들키면 안 되니, 위장을 하고 천룡표국을 습격할 것이다.

"아무튼, 그들이 무사히 표행을 성공하게 두어선 안 된다. 그러니 그전에 반드시 실패하게 해야 한다. 알겠지? 그리고 천룡표국주는 절대 다쳐선 안 된다."

"네! 단주님! 걱정하지 마십시오. 흐흐. 제가 누굽니까? 저만 믿으시면 됩니다."

총관의 웃음에, 따라 웃으며 이만 나가 보라는 손짓을 했다.

혼자 남은 배금령은 술잔을 손에 쥐고 이글거리는 눈빛으로 술잔에 비친 전대 천룡표국주의 환상을 보며 이를 갈았다.

"네놈이 이루어 놓은…… 모든 것을 부숴 버리고 말겠다. 그리고 네 딸은 곧 내게로 오겠지. 흐흐흐흐."

그렇게 중얼거리며 단숨에 술을 들이켜는 배금령이었다.

시간이 흘러서 드디어 표행을 떠나는 날이 돌아왔다.

천룡표국의 사람들은 분주하게 움직이고 있었다. 이번 표행의 중요성을 누구보다 잘 알고 있기에 세심하게 점검을 하고 또 하며 표행 준비를 하고 있었다.

각각 짐마차에는 수많은 약초들과 물품들이 잔뜩 실려 있었다.

"국주님? 지금 뭘 하시는 건지?"

여행용 경장을 차려입고 면사를 쓰고 나온 국주를 보며 대표두가 물었다.

"뭐 하냐니요. 은인분들께서 저희를 돕기 위해 오시는데 저도 따라가야지요."

"그, 그래도 절대…… 절대 안 됩니다! 이번 표행이 얼마나 위험한 길인지 누구보다 잘 아시지 않습니까? 절, 절대 안 됩니다."

대표두가 격하게 반대를 하자 유가연이 미소를 지으며 말했다.

"대표두님의 마음은 누구보다 잘 알아요. 하지만 저는 가야 해요. 저 사람들을 위험에 내놓고 저 혼자 편하게 있을 수는 없어요. 저희 가문의 가훈이 무엇이죠?"

"구, 국주가…… 무슨 일이든…… 가장 먼저 솔선수범하여

앞장선다."

"잘 아시네요. 그럼 이제부터 아무 말 하지 마세요."

머뭇거리는 대표두에게 화사한 미소를 지어 보이며 말하는 유가연이었다.

그런 유가연을 보며 약해진 마음을 추스르며 각오를 하는 대표두였다.

'그래! 어차피 벌어진 일이야. 반드시 성공해서 보란 듯이 표국을 되살리겠어! 거기다가 이번에 같이 표행에 가시는 그분들의 강함을 믿자!'

"알겠습니다, 국주님. 준비가 거의 마무리되어 갑니다. 그나저나 이 금갑은 어찌 숨겨야 할지……."

대표두가 이번 표행에서 가장 중요한 물품인 인형설삼이 들어 있는 금갑을 바라보며 말했다.

최대한 비밀 유지를 위해 허름한 무명천에 싸서 아무도 모르게 가져갈 예정이었다. 하지만 그래도 안심이 안 되는지 자꾸 어디에 숨겨야 가장 안전할지 고민하고 있었다.

"제가 직접 들고 갈게요."

유가연의 말에 대표두는 놀란 눈을 하고 되물었다.

"예에? 국주님…… 직접 들고 계시면 누가 봐도 중요한 물건이라는 것을 알게 될 텐데…… 아무리 믿을 수 있는 분들이라 해도…… 그것은 좀…….."

대표두가 당황하며 말을 하자, 유가연은 고개를 저으며 말했다.

"대표두님! 선의로 저희를 도우러 오는 분들을 의심하시다
니요! 어쩜 그러세요?"

"죄, 죄송합니다."

이미 유가연의 눈에는 운가장 사람들에 대한 굳센 신뢰가
엿보였다.

그렇게 각오를 다지며 마지막 점검을 위해 밖으로 나서
는데, 저 멀리서 화려한 사두마차 한 대가 표국 쪽으로 다
가왔다.

마차는 표국의 문 앞에 정차하고 문이 열렸다.

그 안에서는 천룡과 그 일행이 내리고 있었다. 그 모습을
본 대표두는 저게 무언가 하고 바라봤다.

문이 열리고 천룡이 모습을 드러내자 재빨리 달려가 인사
를 했다.

"헉! 자, 장주님! 어, 어서 오십시오! 어찌 이곳까지?"

"하하! 저도 같이 가려고요."

"네? 그, 그게 무슨 말씀입니까?"

"적적하기도 하고, 그리고 애들 다루려면 아무래도 제가
있어야지 않겠습니까?"

"아, 아무리 그러셔도 저희가 어찌 장주님을 그 험한 길에
모시고 갑니까?"

대표두가 안절부절못하며 천룡을 말리려 했다.

"그나저나 이거 죄송합니다. 애들이 하도 성화여서 어쩔 수 없이 이런 마차를 타고 왔네요. 죄송합니다."

천룡의 말에 대표두는 마차를 바라봤다.

정말 화려하고 거대한 마차였다.

누가 봐도 여기엔 귀하신 분이 탔다고 알리는 그러한 마차였다.

원래대로라면 절대 안 되지만 자신들은 부탁하는 처지니 뭐라 말을 못 하였다.

"장주님! 이 정도는 돼야 그래도 장주님의 체면이 서죠! 여기서 더 못해서 아쉬울 판인데요."

그놈의 체면 타령을 입에 달고 사는 무광이었다.

그때 유가연이 천룡을 발견하고 놀랐다.

"헉! 자, 장주님! 어떻게 여기에?"

다시 설명하는 천룡이었다.

"아, 안 돼요! 그, 그럴 순 없어요!"

"하하, 뭐 어떻습니까? 괜찮습니다. 다행히 날이 엄청 좋아 여행 가는 기분으로 가면 될 것 같습니다."

안 된다는 유가연과 간다는 천룡 사이에 잠시 실랑이가 있었다.

하지만 결국 천룡의 승리였다.

인상을 찡그리는 유가연을 보자 기분이 좋아지는 천룡이었다.

그런 모습을 유심히 보는 눈들이 있었다.

―대사형, 정말이네요. 사부님께서 눈빛이 달라지셨습니다.

―그렇지? 네가 봐도 완전히 빠지신 것 같지? 이번 표행이 중요한 분기점이다. 다들 명심해라. 알았지?

―넵! 대사형.

심어로 서로의 의견을 교환하는 제자들이었다.

"하하, 국주님도 저희 마차를 타고 같이 이동을 하시는 것이 어떻습니까? 크기도 커서 자리도 넉넉합니다."

무광이 대표로 나서서 자신들이 짜 온 계획을 시작했다.

일단 최대한 가까이서 많은 시간을 봐야 없던 정도 생긴다는 말을 이렇게 실행에 옮긴 것이다.

"네에? 제, 제가 어찌…… 아니요. 그, 그럴 수는 없어요. 이렇게 도움을 주시는 것만으로도 감지덕지한데……."

"하하, 부담 가지실 것 없습니다. 장주님, 장주님도 괜찮으시죠?"

무광의 너스레에 천룡이 당황하며 고개를 끄덕였다.

"하하, 그거 보십시오. 저희 장주님께서도 허락하시지 않습니까? 이따가 같이 타고 가면 되겠군요."

그 말에 유가연이 뭐라 말을 하려고 하자 이번에는 천명이 말을 가로챘다.

"그런데 어디로 가는 겁니까? 저번에 장주님께서 말리셔서 못 들어서요."

그 말에 유가연의 정신이 번쩍 들었다.

그리고 대답을 못 하고 머뭇거렸다.

"말 못 할 정도로 먼 곳입니까?"

천명이 재차 재촉하자 유가연이 크게 심호흡을 하고 말했다.

"목적지는…… 감숙성이에요."

유가연이 기어들어 가는 목소리로 목적지를 말하자, 사람들은 고개를 갸웃거렸다.

"감숙성이 멀긴 하지만 그렇게 힘들게 말할 정도는 아닌 것 같은데요? 무슨 다른 이유라도?"

이번에는 감숙성에 자신의 구룡방이 있는 태성이 물었다.

"저…… 감숙성에…… 있는 구룡방이…… 최종…… 목적지에요……."

그 말에 태성이 깜짝 놀랐다.

언젠가 방에 한번 방문하기는 하려 했는데 이렇게 방문을 하게 될 줄을 몰랐다.

하지만 유가연은 그러한 태성의 모습에 절망의 표정을 지었다.

저리 놀라는 것을 보니, 가지 않을 것이라 단정을 지어 버린 것이었다.

'역시 그때 목적지를 먼저 말해 드렸어야 했어. 후회하시겠지? 하아…… 안 가신다고 해도 어쩔 수 없어.'

시시각각 변하는 유가연의 표정이었다.

그러한 유가연의 내심을 본 무광이 사악한 미소를 지으며 말했다.

"허허, 이것 참…… 거긴 좀 그런데……. 그렇지 애들아?"

그렇게 말하며 눈을 찡끗하며 무언가 표현을 했다.

"아! 그, 그렇죠. 거긴 좀 그래요. 하하하. 구, 구룡방이라 니……."

천명이 어설프게 연기를 하고 태성이 거기에 못을 박았다.

"하아…… 거긴 아직 가고 싶지 않네요."

이건 진심이었다.

가면 왠지 우르르 몰려나와서 자신을 귀찮게 할 것이 뻔하기 때문이었다.

세 명의 공세에 유가연과 대표두의 얼굴은 절망에 빠져 가고 있었다.

그 모습이 영 맘에 들지 않던 천룡이 나서려 하자 전음이 날아왔다.

'아버지, 잠시만요. 아무 말 하지 말고 계세요. 그냥 고개만 끄덕거려 주세요. 부탁이에요.'

다급하게 날아오는 무광의 전음에 그쪽을 바라보며 또 무슨 일을 꾸미고 있느냐는 표정으로 무광을 바라봤다.

간절하게 자신을 쳐다보는 무광을 보며 무슨 짓을 하는지 일단 장단을 맞춰 주기 위해 고개를 끄덕였다.

천룡이 고개를 끄덕이는 모습에 유가연과 대표두는 절망하며 이제 모든 것이 끝났다며 주저앉으려 했다.

그때 희망의 목소리가 들렸다.

"그것참 저희 마차에 타고 가시면 뭐…… 좀 어려워도 가 줄 수 있을 것 같네요."

회심의 일격이 유가연에게 날아갔다.

제二장

그 소리에 유가연이 고개를 번쩍 들며 세차게 고개를 끄덕이며 알겠다는 표현을 했다.

그 모습이 어찌나 귀여운지 하마터면 천룡은 그 모습에 실소를 터트릴 뻔했다.

-잘했다. 애들아.

난데없이 날아온 천룡의 전음에 잠시 어리둥절하던 제자들은 이내 밝은 미소를 지으며 천룡에게 엄지를 치켜세웠다.

이렇게 사악한 음모가 진행되고 있는지도 모른 채 유가연은 안도의 한숨을 내쉬고 있었다.

-첫 번째 계획은 대성공이다. 자, 이제 가는 동안 저 대표두라는 자를 우리 편으로 만들어야 한다.

무광이 천명과 태성에게 심어를 보내자 두 사람은 고개를 끄덕였다.

"국주님, 모든 출발 준비가 완료되었습니다!"

표사 한 명이 다가와 모든 준비가 완료되었다고 보고하였다.

그러자 유가연이 대표두에게 고개를 끄덕이고 자신은 천룡의 마차를 타기 위해 마차 쪽으로 이동했다.

잠시 후, 대표두의 우렁찬 목소리가 사방에 울려 퍼졌다.

"천룡표국 표행 출발!"

그렇게 천룡표국의 운명과 천룡의 운명(?)이 걸린 표행이 시작되었다.

천룡과 같은 마차를 타고 이동하는 유가연의 시선은 계속 천룡을 향해 힐끔거리고 있었다.

천룡 또한 같이 힐끔거리며 가끔 눈이 마주치고 있었다.

서로를 마주 보고, 계속 헛기침만 하며 앉아 있는 천룡이 답답했는지 무광이 나섰다.

―아버지, 뭐라고 말 좀 걸어 보세요. 이 무거운 공기 어쩔 겁니까? 이 상태로 가면 답답해서 돌아 버리겠어요.

―아. 알았다.

무광의 전음을 들은 천룡은 다시 한번 헛기침하고는 유가연에게 말을 걸었다.

"저…… 유 소저, 유 소저라고 불러도 되겠소?"

천룡이 어렵게 말을 걸어오자 유가연은 고개를 끄덕이며 기어들어 가는 목소리로 말했다.

"네. 그리 부르셔도 괜찮습니다."

유가연의 얼굴은 이미 새빨갛게 변해 있었다.

"흠흠. 그…… 유 소저 품 안에 소중히 안고 있는 그것은 무엇인지 물어도 되겠소?"

천룡의 말에 유가연이 무의식중에 꼭 안고 있는 상자를 바라보았다.

"아, 이건…… 저…….."

유가연이 머뭇거리며 말을 못 하자 천룡은 재빨리 손을 저으며 말했다.

"아, 아니오. 말하기 어려운 것이면 말하지 않아도 되오."

천룡이 당황하며 말을 하자 유가연의 입가에 미소가 어렸다.

천룡의 저런 모습이 왠지 마음을 편하게 해 주었다.

"아니에요. 이건 표물이에요. 다만 워낙에 귀한 것이라 혹시라도 잃어버릴까 봐 제가 이렇게 안고 있는 것이에요."

유가연의 말에 제자들은 서로 심어를 보내기 바빴다.

─아무리 봐도 저 안에 있는 것은 별거 아닌데? 혹시 사기를

당한 거 아냐?

─그러게요. 대사형 말대로 저 안에 있는 것은 그냥 인삼인데요? 물론 인삼이 귀하긴 한데…… 그렇다고 저렇게 소중히 품고 갈 정도는 아니지 않아요?

무광과 천명의 대화를 듣고는 태성이 나서서 물었다.

"저…… 그 안에 든 것은 혹시 삼(蔘)이 아닙니까? 삼 냄새가 나서…….”

태성의 질문에 유가연이 화들짝 놀라며 물었다.

"저, 정말 삼…… 냄새가 나나요?"

말투와 표정을 보니 확실했다.

저 안에 있는 것은 삼이었다.

저렇게 세상 물정 모르고 표정도 숨기지 못하는 순진한 사람이 어찌 이 험한 표국 일을 할까 걱정이 앞섰다.

"하아, 네, 맞아요. 은인분들은 믿으니까 말씀드릴게요. 이 안에 든 것은 바로…… 인형설삼이에요.”

유가연의 말에 세 사람은 화들짝 놀랐다.

─야! 아무리 느껴도 저건 그냥 인삼인데? 이거 완전 사기당했나 보다.

무광의 심어에 태성이 답했다.

─이거 아무래도 이번 표행이 재밌을 것 같지 않습니까? 뭔가 음모의 냄새가 나는데요?

태성이 묘한 미소를 짓자 유가연은 흠칫 놀라며 상자를 더욱 꼭 안았다.

순간 자신의 실수를 알고는 재빨리 미소를 거두는 태성이었다.

-인마! 넌 왜 거기서 웃고 지랄이야! 미래의 어머님께서 놀라시잖아!

-와! 대사형은 아무렇지도 않게 그런 소리가 잘도 나오시나 봅니다?

태성이 어이없어하며 물으니 무광은 당당하게 답했다.

-야! 그럼 아버지의 부인이 어머니지 아줌마냐? 나이가 어려도 아버지께서 장가가시면 그때부턴 어머니야. 그건 그렇고 너네 구룡방에서 인형설삼이 왜 필요해?

-인형설삼…… 있는데요? 구룡방 금고에 있어요. 굳이 이렇게 힘들게 구하지 않아도 돼요. 문제는 저게 가짜라는 건데…….

태성의 말을 들으니 이건 완벽하게 음모였다.

그게 누군가가 꾸민 것인지는 모르겠지만 저것을 인형설삼이라고 속여서 이렇게 표행을 보냈다는 것은, 설삼을 노리는 자들에게 습격을 당해 표국이 망하기를 바라는 자들이라는 것이었다.

-야, 그 음모를 꾸민 놈들이 구룡방이면 어쩔래?

무광의 말에 태성의 표정이 심각해졌다.

그리고 심각한 표정으로 말했다.

-그놈들은…… 편히…… 못 죽겠죠……. 감히…… 내 이름

을 먹칠한 죄…… 그것은 아주 큽니다. 무엇보다…… 사부를 노리는 것은 절대 용서 못 합니다. 그것이 구룡방이라고 할지라도…….

 ─야야! 표정! 표정 풀어! 표정, 인마!

무광의 다급한 심어에 그제야 아차 하는 생각으로 앞을 보니 천룡이 바로 코앞에 얼굴을 들이밀고 있었다.

 ─태성아…… 저게 탐나냐? 응? 좀 맞을래? 너 때문에 유 소저가 두려움에 떠는 거 안 보여?

 ─사, 사부…… 그, 그게 아니고요.

딱!

"아오오오오."

간만에 날아오는 딱밤이었다. 머리에 불이 난 듯한 통증이 일었다.

"하하, 유 소저 죄송합니다. 이놈들이 장난기가 심해서 이러니 이해를 해 주시길 바랍니다."

태성이 눈물을 글썽이며 이마를 비비고 있었다.

그런 모습에 유가연은 저도 모르게 웃음이 나왔다.

"풋!"

유가연은 자신도 모르게 나온 웃음에 깜짝 놀라며 입을 가렸다.

"아…… 죄송합니다. 저도 모르게 그만…….''

사색이 돼서 사과하는 유가연이었다.

"하하하, 유 소저. 그냥 웃으셔도 됩니다. 어차피 인형설삼이든 뭐든 저희는 딱히 관심이 없으니까요. 그리 긴장하지 않으셔도 됩니다."

천룡이 웃으며 말을 하자 무광이 무언가 결심을 한 듯 말했다.

"유 국주님, 그 안에 든 삼…… 가짜입니다. 그래서 저희가 심각했던 것이고요. 삼이 가짜라는 것은 누군가가 천룡표국을 치기 위해 음모를 벌였다는 뜻이고요. 이런 말을 하는 것은 일단 오해를 먼저 풀기 위함이고, 그리고 앞으로 있을 습격에 대비해야 할 것 같아서입니다."

무광의 입에서 나온 말에 유가연은 이게 지금 무슨 소리인가 하는 표정으로 무광을 바라봤다. 이것이 진품이 아닌 가짜라니…… 믿을 수가 없었다.

"문제는 저 가짜를 준 놈들인데…… 표행을 성공해도 문제인 것이 안에 내용물이 가짜이므로 의뢰인은 천룡표국에서 빼돌렸다고 생각을 할 것입니다. 누군지 몰라도 제대로 함정을 팠군요. 표행에 성공을 하건 실패를 하건 어찌 됐든 천룡표국의 심각한 위기입니다."

무광의 계속되는 폭탄선언에 유가연은 제정신을 차릴 수가 없었다.

자신의 표국을 위해 나선 표행길인데 그것이 표국의 멸망을 앞당기는 지름길이었다니…….

거기다가 분명히 총관이 확인했다고 했는데, 가짜가 들어 있다는 것은 그도 한패라는 소리였다.

생각해 보니 총관이 어디서 이런 엄청난 의뢰를 받아 왔는지 의심을 해야 했다.

너무도 충격적인 상황에 유가연의 정신이 멍해지며 붕괴하려 하고 있었다.

그때 천룡의 자연기가 유가연의 온몸을 감싸며 그녀를 안정시키기 시작했다.

잠시 후, 어느 정도 안정을 찾은 유가연은 결심을 한 듯 봉인을 뜯고 상자를 열었다.

저들의 말이 정말로 사실인지 확인해야 했다.

상자를 여니 안에는 사람 모양을 한 삼이 금색 보자기에 싸여 있었다.

"이야! 그래도 양심은 있는 놈들이네. 최소 삼백 년은 묵은 것을 넣어 놨네. 모르는 사람이면 깜박 속겠어."

상자 안의 내용물을 본 무광이 너스레를 떨면서 말했다.

유가연도 들은 바가 있어서 이것이 가짜라는 것을 단번에 알았다.

물론 삼백 년 묵은 삼이 귀하지 않다는 것은 아니었다.

다만 인형설삼의 특징은 최소 천 년이 넘어서 그 굵기가 두껍고, 설삼(雪參)답게 냉기를 풍긴다는 특징이 있었다.

하지만 이 안에 든 삼은 그 어떠한 냉기도 느껴지지 않았고 굵기도 그리 굵지 않았다.

세상 물정 모르는 자신이 봐도 가짜라는 게 확 느껴지는데 총관이 이걸 몰랐다?

저들의 말이 모두 사실이었다.

자신은 총관에게 속은 것이었다.

이러한 상황이 되자, 그동안 힘들게 버텨 왔던 모든 것들이 무너져 내리기 시작했다. 자신으로 인해 그리고 가장 믿었던 사람의 배신에 표국이 망하게 된다는 두려움이 한 번에 몰려오기 시작했다.

유가연은 자신도 모르게 앞에 있는 천룡의 품 안으로 들어가 엉엉 울기 시작했다.

천룡은 그러한 유가연의 등을 토닥여 주며 진정하기를 기다렸다.

그 순간 무언가가 또 머릿속에서 떠올랐다.

–가가…… 저, 저는 어찌하면 좋지요? 더는 방법이 없어요. 가가를 살리는 방법을…… 도저히 못 찾겠어요. 가가…… 가가…… 흑흑흑…….

지금처럼 자신의 품속에서 한 여인이 울면서 자신을 살릴 방법을 찾지 못했다며 울고 있었다. 이번에는 좀 더 자세히 보이는 그녀의 얼굴……. 바로 지금 자신의 품속에서 울고 있는 유가연과 똑같은 얼굴이었다.

순간 등을 토닥이던 손이 멈추며 유가연을 바라보았다.

'하아, 이 여인에게 마음이 가던 것이 우연이 아니었단 말인가? 어찌…… 이렇게 닮을 수가 있단 말인가? 내 기억 속의 그녀는 또 누구란 말인가? 하긴…… 인제 와서 찾을 수도 없겠지…… 수백 년이 지났는데…….'

유가연과 기억 속 그녀의 모습이 겹쳐지면서 천룡의 마음이 아파 왔다. 그리고 순간적으로 분노가 샘솟기 시작했다.

'누군지는 몰라도 용서치 않겠다. 이렇게 여린 소저에게 이러한 고통을 주다니…….'

순간적으로 천룡의 기세가 변하자 제자들은 움찔거렸다.

-대, 대사형…… 바, 방금…… 느끼셨어요?

-그, 그, 그래……. 느꼈다. 아버지가…… 분노하면 이런 느낌이구나…….

-그게 문제가 아니에요. 사부님이 분노하시면 막을 사람이 없어요. 그 전에 이 일을 우리가 깨끗하게 해결해야 해요.

천룡의 분노를 살짝 느낀 세 사람의 표정은 급격히 굳어 갔다.

-아니. 그 전에 아버지를 저렇게 분노하게 한 놈들은…… 내가 용서 못 한다. 누군지 몰라도…… 잘근잘근 씹어 먹어 주지.

-저도 동감입니다. 자신이 무슨 짓을 했는지 아주 똑똑히 알려 줘야죠.

천명까지 분노의 마음을 드러내며 말했다. 그러자 태성이 웃으며 말했다.

-하하, 걱정하지 마세요. 사형들 제가 누굽니까? 구룡방 방주 아닙니까? 제가 인형설삼을 받았다고 하면 되는 일입니다. 그럼 의뢰 성공 아닙니까?

태성의 말에 그제야 두 사람의 표정이 살짝 풀렸다.

-아, 맨날 까먹네. 너 구룡방주였지?

-하아. 대사형. 기억 좀 해 주세요. 명색이 사황이라고요.

그렇게 서로에게 심어를 날리며 대화를 하다가 천룡과 유가연을 바라보았다.

-일단 습격하는 놈들은 무조건 있을 것이니, 그놈들을 족쳐 보면 뭔가 답이 나오겠죠.

태성이 이를 갈며 말하자, 나머지 두 사람은 동의한다는 듯이 고개를 끄덕이며 분노의 안광을 발현했다.

그렇게 세상에서 가장 무서운 사람들이 탄 마차는 열심히 구룡방을 향해 달려가고 있었다.

◈

천금상단의 집무실

총관에게 일의 보고를 듣던 천금상단주 배금령은 알 수 없는 오한을 느끼고 있었다.

"으으윽, 갑자기 몸이 왜 이러지? 감기인가?"

배금령이 몸을 부르르 떨며 말을 하자, 총관이 호들갑을 떨었다.

"헉, 상단주님. 아프시면 안 됩니다. 어서 의원을 부를까요?"

"됐어. 살짝 오한이 온 것뿐이야. 따뜻한 차를 마시면 좀 괜찮아지겠지. 그건 그렇고 일이 어찌 진행되고 있는지 계속 말해 봐."

배금령이 별거 아니라는 듯이 말을 하며 찻잔에 뜨거운 차를 따르고 있었다.

"아, 예. 계획대로 저들은 자신들이 어떤 상황인지도 모른 채 출발을 한 것 같습니다. 뭐 운가장이라고 새로 생긴 장원에서 근무하는 호위무사를 임시 고용하여 대동하고 간 것 같습니다만…… 딱히 큰 걱정은 하지 않으셔도 될 것 같습니다. 혈호방의 습격을 어찌어찌 막는다고 해도 정작 구룡방에 가서 물건을 전달하면 그때가 그들에게 주어진 진짜 함정이니까요."

총관의 설명에 차를 마시며 질문을 하는 배금령이었다.

"구룡방은 좀 위험하지 않을까? 그냥 혈호방 정도로 했어야……"

배금령의 말에 총관은 고개를 저으며 말했다.

"혈호방은 세간의 인식이 그리 좋지 못합니다. 만약 목적지가 혈호방이라고 했다면, 천룡표국에서는 어떻게라도 가지 않으려 했을 것입니다. 그리고 구룡방에서 물건을 받기로 한 의원에게 이미 뇌물을 전달했습니다. 아마 알아서 잘 처리해 줄 것입니다."

"하하하, 정말 총관은 대단해. 습격을 받아서 표물을 탈취당해도 막대한 위약금으로 인해 문을 닫을 것이고, 성공해도 가짜를 넘겨주었기 때문에 구룡방에서 잡아들이고 처리를 할 것이란 말이지?"

"네, 바로 그겁니다. 하하하. 구룡방의 의원이 저들을 몰아붙일 것입니다. 아마 구룡방을 모욕했다며, 그들을 전부 잡아들이고 평생을 감옥에서 썩게 만들겠지요."

총관이 사악하게 웃으며 말하자 배금령이 다급하게 말했다.

"잠깐! 그러면 유가연이도 같이 잡히는 것이 아닌가! 일 처리를 그렇게 하면 어찌하나!"

상단주가 화를 내며 말을 하자 총관이 웃으며 말했다.

"상단주님도 참! 그건 이미 다 얘기가 끝난 상태입니다. 다른 사람들은 모두 잡아들여서 감옥에 넣고, 유가연만 몰래 빼돌려 저희 쪽으로 보내 주기로 했습니다."

"하하하, 그래? 그렇지. 하하하. 그러면 유가연은 우리에게 막대한 배상금을 물어야 할 테고, 그 배상금을 갚지 못해 어쩔 수 없이 나에게 오는 것이지! 하하하. 어서 그날이 빨리 왔으면 좋겠군."

지방이 가득 찬 뱃살을 출렁이며 유쾌하게 웃는 배금령이었다.

⊛

구룡방으로 가는 길목에 수많은 사람이 매복하고 있었다.

"모두 긴장을 늦추지 말고 확실하게 해야 한다. 저들이 구룡방 영역에 들어가기 전에 처리해야 한다!"

"옙!"

얼굴에 검은 복면을 쓴 자들이 잔뜩 긴장한 채로 누군가를 기다리고 있었다.

"조장님, 혹시라도 잘못되면 어쩌죠? 제가 듣기로는 저 표물들이 구룡방으로 가는 표물들이라고 들었는데……."

조원이 질문하자 조장이라는 사람은 웃으며 말했다.

"그런 걱정은 안 해도 된다. 이미 구룡방과도 이야기가 끝났다고 들었다. 그러니 우리는 우리 일만 확실하게 하면 돼. 어차피 실패해도 돈은 이미 받았으니까 돌려줄 필요도 없지. 흐흐."

조장의 말에 조원들은 고개를 끄덕이며 안심한 얼굴을 하였다.

"그래도 절대 우리 정체가 들켜선 안 되니 조심해라. 혹시라도 우리 혈호방의 무공을 써서는 절대 안 된다."

"하하, 저런 허접한 표국을 상대로 저희 방의 무공을 쓸 필요까지 있겠습니까? 그런 걱정은 하지 마십시오."

자신의 조원들의 믿음직한 대답에 조장은 고개를 끄덕이며 다시 길목을 주시하기 시작했다.

그때 정찰을 보낸 조원이 다급히 다가오며 말했다.

"조장님! 목표물이 접근 중입니다."

그 말에 조장의 표정이 굳으면서 자신의 조원들을 바라보며 말했다.

"자, 모두 준비해라. 실패는 해도 되지만 우리의 정체는 밝혀져서는 안 된다. 알겠느냐?"

"네!"

작은 목소리로 대답을 하는 조원들에게 손짓으로 몸을 더 낮추라고 지시를 내린 뒤에, 자신 역시 몸을 낮추며 목표물이 나타나기를 기다렸다.

그들이 기다리는 목표물인 천룡표국은 천천히 언덕을 넘어서고 있었다.

길게 이어진 표물을 실은 마차들 중간에 있는 화려한 마차 안에서는 무광과 자신의 사제들이 서로 심어를 나누고 있었다.

-대사형, 놈들이 나타난 것 같습니다. 어찌할까요? 미리 가서 족칠까요?

─그래. 괜히 저들을 기다렸다가 상대하면 죄 없는 표사들이 다칠 수도 있다. 미리 가서 처리하자.

무광과 눈빛을 교환한 태성은 조용히 마차 밖으로 나가려고 했다.

"죽이지는 말아라……. 그래도 살생은 아닌 것 같다."

천룡이 태성의 몸에서 느껴지는 살기를 읽고 조용히 말했다.

천룡 역시 불순한 기운을 느끼고 어찌하나 고민 중이었던 것이었다.

그러던 중 태성이 살기를 품고 밖으로 나가려 하자 이리 말을 한 것이었다.

그 말에 태성이 깜짝 놀라고 말했다.

"헉! 어찌 아셨습니까?"

"야, 그렇게 살기를 품으며 나가려고 하는데 어찌 몰라? 암튼 그냥 죽을 만큼만 패 줘. 죽이진 말고."

그게 더 잔인한 것이 아닌가?

어찌 됐든 사부의 명이 떨어졌으니 더더욱 확실하게 적들을 분쇄해도 되겠다는 생각에 태성의 입가에 미소가 짙어졌다.

"넵! 장주님!"

'살려만 두면 된다고 하셨어. 아주 온몸의 뼈를 갈아 주마!'

눈에 독기가 가득 찬 무광과 태성이었다.

무광과 태성이 밖으로 나가고, 그들의 대화를 들은 유가연은 두려움에 떨고 있었다.

"혹…… 습격자들인가요? 괜찮겠지요?"

유가연의 물음에 천명이 빙그레 웃으며 답했다.

"하하, 걱정하지 마십시오. 방금 나간 사람들은 정말 강하거든요. 걱정하지 마시고 그냥 편히 계시면 됩니다. 장주님, 저도 혹시 모를 상황을 대비해서 표사들이 있는 곳에 가 있겠습니다."

천명의 말에 천룡이 고개를 끄덕이며 그러라고 말했다.

천명까지 나가자 마차 안에는 단둘이 남게 되었다.

조금 전까지 두려움에 떨었던 유가연은 단둘이 남게 되자 두려움은 사라지고 어색함에 안절부절못하기 시작했다.

자신도 모르게 천룡의 품 안에 안겨서 울던 것이 생각이 난 것이었다.

'아우…… 바보……. 그때 내가 왜 그랬지?'

자신이 생각해도 민망한 일이었다. 외간 남자의 품 안에 안겨서 그렇게 울어 댔으니 민망할 법도 했다.

그러한 유가연의 마음을 아는지 천룡이 미소를 지으며 말했다.

"유 소저, 걱정하지 마세요. 저희 애들이 좀 많이 강하니 알아서 처리를 잘할 것입니다. 그렇게 걱정이 되면…… 또…… 빌려 드릴까요?"

뭘 빌려준단 말인가?

궁금함에 고개를 들어 천룡을 바라보니 천룡이 자신의 품을 손가락으로 가리키고 있었다.

얼굴이 잘 익은 홍시처럼 변한 유가연이 새침한 표정으로 말했다.

"제, 제가 어, 언제 빌렸다고 그, 그러세요."

말을 더듬으며 최대한 아무렇지 않은 척하는 모습이 천룡의 눈에는 왜 이리 예뻐 보이는지 모를 일이었다.

과거의 기억 속에 있는 여인과 닮아서 그런 것인지, 아니면 저 여인 그 자체가 좋은 것인지는 아직 헷갈리는 천룡이었지만 그래도 지금의 이 기분을 좀 더 즐기고 싶었다.

"유 소저, 모든 것이 다 잘될 것입니다. 걱정하지 마세요."

천룡의 위로에 유가연이 한숨을 쉬었다.

"하아…… 전 왜 항상 이렇게 바보 같은지 모르겠어요."

"뭐가 말인가요?"

"이번 일도 그렇고…… 항상 표국에 도움이 되기는커녕 민폐만 끼치고 있어요."

유가연은 힘없이 웃으며 말했다.

"아버지가 돌아가시고 경황도 없이 갑자기 표국을 물려받았어요. 실무나 표국일…… 이런 건 전혀 몰라요……. 그저 대표두님과 총관님에게 의지해서 어찌어찌 버티는 수준이었죠. 사실…… 물려받는 것도 원치 않았어요……. 다들 제가 해야 한다고 억지를 부려서······."

"그래도 잘해 나가고 있지 않습니까."

천룡의 말에 유가연이 고개를 저으며 말했다.

"아니요······. 이번에 총관이 정말로 배신했는지 장담은 못 하겠지만······ 모든 정황상 그가 배신한 것이 맞는 거 같아요. 가장 믿었던 사람이 배신할 정도로 저는 무능한 거죠."

그때만 생각하면 소름이 돋는 유가연이었다.

항상 자신이 나서면 이렇게 일이 엉망이 되었다.

무엇하나 제대로 할 줄 아는 게 없는 철부지가 바로 자신이었다.

슬픈 얼굴로 입술을 꾹 다물고 있는 유가연에게 천룡이 말했다.

"앞으로는 말이죠. 항상 제가 지켜 드리죠."

천룡의 말에 유가연이 고개를 들어 그게 무슨 소리냐는 표정으로 쳐다봤다.

"네?"

"그런 슬픈 표정이 나오지 않도록 지켜 줄게요."

천룡의 고백과 같은 말에 유가연이 당황하였다.

"자, 자, 장주님께서 저, 저를 지, 지켜 주시려는······ 이유가 있나요?"

천룡의 말에 유가연은 자신이 무슨 말을 하는지도 모른 채 마구 내뱉고 있었다.

"하하, 글쎄요? 그냥 같이 있으면 즐겁고 마음이 편해져서 그런가요? 앞으로도 계속 보고 싶고, 같이 있고 싶은 것이 현재 제 마음이군요."

단둘이 남게 되니 말이 청산유수처럼 흘러나오는 천룡이었다.

유가연이 아무 말도 못 하고 고개만 푹 숙이고 있자, 천룡이 짐짓 슬픈 표정을 지으며 말했다.

"아…… 제가 너무 결례를 저질렀군요. 죄송합니다. 저도 모르게 제 마음을 그냥 말해 버리고 말했네요."

천룡이 사과하자 유가연이 고개를 번쩍 들며 손사래를 쳤다.

"아니에요! 저도 좋아요!"

다급하게 자신도 좋다고 대답을 하자, 천룡이 멍한 표정으로 유가연을 바라보았다.

그제야 자신이 무슨 말을 했는지 깨달은 유가연은 횡설수설하기 시작했다.

"아, 그…… 저기 그게…… 장주님이…… 좋다는 게 아니고……."

그러한 유가연을 보며 천룡이 짓궂은 웃음을 보이며 말했다.

"제가 싫어요?"

천룡이 직접적으로 묻자, 유가연은 눈을 깜박이며 아무 대답을 하지 못했다.

"싫군요…… 네……. 알겠습니다."

아무 말이 없는 유가연에게 그리 말하고 어깨를 축 늘어뜨리는 천룡이었다.

그 모습에 유가연이 또다시 다급하게 말했다.

"아니에요! 좋아요! 장주님 좋아요!"

마치 떠나는 임을 잡는 듯한 표정으로 말하는 유가연을 보며 천룡은 즐겁고 행복했다.

"그럼…… 음…… 장주님 말고 공자님~ 하고 불러 보세요."

"네?"

자신을 공자님이라고 부르라는 천룡에게 눈을 동그랗게 뜨며 반문을 하자 천룡이 다시 말했다.

"장주님은 뭔가…… 딱딱한 관계 같잖아요. 그러니 공자님이라고 불러 달라고요. 운, 공, 자, 님! 이렇게."

그러자 유가연의 입에서 들리지도 않을 정도로 작은 목소리로 무언가를 말하는 소리가 들렸다.

"우, 운 공자님……."

개미가 기어가는 소리만큼 작은 소리였지만 천룡은 확실하게 들었다.

점점 그녀가 좋아지고 있는 천룡이었다.

자신이 이런 모습을 보일지도 몰랐지만, 이렇게 언변이 화려하게 술술 나오는 것도 신기했다.

그저 이제 피하지 않고 마음이 가는 대로 따르기로 마음을 먹었을 뿐.

유가연 역시 천룡에게 고백 비슷한 말을 듣고서 자신이 천룡에게 마음이 있다는 사실을 깨달았다. 왜 천룡을 만나러 갈 때 그렇게 기분이 좋았었는지 이제는 알 것 같은 유가연이었다.

둘의 입가엔 행복함이 가득한 미소가 새겨지고 있었다.

한편 매복을 하고 있던 복면인들은 여전히 표국이 오기를 기다리며 숨을 죽이고 있었다.

"쥐새끼들처럼 여기에 숨어서 뭐 하니?"

어디선가 들려오는 목소리에 복면인들은 일제히 검을 빼 들며 주위를 경계했다.

"누구냐!"

사방을 둘러보아도 목소리의 주인공은 보이지 않았다.

그때 다시 목소리가 들렸다.

"하하하! 놀란 토끼 눈을 한 모습들이 정말 가관이구나."

이번엔 확실하게 목소리가 들려온 방향을 바라봤다.

그러자 목소리의 주인공이 하늘에서 보이지 않는 계단을 밟고 내려오는 듯이 천천히 걸어 내려오고 있었다.

"허, 허공답보(虛空踏步)!"

복면인들은 경악했다.

자신들은 언감생심 꿈도 꾸지 못할 경지였다.

저 정도 경지를 구사하는 자를 상대하기엔 자신들의 힘이 너무 약했다.

"조장님! 소, 속임수일지도 모릅니다! 허, 허공답보를 구사할 정도의 절대 고수가 여기에 있을…… 리……."

순간 부하의 뇌리에 스치는 한 사람이 있었다.

자신들이 있는 이곳은 구룡방과 그리 멀지 않은 곳이었다.

구룡방과 가까우면서 허공답보를 구사하는 절대 고수라고 하면 단 한 명뿐이었다.

"서, 설마! 사, 사, 사……."

떨리는 목소리엔 두려움이 잔뜩 묻어났다.

그러한 부하의 외침에 역시 무언가가 생각이 난 조장이 고개를 돌려 여전히 천천히 걸어 내려오는 자의 얼굴을 자세히 보았다.

붉은 머리였다.

강호에 아무리 별난 사람들이 많다 하지만 붉은 머리를 가진 자는 그렇게 많지 않았다.

그런데 붉은 머리에 절대 고수들만 쓴다는 허공답보를 쓴다?

"서, 설마…… 진짜…… 사, 사황?"

온몸을 부들부들 떨면서 조장이 말을 하자 천천히 내려오던 태성이 미소를 지으며 말했다.

"그래도 동태 눈깔들은 아니군? 본좌를 다 알아보고?"

본인이 인정했다.

이건 진짜 사황의 등장이었다.

아니, 그런데 사황이 이런 곳에 갑자기 왜 등장을 한단 말인가? 구룡방과 거리가 가깝다고는 하나 그래도 걸어서 이틀은 가야 하는 거리에 있는 곳이었다.

무엇보다 이런 외진 곳에 사황이 산책을 나왔을 리도 없다.

그렇다면 자신들을 노리고 나온 것이라는 소리다.

사파의 절대지존이다.

자신들이 함부로 경거망동(輕擧妄動)할 위인이 아니었다.

"묻지 않느냐? 여기에 숨어서 무엇을 하고 있느냐고?"

어느새 땅에 내려온 태성이 뒷짐을 지고 복면인들에게 묻고 있었다.

그에 복면인들이 일제히 검을 거두며 뒤로 물러섰고, 조장이라는 자가 대표로 앞으로 나와 포권을 하며 말했다.

"사, 사정이 있어 정체를 밝힐 수는 없으나 무림 말학이 사황께 인사드립니다."

그러자 태성의 몸에서 거대한 기운이 흘러나오며 그곳에 있는 모든 사람을 압박하기 시작했다.

"본좌에게…… 그따위로 건방진 행동을 하다니…… 네놈

들이 정녕 다 죽고 싶은 게구나?"

그곳에 있는 모든 복면인들은 온몸이 조여 오는 것 같은 고통을 느끼기 시작했다.

"크, 크윽……."

복면인들의 입가에 피가 흐르기 시작했고, 곳곳에서 고통에 주저앉는 사람들이 보였다.

"소, 송구…… 부디…… 요, 용서……."

겨우겨우 입을 열어 말을 하는 조장이었다.

지금 이것이 자신이 할 수 있는 최선이었다.

강해도 너무 강했다.

말로 듣던 것보다 배는 더 강해 보였다.

그 순간 몸을 압박하던 기운이 씻은 듯이 사라졌다.

"허억, 허억……. 가, 감사합……니다……."

기운이 사라지자 조장이 감사의 인사를 했다.

"그런 쓸데없는 소리 말고 내가 원하는 답을 말해야지?"

태성의 물음에 복면 무리의 조장은 엎드려서 대답했다.

"그저…… 의뢰를 받고…… 천룡표국이라는 곳을 습격……하기 위해 이렇게…… 숨어 있었습니다. 이 일은 구룡방과도 이야기가 다 된 것으로……."

조장이 열심히 대답하고 있을 때 태성이 말을 끊으며 물었다.

"뭐라? 구룡방? 이야기가 다 돼? 그게…… 무슨 말이냐?"

구룡방과 이야기가 다 되었다는 소리에 분노한 태성의 몸 주위에서 붉게 형상화된 기운들이 넘실거리기 시작했다.

"그 말인즉 우리 애들이 이런…… 저급한 일에 연관이 있다는 소리겠지?"

분노가 가득한 목소리로 다시 물었지만, 조장은 대답을 못 하고 있었다. 태성의 강한 기운 때문에 숨도 제대로 못 쉬고 있었던 것이었다.

그때 한줄기 청량한 기운이 조장의 몸을 감싸며 편안하게 해 주었다.

정신을 차려 보니 누군가 자신의 어깨를 감싸고 옆에 쭈그려 앉아 있는 한 사람이 보였다.

"야! 애 잡겠다! 넌 매사가 그렇게 충동적이냐? 성질 좀 죽여!"

자신의 옆에 앉은 사람이 사황에게 막말을 하자, 이제 정말 죽었다는 생각에 두 눈을 질끈 감았다.

"근데 그게 무슨 소리냐? 구룡방이 연관이 있다니? 자세히 좀 말해 봐. 응? 야! 야! 눈 뜨고."

그 말에 살짝 실눈을 뜨며 무광을 바라보니 자신을 향해 날아오는 손가락이 보였다.

퍽!

날아오는 손가락은 그대로 실눈을 뜨고 있던 조장의 눈을 찔렀다.

"아악!"

두 눈을 감싸며 뒹구는 조장에게 성질을 내며 말하는 무광이었다.

"이 새끼가 사람이 물으면 빨리 대답을 해야지! 대답은 안 하고 째려봐?"

실눈 뜬 것을 째려본 것으로 생각한 무광이었다.

그 모습에 태성이 흥분해서 끌어 올렸던 기운을 풀고 고개를 가로저었다.

누가 누구에게 성질을 죽이라는 것인지 모를 일이었다.

저런 사람이 온 무림의 존경을 받는 무황이라니⋯⋯.

저도 모르게 피식하고 웃음이 나오는 태성이었다.

"나 참나, 대사형이야말로 성질 좀 죽여요. 세상 어느 누가 지금 모습을 보고 대사형을 무황이라고 생각하겠습니까?"

태성의 말에 눈을 감싸 쥐고 뒹굴던 조장의 눈이 번쩍 떠졌다.

아픈 것도 잊은 채로 자신의 눈을 찌른 사람을 바라보았다.

사황이 사파의 지존이라면, 무황은 사파의 염라대왕이었다.

주변의 복면인들은 이미 전의를 상실한 것도 모자라 혼까지 나가, 복면 사이로 침이 뚝뚝 떨어지고 있었다.

사황만으로도 이곳을 벗어 날 길이 없는데 무황이라

니……

사면초가(四面楚歌)라는 말이 딱 이런 것이었다.

심지어 대사형이라고 했다.

무황과 사형이 사형제 간이었단 말인가?

그런 중요한 사실이 왜 하필 자신들이 잡혀 있는 이 상황에 알려진단 말인가.

하늘이 무너진다는 표현이 이럴 때 쓰는 건가?

온갖 생각이 머릿속을 스치고 지나가고 있었다.

"이게? 자꾸 멍 때릴래? 대답을 하라고!"

빡!

조장은 자신의 뒤통수가 사라진 것 같은 통증을 느끼며 다시 바닥을 뒹굴었다.

"야! 당장 일어나서 말 안 하면…… 한 시진 동안 방금 그 고통으로 맞고 시작한다."

무광의 으름장에 조장은 고통을 참으며 자신의 모든 기운을 총동원해서 벌떡 일어나 부동자세로 자신이 알고 있는 모든 것을 말하기 시작했다.

이미 복면이 벗겨진 것도 모른 채로 말이다.

"호오, 그러니까 너희들이 일 차로 습격을 하고, 혹시라도 실패해도 구룡방에서 물건을 받기로 한 놈들이 가짜 인형설삼을 핑계로 저들을 압박하기로 했다는 거지?"

조장의 말을 다시 한번 요약해서 물어보는 무광이었다.

"네! 그렇습니다."

조장에게 모든 일을 들은 무광은 짧아진 수염을 쓰다듬으며 생각을 하기 시작했고, 그 옆에서 태성은 자신의 얼굴에 먹칠한 그놈들을 어찌 죽일까 고민하고 있었다.

그렇게 이들 둘에게 둘러싸여 꼼짝 못 하고 있는 복면인들은 자신들의 목표물이 유유히 그곳을 지나고 있음에도 아무것도 할 수가 없었다.

지금 목표물이 중요한 것이 아니기 때문이다.

"좋아. 그렇다 치고…… 니들 어디 애들이냐?"

무광의 질문에 조장이 머뭇거리며 대답을 못 했다. 절대로 정체를 들키면 안 된다는 방주의 명이 있었기 때문이었다.

"말 안 해? 오호, 두려움의 눈빛. 너희 대장이 무서운가 보구나? 그러나 이를 어쩌나? 너희 대장은 멀리 있고, 나는 바로 앞에 있는데? 그리고 결정적으로…… 너희 대장이 우리보다 강하다고 생각해?"

그러면서 주먹을 말아 쥐며 소매를 걷는 무광이었다.

그 주먹이 어찌나 무서운지 조장은 자신도 모르게 모든 것을 말하려고 입을 열었다.

"저기…… 모두 다 말……."

조장의 말이 다 끝나기도 전에 무광은 전광석화 같은 손놀림으로 조장을 움직이지 못하게 점혈했다.

그리고 새색시에게 말하듯 나긋나긋하게 얘기했다.

"응, 응. 그래그래. 일단 좀 기다려. 왜 이리 성급해? 우리 서로 신뢰의 시간을 쌓고 나서, 이따가 말할 시간을 줄게. 괜찮지?"

안 괜찮다고 고개를 흔들고 싶었으나 몸이 움직이질 않았다.

"그래. 그럼 허락한 것으로 알고 시작한다."

그러면서 본격적으로 패려고 하는데 태성이 투덜거리면서 말했다.

"아! 대사형. 저랑 연관이 되어 있으니 제가 패야 하는 거 아니에요?"

태성의 말에 무광이 주변에 널린 복면인들을 가리키며 말했다.

"아니, 그래서 저기 나머지 애들은 안 건드리잖아! 실컷 풀어. 저기 많네. 때릴 애들."

그 말에 주변의 복면인들이 화들짝 놀라며 경기를 일으켰다.

"제 신조가 약한 애들은 안 건드린다는 거예요! 저것들은 연약해서 잘못 건드리면 죽어요!"

그 말에 안 맞아도 된다는 생각에 기쁨의 눈빛을 하며 태성을 바라보는 복면인들이었다.

하지만 이어진 무광의 말에 좌절했다.

"이번 기회에 힘 조절하는 법을 배워. 그것도 다 공부야!

아, 그래. 이번에 재들 상대로 힘 조절하는 법을 배워서 네 얼굴에 먹칠한 놈들 오랫동안 두고두고 패면 되잖아."

무광의 말에 일리가 있다고 생각한 태성은 눈빛이 반짝이 며 빛났다.

"아, 그러네요. 일리가 있는 말씀이시네요. 하하. 역시 대 사형은 저보다 한 수 위십니다."

복면인들의 눈에 저들이 이제 악마로 보이기 시작했다.

저들에 비하면 자신들의 방주는 선인이었다.

어찌 됐든 몸부림을 쳐 보려 하는데, 이미 무형의 기운에 의해 몸이 제압된 상태였다.

공포와 절망이 뒤섞인 눈으로 자신들을 향해 다가오는 태 성을 바라보는 그들이었다.

그러한 눈빛을 보며 다가서는 태성은 입술을 핥으며 사악 한 미소를 지었다.

"흐흐흐, 걱정하지 마. 안 죽어! 다만 좀 아플 거야."

그 모습에 극심한 공포를 느끼고 기절하는 사람이 생기기 시작했다.

훗날 이곳의 지명이 곡소리 계곡으로 바뀌는 계기가 된 구 타였다.

한참의 시간이 지나고 바닥에 사람인지 걸레인지 분간이 안 되는 것들이 널브러져 있는 곳에서 무광과 태성이 대화를 하고 있었다.

"흠, 혈호방이라……. 그놈들 꽤 잘 살지 않나? 왜 이런 일을 벌이지?"

"그러게 말입니다…… 암튼 이놈들은 배후가 누군지는 모르니 일단은 저희 방까지 가야 할 듯합니다. 그곳에 가서도 모른다면…… 혈호방에 한번 방문을 해야겠지요."

"흥, 그것 때문이 아니어도 한번 방문해야 해. 이놈들이 누구를 건드리려 했는지 알려 줘야지."

무광의 말에 태성이 피식 웃으며 말했다.

"대사형은 몸이 젊어지시더니 정신까지 같이 어려지신 듯합니다?"

태성의 말에 무광이 웃으며 답했다.

"이런 것을 혼연일체(渾然一體)라고 하는 거겠지. 신소리 그만하고 어서 돌아가자. 아버지 기다리시겠다."

"네, 대사형."

둘은 서로를 바라보며 미소를 짓고 천룡이 있는 곳으로 몸을 날렸다.

⁂

기련산 자락 아래에 있는 구룡방 약룡각(藥龍閣)의 각주실에 한 장의 서신이 전달되었다.

-천룡표국 기련산 쪽으로 접근 중.

그 서신을 받은 사람은 바로 약룡각주 조대진이었다.

"흐음…… 혈호방 녀석들이 실패했나? 아니지……. 그놈들…… 돈만 먹고 튀었군……. 하긴…… 흐흐, 나도 뭐 남 말할 처지는 아니군."

서신은 삼매진화(三昧眞火)를 이용해 태워 버린 후 자신의 부각주에게 말을 전달했다.

"혈호방 놈들이 대충 습격하는 척만 하고 저들을 보낸 것 같다. 이제 우리 차례니…… 알지? 저들이 오면 확실하게 압박해서 모두 잡아들여. 국주는 따로 빼서 감금하고……."

"네! 알겠습니다."

"국주의 몸에는 절대 어떠한 상처도 있어선 안 돼. 그녀의 몸값이 어마어마하니 각별히 신경 쓰도록 해라. 몸값을 받으면 네놈에게도 삼 할을 주마."

자신에게도 삼 할의 몫을 준다는 소리에 부각주의 입이 함지박만 하게 벌어지며 신나서 대답했다.

"넵! 저만 믿고 기다리십시오. 제가 곧 좋은 소식을 듣고 다시 찾아뵙겠습니다."

부각주가 신나서 흥얼거리며 나가자, 조대진의 눈빛이 싸늘해지며 무언가를 중얼거렸다.

"크큭. 돈이 좋긴 좋아. 이렇게 쉽게 사람들을 다룰 수 있는 것을 보면…….”

한편 밖으로 나간 부각주 엄명은 사람들을 불러 모아서 곧 도착하는 천룡표국의 약재들을 철저하게 검수하라고 명하였다.

그리고 만약의 사태를 대비해서 화룡각(火龍閣)에게 지원을 요청하고 만반의 준비를 하고 있었다.

하지만 이들은 모르고 있었다.

지금 자신들이 하는 이 모든 것들이 자신들의 불행이 되리라는 것을 말이다.

구룡방으로 향하는 천룡표국의 행렬 가운데 유독 눈에 뜨이는 마차 안에서는 왠지 모를 이상한 분위기가 감지되고 있었다.

-대사형…… 잠깐 나갔다 온 사이에 분위기가 좀 묘해진 것 같네요?

-그, 그러게? 우리 아버지와 유 국주 사이에 분위기가 살짝 달라진 것 같은데?

혈호방 무인들을 상대로 그동안 쌓인 욕구불만을 풀고 오니 상황이 이렇게 변해 있었던 것이었다.

“운 공자님, 이제 곧 목적지에 도착해요. 저 걱정돼요.”

유가연의 말에 무광과 태성이 다시 열심히 심어를 주고받기 시작했다.

　-공자님? 왠 공자님? 말투는 또 왜 저래.

　-그러게 말입니다. 하하. 이거 조만간에 좋은 소식 들리는 것 아닙니까?

　"하하, 걱정하지 마시래도요. 제가 항상 옆에서 지켜드린다고 했잖아요."

　이어진 천룡의 말에 두 사람은 뜨악하며 놀랐다.

　-헐. 아버지가 유 국주에게 고백했나 보다. 그러지 않고서야 저렇게 자연스럽게 지켜 준다는 소리를 하지 않겠지.

　무광이 놀란 눈으로 태성에게 심어를 보내자, 태성 역시 토끼 눈을 뜨고 둘을 번갈아 바라봤다.

　"왜 그런 눈으로 나랑 유 소저를 바라보냐?"

　천룡이 둘의 이상한 눈빛을 감지하고는 물었다.

　"하하, 아니요. 뭔가 두 분이 많이 가까워지신 것 같아서요."

　뒷머리를 긁적이며 대답을 하는 태성이었다.

　그런 태성의 말에 유가연은 얼굴을 붉히고 천룡은 헛기침했다.

　-어라? 진짜인가 본데요? 우와, 울 사부 능력 있네요.

　-그러게. 흐흐흐. 우리가 노력한 보람이 이제 결실을 보이나 보다.

둘이 실실 웃으며 천룡과 유가연을 번갈아 바라보았다.

"흠흠, 그런 눈빛은 좀 자제해 줄래? 심히 부담스럽다."

천룡이 계속 헛기침을 하며 말하자 태성이 크게 웃으며 말했다.

"하하하, 그런 눈빛이 어떤 눈빛인데요? 유 국주님! 저희 장주님 앞으로 잘 좀 부탁드립니다."

태성의 갑작스러운 일격에 유가연은 깜짝 놀라며 자기도 모르게 대답을 했다.

"네? 네……."

그런 모습에 태성은 다시 크게 웃으며 말했다.

"하하하! 분명히 네라고 약속 하셨습니다? 사…… ㅂ…… 장주님 축하드립니다."

너무 기쁜 나머지 사부라는 단어가 튀어나올 뻔한 태성이었다.

"그만해라. 유 소저 부담스럽겠다."

천룡이 말하자 무광이 실실 웃으며 말했다.

"이거…… 섭섭합니다? 벌써 편드시고."

둘은 아주 천룡을 놀리며 신났다.

그런 둘의 모습에 천룡이 살며시 주먹을 들어 올렸다.

그 모습에 둘은 잽싸게 입을 가리고는 마차에 있는 창밖을 내다보며 딴청을 피웠다.

제자들의 마음을 어찌 모를까? 자신을 생각하는 저 마음이 천룡은 너무나도 고마웠다.

애정이 가득 담긴 미소를 지으며 창밖을 바라보는 두 제자를 바라보는 천룡이었다.

그러한 천룡의 모습을 유가연이 바라보며 행복한 미소를 지었다. 자애로움이 가득한 저 모습이 너무나 보기 좋았기 때문이었다.

잠시 후, 천명이 마차 안으로 들어왔다. 천명이 들어오자마자 무광이 심어를 보냈다.

─야, 너도 느껴지냐? 지금 이 분위기? 너는 지금 들어와서 잘 모르지? 방금 무슨 일이 있었냐 하면은⋯⋯.

무광이 방금 있었던 일을 천명에게 말해 주려 하는데 천명이 미소를 지으며 말했다.

─하하. 대사형. 저는 아까 현장에서 생생하게 다 들었습니다. 두 분의 모든 대화를 들었지요. 하하하.

천명의 말에 무광과 태성이 천명을 향해 동그랗게 뜬 눈으로 바라봤다.

─야! 그걸 왜 이제 말해! 어서 우리가 없었을 때 상황을 말해 봐. 처음부터 끝까지.

너무나도 궁금해서 미칠 것 같은 무광과 태성이었다.

그러한 둘을 바라보며 천명이 어울리지 않게 사악한 미소를 지으며 말했다.

─술 사 주면요. 하하하.

천명의 한 방에 둘은 벙한 얼굴로 서로를 바라봤다.

-저거 왜 저렇게 변했냐? 안 그랬는데?

-그러게요? 둘째 사형이 저러니 적응 안 되네요.

둘의 심어에 천명이 끼어들었다.

-다 대사형과 사제에게 물들었지요. 하하하.

천명의 말에 무광과 태성은 그저 어색한 미소를 지을 뿐이었다.

-구룡방에 가서 술 한잔하면서 이야기보따리를 풀 테니 막내 사제는 거나하게 차려야 할 거야.

그 말에 태성은 고개가 부러져라 흔들면서 말했다.

-여부가 있겠습니까. 둘째 사형! 하하하.

그렇게 서로가 심어로 대화를 주고받는 모습을 본 천룡은 이마를 찡그리며 생각했다.

'저놈들 뭐 하는 거지? 전음은 아닌데? 아, 궁금해 죽겠네. 이제 눈빛만 보아도 서로 말이 통하나? 아씨. 그때 전음 들린다고 괜히 말해 줬나?'

또 무슨 짓을 작당하는 것인지 심히 불안해지는 천룡이었다.

천룡표국의 기나긴 행렬은 어느덧 구룡방의 정문에 도착했다.

정문 앞에는 수많은 무사가 철통같은 경계를 하고 있었다.

"멈추시오!"

수문 위사 중 한 명이 큰소리로 외쳤다.

그 소리에 표국의 모든 마차와 사람들이 멈추고 대표두는 방문 목적을 말하기 위해 말에서 내려 수문위사 쪽으로 걸어 갔다.

"하하, 노고가 많으십니다. 저는 천룡표국의 대표두 장삼이라고 합니다. 이번에 구룡방에서 요청한 약재들을 싣고 왔습니다."

"아, 그러시군요. 먼 길 오시느라 고생 많으셨습니다. 절차에 따라 모든 화물을 검사하겠습니다. 양해 바랍니다."

"그럼요. 당연하신 말씀입니다."

그렇게 말하며 표사들과 쟁자수들을 향해 외쳤다.

"이제부터 화물에 대한 검수가 있을 것이니 모두 화물에서 물러서라!"

대표두의 외침에 사람들은 화물을 두고 양쪽으로 갈라져 서기 시작했다.

그때 수문위장이 다가오며 물었다.

"저기 저 화려한 마차는 뭡니까?"

수문위장이 화려한 마차를 가리키며 묻자 대표두가 신속하게 답했다.

"아, 저 마차는 저희 표국주님이 타고 오신 마차입니다."

"흥! 아니, 표행을 하면서 저런 화려한 마차를 끌고 온단말이오? 그 말을 지금 나더러 믿으라는 것이오?"

수문위장의 말이 백번 옳았다. 반박할 수가 없었다. 어느 표국이 저런 화려한 마차를 끌고 다니며 이목을 끌려 할까.

누가 봐도 여기에 '중요한 사람이 탔으니 여기를 공격하시오.'라고 하는 것으로밖에 보이지 않았다.

하지만 그렇다고 마차 안에 계신 은인들을 불편하게 할 수도 없었다.

대표두는 잽싸게 수문위장의 손에 작은 주머니를 쥐여 주며 속삭였다.

"저 마차 안에는 저희 표국의 귀한 손님분들이 타고 계십니다. 그분들을 모시기 위해 마련한 마차니 이번 한 번만 넘어가 주십시오."

주머니를 받은 수문위장의 눈이 살짝 흔들렸다.

평소에 같았으면 그냥 웃으면 넘겼을 일이었다.

하지만 오늘은 아니었다.

불손한 무리가 위장하고 잠입을 하려 하니, 구룡방에 들어오는 모든 물자와 사람에 대해 철저히 검수하라는 명이 내려온 상태였다.

속으로 아쉬운 마음이 드는 수문위장이었지만 푼돈 때문에 자신의 모든 것을 걸 수는 없었다.

이내 자신이 받은 주머니를 바닥에 내팽개치며 분노한 듯이 크게 외쳤다.

"이게 무슨 짓인가! 금품을 제공하면서까지 숨기려 하다니

수상하구나! 내가 직접 저 마차를 수색하겠다. 너희들은 이 자들이 가져온 모든 물품을 더욱더 철저히 검수하고, 이들이 함부로 움직이지 못하도록 철저하게 감시하라."

수문위장의 명에 수문위사들은 일제히 검을 빼 들고 표국의 사람들을 둘러싸며 포위했다.

그제야 자신의 실수를 자책하는 대표두였다.

'아, 나의 경거망동이 은인들께 곤란함을 주겠구나…….
이 일을 어쩐다…….'

안절부절못하며 이러지도 저러지도 못하고 있는 대표두였다.

여기에서 저들에게 대항했다가는 지금까지 모든 노력이 물거품이 되어 사라질 것이 뻔하였다.

수문위장이 천천히 마차에 다가서자 문이 열리며 표국주인 유가연이 밖으로 나왔다.

유가연은 수문위장에게 고개를 숙여 인사를 하며 말했다.

"죄송합니다. 저의 불찰로 인해 이리 화가 나셨으니 천룡표국의 국주로서 진심으로 사죄드립니다."

마차 안에서 밖의 상황을 모두 들은 유가연은 자신이 직접 나서서 해결해야겠다고 생각을 하고 나선 것이었다.

하지만 이미 늦었다.

수문위장의 표정은 북풍한설이 몰아치는 것처럼 차갑게 변해 있었다.

"흥! 이제야 국주가 나서시는구려? 도대체 얼마나 중요한 물건이 그 안에 있길래 그러는 것인지 확인해 봐야겠소. 사죄는 내가 직접 저 마차를 수색한 후에 받아들이겠소. 비키시오!"

유가연을 옆으로 강하게 밀치며 마차 안으로 들어가는 수문위장이었다.

수문위장이 마차 안으로 들어가자 마차 문이 누군가 잡아당기는 것처럼 자연스레 닫혔다.

이미 마차 안에는 기막(氣幕)을 형성해 소리가 밖으로 빠져나가지 못하게 만들었기 때문에 밖의 사람들은 안에서 일어나는 일을 전혀 알 수 없었다.

너무도 자연스러웠기에 밖에 사람들은 이상함을 느끼지 못했다.

하지만 반 강제로 끌려 들어온 수문위장은 아니었다.

마차 안으로 들어오자마자 몸이 알 수 없는 힘에 이끌렸다. 거기에 문이 닫히자 크게 당황한 수문위장은 자신의 애검을 빼 들며 말했다.

"이, 이게 무슨 짓이오? 당장 저 문을 열지 못할까! 이곳이 어딘지 알고 지금 이리 시, 시비를 거는 것인가!"

사람은 갑작스러운 상황에 당황하기 마련이다.

지금 수문위장의 상황이 딱 그랬다. 철저하게 수색을 할 마음도 없었다.

그저 보는 눈이 많기에 대충 열심히 하는 흉내만 내려 했을 뿐이었다. 그런데 자신이 마차 안으로 들어오자 무인으로 보이는 자들이 험악한 표정으로 자신을 노려보고 있었다.

자신을 끌어들인 힘만 봐도 고수들이었다.

수문위장은 이 상황을 벗어나기 위해 열심히 머리를 굴렸다.

그때 수문위장의 귀로 한 남자의 말소리가 들어왔다.

"야, 너희 애들은 너 모르냐? 아님, 알고도 저러는 거냐? 알고도 저러는 거면…… 저놈 크게 될 놈이니 키워 봐라."

무광이었다.

태성을 보고도 전혀 모르는 것처럼 그의 앞에서 검을 빼들며 저러고 있으니 어이가 없어서 물은 것이었다.

무광의 말에 태성의 표정이 일그러졌다.

자존심이 구겨진 것이었다.

아무리 자신이 방을 나올 때 비해 젊어졌다고는 하나 자신의 특징은 그대로 살아 있는데 그것을 못 알아보니 열이 받았다.

방에 들어가면 정신교육을 다시 해야겠다고 다짐을 하며 수문위장의 면상 앞으로 자신의 얼굴을 디밀었다.

"야……! 너…… 나 모르냐?"

태성의 물음에 수문위장은 더욱더 당황하며 자신의 기억을 더듬었다.

어디선가 본 듯한 얼굴이었지만 자신이 기억하는 그 얼굴이 아니었다.

태성은 여전히 자신을 못 알아보는 것 같아서 화가 났지만, 이런 급도 안 되는 애를 팰 수도 없고 그냥 조용히 알아듣게 말해 주었다.

"진짜 모르나 보네? 하아…… 어떻게 나를 모를 수 있지? 너 지금 내 앞에서 이렇게 검 빼 든 거 귀계신옹이 알면 어떻게 될까? 아니, 귀계신옹까지 갈 필요도 없지…… 풍백이 돌아왔지?"

태성의 말에 수문위장의 얼굴이 점점 사색이 되어 갔다.

저자의 입에서 나온 사람들은 하나같이 자신은 감히 쳐다도 보지 못하는 위치에 있는 자들이었다.

그런데 그런 사람들을 마치 자신의 수하인 듯 부르고 있었다.

'응? 수하처럼 불러? 거기에 어디서 본 듯한 붉은 머…… 리…… 바, 바, 방주……님?'

순간 자신의 머리에 번개가 내려치는 듯한 느낌을 받은 수문위장은 다급하게 검을 버리고 부복하며 외쳤다.

"시, 신…… 수, 수문위장 아소. 바, 방주님께…… 인사 올립니다!"

어찌나 심히 떨면서 말하는지 마차가 흔들리는 기분까지 드는 천룡 일행이었다.

"하아…… 이거 모습이 변하니까 이런 문제점이 있네. 됐어. 일어나."

"추웅!"

어찌나 우렁차게 대답을 하면서 일어나는지 그 소리가 태성이 쳐 놓은 기막을 뚫고 밖으로 나갈 기세였다.

"깜짝이야! 이 자식이 오늘 여러 가지로 날 엿 먹이네. 너 평소에 나한테 불만이 많았니?"

자신은 진심 전력을 다해 복종의 표시를 한 것뿐인데, 억울한 수문위장이었다.

하지만 어쩌랴, 계급이 깡패인 것을…….

그 계급 중에서도 가장 높은 계급이 지금 자신에게 묻고 있었다.

"아닙니다! 방주님은 신에게 하늘이며 언제나 존경하는 분이십니다!"

수문위장이 금방이라도 울 것 같은 얼굴로 대답을 하고 있었다.

그런 모습에 태성은 피식 웃으며 수문위장의 어깨를 감싸 안으며 말했다.

"그래그래. 네 맘 내가 다 알지. 자, 그럼 이제 무엇을 해야 할까. 응?"

태성의 물음에 수문위장의 눈은 쉴 틈 없이 굴러다니고 있었다. 지금 당장 방주의 의중을 깨달아야 하기 때문이었다.

그 모습이 재밌는지 무광이 웃으며 말했다.

"푸하하하! 저놈 눈알 돌아가는 거 봐라. 하하하, 인제 그만 놀려라. 애 잡겠다."

저 인간은 또 뭔가?

말리는 시누이가 더 얄밉다고 하더니 딱 그 짝이었다.

하지만 태성이 바로 옆에 있으니 다른 말을 하지 못하고 무슨 대답을 해야 하는지 고민만 하고 있을 뿐이었다.

"하아…… 야, 내가 누구냐? 응?"

"위대하고 찬란하신 대(大) 구룡방의 방주님이십니다!"

몸을 일자로 꼿꼿하게 세운 채로 계속 우렁차게 대답을 하는 수문위장이었다. 그러한 수문위장을 보며 무광이 또 한 번 웃음을 터트렸다.

"크하하하하! 나 죽네. 나 죽어! 미치겠다! 태성아! 너 사실 방주가 아니라 교주 아니냐? 푸하하하하하하!"

무광의 웃음에 태성의 얼굴은 굳어 가고 있었다.

그 모습에 수문위장은 정말 죽을 맛이었다.

'아씨, 말을 해 줘야 알지. 내가 미쳤지. 아까 돈 받고 그냥 못 이기는 척 통과시킬걸…… 응? 가만……. 통과? 헉!'

정답이 생각이 난 듯 수문위장이 다시 목청이 터져라 대답했다.

"당장 방주님이 무사히 정문을 지나도록 모셔야 합니다!"

드디어 원하는 대답이 나왔는지 태성이 수문위장의 어깨

를 툭툭 두드리며 말했다.

"하하, 그렇지. 그거야. 그 쉬운 걸 이제야 생각하다니. 하하하. 자, 이제 나가서 아무 일 없는 듯이 조용히 표국 전체를 통과시켜라. 알겠지?"

"네! 알겠습니다!"

"내가 여기 있다는 사실을 말해서도 안 된다. 만약 내가 마차에 나가기 전에 내가 여기 있는 사실을 들키면…… 알지? 네 위로 내 밑으로 전부 집합이다."

자신의 위로 방주의 아래로 집합이면…… 그냥 자살하는 것이 이로울 정도로 끔찍한 형벌이었다. 그 생각에 수문위장의 고개를 부러질 듯이 격하게 끄덕이고 있었다.

수문위장이 마차 밖으로 허겁지겁 나가자 천룡이 말했다.

"장난들이 너무 심하다. 불쌍해 보이던데……."

천룡의 말에 태성이 답했다.

"하하, 사부. 쟤들은 저리 대하지 않으면 언제 기어 올라올지 모르는 애들입니다. 솔직히 우리 애들이 좀 다루기 쉽지 않아서요. 다른 애들은 지금 한 것보다 더 심하게 다뤄야 해요. 혹시라도…… 나중에 그런 모습 보시면 그냥 그러려니 하고 넘어가 주세요."

"하긴 지금까지 네가 살아온 방식이 있는데 내가 그건 미처 생각을 못 했구나. 아직도 어릴 때 모습이 더 강해서 말이지. 가끔 적응이 안 된다."

천룡의 말에 태성이 어린애 흉내를 내면서 천룡의 품 안으로 안겼다.

"헤헤헤, 사부 앞에선 아직도 어린아이입니다. 사부~."

그런 태성의 애교에 천룡이 기겁하며 의자 옆으로 피신했다.

"헉! 인마! 징그럽다! 그만 안 해?"

그런 천룡을 보며 태성이 짐짓 삐진 듯한 말투로 말했다.

"쳇, 사부. 예전엔 잘 안아 주셨는데…… 변하셨어요!"

그런 태성을 보며 머리가 다시 아파 오는 천룡이었다.

어릴 때와는 다르게 제자들의 행동들이 왜 이리 예측하기 어려운지……. 적응하기 위해 많은 시간이 필요한 천룡이었다.

머리에 손을 짚고 고개를 흔드는 천룡을 보며 웃고 있던 태성은 순간 뒤통수에서 느껴지는 묘한 살기에 뒤를 돌아보았다.

그랬더니 무광과 천명이 약하게 살기를 띠고 태성을 노려보고 있었다.

"허헉! 사형들, 왜, 왜 이러시는 겁니까?"

"이 자식이 감히 아버지를 혼자 독차지하려고 수를 써?"

"그러게 말입니다. 막내 사제. 사부님은 자네의 것만이 아닐세. 앞으로는 조심해 주시게."

태성의 갑작스러운 행동에 질투심이 폭발한 둘이었다.

세 사람의 철없는 투덕거림에 천룡의 골치는 점점 더 아파 오기 시작했다.

자신들의 사부 앞에서는 어릴 적 그 모습으로 돌아가는 철 없는 절대 삼황들이었다.

한편 밖으로 나온 수문위장은 정신을 바짝 차리기 위해 자신의 양 뺨을 두드렸다.

'정신 차리자. 잘못하면 내가 죽는다.'

그렇게 마음을 다잡고 있을 때 수하가 다가와 물었다.

"수문위장님 마차 안에서 무슨 일이라도 있으셨습니까? 안색이 안 좋아 보이십니다."

놀란 마음에 예민해진 수문위장은 수하의 말에 험악해지 며 버럭 댔다.

"남의 표정 신경 쓸 시간에 일해! 일!"

'지 생각해 줘도 지랄이야. 에이, 내가 미쳤지. 저 지랄 맞은 성격.'

속으론 투덜거리지만, 겉으론 군기가 바짝 든 모습으로 대답했다.

"넵! 죄송합니다!"

"안 가? 무슨 일 있어? 안 움직이고 뭐 해!"

부동자세로 움직일 생각을 안 하는 수하를 보며 수문위장이 말했다.

"넵! 천룡표국의 모든 검사가 이상 없이 마무리되었음을 보고합니다."

"그래? 그럼 모두 통과시켜."

"네? 저 마차도 말입니까?"

"그래. 내가 조사해 보니 전혀 문제없는 마차다. 어서 서둘러. 뒤에 줄이 길다."

"넵!"

수문위장의 말에 수하는 잽싸게 표국 행렬을 통과시키기 시작했다.

그 모습을 보면서 이마에서 흐르는 식은땀을 닦아 내며 안도의 한숨을 쉬는 수문위장이었다.

"휴우, 뒈질 뻔했네. 방주께서 타고 계실 줄 누가 알았겠어? 가만…… 아까…… 같이 있던…… 사람들이 방주께 하대를 한 것 같은데……. 에이, 아니겠지. 내가 정신없어서 헛소리를 들은 거야. 하아…… 오늘은 일찍 가서 쉬어야겠어."

축 처진 몸을 이끌고 자신의 자리로 이동하는 그였다.

한편 밖에서 조마조마하게 지켜보던 유가연과 대표두 역시 수문위장의 행동에 안심을 하고는 마지막 점검을 위해 표물이 있는 곳으로 향했다.

"사부, 이곳이 제가 사는 곳입니다. 하하, 꿈만 같네요. 사부를 이렇게 집에 모시는 날이 오네요."

마차가 움직이기 시작하자 태성이 천룡을 바라보며 아련한 얼굴로 말했다.

"그래. 어쩌다 보니 제자들의 집을 사형제 간의 순서대로 방문하는구나. 하하."

천룡은 마차의 창문을 열고 밖의 풍경을 바라보았다. 구중궁궐 같은 화려한 전각들이 천룡의 눈을 가득 채웠다.

"아름다운 전각들이구나."

"하하, 우리 애들이 사파무림의 중심이라며 신경을 많이 쓰더군요. 뭐 건축에 대해 아는 것도 없고, 또 이왕 짓는 거 다른 곳보단 화려해야지요."

그러면서 무광과 천명을 쳐다보았다.

"흥! 내실이 중요하지! 외관 따윈……."

"아름다워서 보기 좋은데 왜 그러십니까. 허허. 막내 사제 집이 정말 좋구나."

둘은 반응은 상극이었다.

하지만 둘의 말투는 자신의 방의 아름다움을 인정하는 말투였기에 태성은 그냥 빙긋 웃었다.

"정들게 웃기는……."

투덜거리면서도 구경하느라 여념이 없는 무광이었다.

그렇게 구경하던 중 마차가 멈추었다.

약룡각(藥龍閣).

그렇게 적혀 있는 현판이 붙어 있고 한약 달이는 냄새가 진동하는 곳이었다.

이름과 분위기로 보아 구룡방의 의술을 담당하는 곳 같았다.

"이곳에서 멈출 것이라 대충 예상은 했습니다."

그렇게 말하는 태성의 눈은 날카롭게 변해 있었다.

"이런 치졸한 수를 써서 저의 얼굴에 먹칠을 한 놈을 드디어 보겠군요."

이글이글 타오르는 태성의 눈이 향하는 곳으로 다른 이들역시 시선을 옮겼다.

그곳에는 이미 많은 의원이 나와서 약재의 상태를 점검하고 있었다. 저마다 신중하고 꼼꼼하게 약재들을 들여다보고있었다.

그 어느 의원도 마차에는 신경도 쓰지 않았다. 그때 다른색상의 의원복을 입은 자가 표국주인 유가연에게 다가가고있었다.

그 모습을 다들 유심히 지켜보면서 청력에 집중하기 시작했다. 그러자 숨소리도 들릴 만큼 저들의 말이 선명하게 들리기 시작했다.

"먼 길 오느라 정말 고생 많이 하셨소. 나는 이곳 약룡각의부각주라오."

부각주가 포권을 하며 인사를 하자, 유가연 역시 고개를숙여 정중히 인사를 하며 자기소개를 했다.

"저는 천룡표국에서 국주를 맡고 있는 유가연이라고 합니다. 환영해 주셔서 감사합니다."

"허허, 이리 아름다운 분이 국주일 줄은 몰랐소. 여자 몸으로 표국 일을 하기가 쉽지 않을 터인데……."

그러면서 유가연의 몸을 위아래로 훑어보았다.

순간 유가연은 온몸에 소름이 돋는 것을 억지로 참으며 미소를 잊지 않고 말했다.

"칭찬 감사드려요. 일에 남녀가 어디 있나요? 저는 이 일이 즐겁습니다. 걱정해 주셔서 감사합니다."

그 모습에 무광을 비롯한 세 사형제의 눈에 번개가 튀었다.

하나같이 인상이 나찰처럼 변해 있었다.

"막내야…… 저놈 족칠 때 나도 한 손 거두마……. 으드득."

"막내 사제. 내 손도 있다네……. 반드시 사제를 도와주어야겠네."

"네! 사형들……. 우리 같이 모임 가지죠……. 빠드득!"

그렇게 분노를 토해 내고 있는데 뒤에서 조용히 말소리가 들렸다.

"내 자리도…… 남겨 둬라……."

깜짝 놀라 뒤를 돌아보니 엄청난 얼굴을 하며 벌겋게 변해 있는 천룡이 있었다.

머리에서 김이 보이는 것 같은 착각은 덤이었다.

"네? 네……! 알……겠습니다."

처음 보는 천룡의 모습에 다들 생각했다.

'엄청나게 화나셨다. 저놈 곱게 죽긴 글렀네…….'

뒤에서 이가 부서지는 소리가 끊임없이 흘러나왔다.

자신에게 앞으로 닥칠 최대의 위기도 모른 채 유가연에게 계속 추파를 던지던 부각주는 다른 의원이 와서 모든 약재가 최상품이라는 보고를 받고서야 멈추었다.

"자…… 약재는 잘 받았고…… 마지막으로 넘겨줄 것이 있지 않소? 아주아주 중요한 물건이 남아 있을 터인데?"

부각주의 물음에 유가연이 품속에 있던 상자를 꺼내어 내밀었다.

"네, 여기 있습니다!"

"오! 바로 이것이로군! 하하! 그래 고생 많이 하셨소."

상자를 요리조리 살피더니 실눈을 뜨고선 유가연에게 물었다.

"이것이 무엇인지 아시오?"

"네! 알고 있습니다!"

"오호! 그런데도 이리 무사히 가져오다니…… 대단한 표국이구려."

"감사합니다."

부각주는 그 자리에서 상자를 열었다.

당연히 가짜가 들어 있을 것으로 생각하고 열었는데 정말 인형설삼이 들어 있었다.

'헉! 진짜잖아? 아니, 이 미친놈들이. 가짜를 보낸다고 하고선. 아닌가. 진짜를 보냈다고 했었나? 뭐지?'

부각주가 경악한 얼굴을 하고 서 있자 유가연이 물었다.

"저…… 무슨 문제라도……."

유가연의 말에 황급히 표정 관리에 들어가는 부각주였다.

"흠흠, 아니오."

'뭐지. 아닌가? 맞는데. 진짜 같은 가짠가?'

머릿속이 뒤죽박죽 뒤섞여서 혼란이 오기 시작했다.

그때 상자에 봉인 부적이 없었다는 것을 생각했다.

'옳치! 이런 멍청한 것들. 크크크.'

"이, 이것은 가짜 아닌가! 네 이년! 진짜는 어디로 **빼돌렸**느냐!"

"네? 그, 그게 무슨……."

"진짜라면 왜 여기 표물에 봉인이 안 되어 있는 것이냐? 그 말은 너희들이 빼돌렸다는 뜻이지."

그 말에 유가연은 아차 싶었다.

가짜라는 소리에 놀라 봉인을 제거하고 열어 본 것이 떠오른 것이다.

"네년이 지금 무슨 짓을 했는지 아는가? 대 구룡방의 방주님께 진상할 귀한 약재를 빼돌린 것이다!"

부각주의 외침에 유가연은 급격히 당황하기 시작했다.

천룡이 구해 준 진짜 인형설삼이었다.

그래서 누구보다 당당하게 물품을 내밀었는데, 봉인을 깜박한 것이다.

그러나 이제는 방법이 없었다.

변명한다 해도 들어 줄 리도 없었다.

이곳은 구룡방이었고, 저 인형설삼의 주인은 구룡방의 방주였다.

그 방주가 바로 절대 삼황의 일인인 사황이었다.

점점 얼굴이 사색이 되어 가는 유가연을 보며 신이 나서 기세를 몰아 더욱더 압박하는 부각주였다.

'크크크, 그렇지. 그런 표정이 더욱 네년을 범인으로 만들고 있다! 크크크. 잘하는구나.'

"네년의 표정을 보니 이제야 이 일의 심각성을 깨달은 모양이구나! 하지만 이미 늦었다! 대 구룡방과 방주님을 모욕한 죄로 너희들을 모조리 잡아들이겠다!"

그 말에 유가연은 하늘이 노래지면서 다리에 힘이 풀리기 시작했다.

휘청거리는 그녀를 대표두가 재빨리 부축했다.

그리고 물었다.

"구, 국주님! 어찌 보, 봉인이……?"

설명할 정신이 없었다.

부각주는 그런 표국 사람들을 뒤로하고 호화스러운 마차를 보았다.

'표행에 저리 호화스러운 마차라니…… 표행에 대한 기본
도 모르는 머저리들이군. 그러니 이딴 병신 짓을 하는 게지.'

"혹시 저 마차 안에 숨겨 둔 것이냐?"

부각주가 저리 말하며 강경하게 나가자 유가연은 멍한 얼
굴로 마차 쪽만 바라보았고, 대표두의 얼굴도 역시 파랗게
질려가고 있었다.

'이 멍청이. 그렇게 당하고도 또 생각 없이…….'

또 자신이 다 망쳤다는 생각에 자책하는 유가연이었다.

그러나 이미 늦었다.

자신들이 함정에 빠졌다는 사실을 알아차린 것이다.

이런 결정으로 인해 자신을 돕기 위해 이 먼 곳까지 와 준
운가장 사람들에게 죄스러웠다.

다른 것보다 그것이 그녀를 더욱더 괴롭게 했다.

결국, 자신의 무지함이 저들을 죽음으로 몰아넣은 것이기
때문이었다.

그렇게 좌절하는 모습을 보며 회심의 미소를 짓는 부각주
는 최후의 한 수를 던졌다.

"이보시오, 화룡삼대주(火龍三袋主). 모든 것을 보셨으니 이
제 날 좀 도와주시겠소? 저들을 모두 포박하여 압송해야 할
것 같소."

화룡대(火龍袋).

구룡방의 무력을 담당하는 화룡각(火龍閣)이 운용하는 구룡

방의 실질적인 무력 부대다. 귀계신옹이 가장 정성을 들여 키운 곳이기도 했다.

그 강함은 방주 직속이며 숨은 힘인 흑룡대를 제외하면 그들을 이길 무력 부대는 구룡방뿐만 아니라 사파무림 내에서도 존재하지 않았다.

총 열두 개의 대로 이루어져 있으며 방이 전쟁할 시 최전방에서 적을 분쇄하는 선봉 돌격부대이기도 했다.

각 대에는 삼백 명의 대원이 있으며 각 대의 대주는 부각주급으로 대접을 받는다.

그렇기에 약룡각의 부각주가 반 존대를 하는 것이었다.

"잘 보았소. 정말 괘씸하군. 감히 방주님께 진상(進上)해야 할 약재를 빼돌리다니……. 이는 내가 더 용납 못 하오!"

화룡삼대주(火龍三袋主) 무정도(無情刀) 적화랑(赤火狼).

그는 누구보다도 사황 용태성에 대한 충성심이 강인한 인물이었다. 또한, 구룡방에서 무력으로 서열 삼십 위 안에 드는 강자였다.

그런 그가 이런 자잘한 일에 나온 것은 최근에 평화가 너무 길어져 싸울 일이 없던 그가 권태로움을 느끼고 있었기 때문이다.

약룡각에서 지원대를 보내 달라는 소리를 들었을 때 그곳에 가면 이 무료함을 조금이나마 풀 수 있는 사건이 있지 않을까 하는 마음에 자원해서 이곳에 온 것이었다.

그런데 지금 이런 사건이 터진 것이었다. 살짝 재밌어지고 있는 그였다.

"화룡삼대는 들으라! 지금 여기 이자들을 모두 포박하고, 저 마차를 포위하라! 내가 직접 방주님께 진상할 약재를 빼돌린 이 연놈들을 개처럼 끌고 갈 것이다!"

"충!"

적화랑의 명에 화룡삼대의 대원들은 일사불란하게 움직이며 표국의 사람들을 포박하기 시작했다.

그리고 수십 명의 화룡삼대원들이 천룡 일행이 타고 있는 마차를 포위하기 시작했다.

그때 마차의 문이 열리며 태성이 내렸다.

그곳에 있는 모든 이들의 시선이 그쪽으로 몰렸다.

마차에서 내린 태성은 검은색 부채를 들고 있었다.

태성은 부채를 펼쳤고, 펼쳐진 부채엔 구룡을 상징하는 문양이 새겨져 있었다.

그 부채를 본 적화랑의 동공은 심하게 떨리고 있었다. 약룡각의 부각주는 너무 놀라 그 자리에서 주저앉았다.

구룡선(九龍扇).

바로 구룡방의 방주를 상징하는 신물이었다.

운석을 제련해 만든 검은색의 부챗살에 천잠사를 붙였고 그 안에 그려진 구룡은 남만에서 구한 남만오색독(南蠻五色毒)으로 여러 가지 색상을 만들어 입힌 뒤에 그 위에 얇은 금박을 덮어서 만든 부채였다.

남만오색독을 쓴 이유는 바로 이 독이 천잠사와 결합을 하면 중화되면서 색이 더욱더 진해지고 밤에는 야광을 발하는 특징이 있기 때문이었다.

부채에 매달려 있는 장신구는 깊은 해저에서만 구할 수 있다는 귀하디귀한 산호금(珊瑚金)으로 만든 작은 용 조각이 매달려 있었다.

한마디로 위조를 절대 할 수 없도록 특수 제작된 부채였다.

태성이 굳이 이 부채를 꺼내 든 이유는 바로 달라진 자신의 모습 때문이었다.

지금까지 경험으로 보아 여기서도 저들이 바로 알아보지 못해서 설명해야 할 것 같은 기분이 들어 이 부채를 꺼낸 것이다.

"절대 충성! 사파지존! 구룡천하! 방주님을 알현하옵니다!"

수백 명이 넘는 사람들이 일제히 부복하며 구호를 외쳤다.

하지만 그들의 인사는 다 무시하고 부채를 접으며 단 한 명, 부각주를 향해 아무 말 없이 걸어갔다. 그리고 부복한 부각주 앞에 쪼그려 앉으며 부각주에게 말을 걸었다.

"그거 진짜야."

태성의 말에 부각주가 깜짝 놀라 움찔하며 반문했다.

"네? 무, 무엇을 말이옵니까?"

그러자 태성이 미소를 지으며 말했다.

"네 손에 있는 거. 그거…… 진짜라고."

그러자 부각주의 몸이 학질에 걸린 듯이 심하게 떨리기 시작했다.

"야! 일어나 봐."

그 소리에 부각주의 몸은 그 어떤 고수의 움직임보다 빠르게 일어섰다. 부각주가 일어서자 태성은 그 주위를 빙글빙글 돌면서 말했다.

"그게 그렇게 탐났니?"

"아닙니다!"

"보아하니 탐낼 만도 했네. 그치?"

"저, 절대 아닙니다!"

"아까 뭐라 했더라? 아, 그래! 나에게 진상할 약재를 빼돌렸으니 용서치 못한다고 했지? 하하하. 정작 빼돌린 놈은 넌데. 그치?"

"그, 그건……."

"그럼. 그럼. 용서하면 안 되지. 안되고말고."

그제야 태성의 행동을 이해하기 시작한 부각주였다.

부각주는 그 즉시 바닥에 엎드리며 용서를 구했다.

"바, 바, 방주……님! 소, 소신이…… 일부러…… 그런 것이 아니오라…… 부, 부디 용서를……."

바들바들 떨면서 용서를 구하는 부각주 앞에 다시 쪼그려

앉은 태성이 말했다.

"자, 말해 봐. 그게 진품이고 저들은 제대로 표물을 가져다 준 거 맞지?"

"그, 그러하……옵니다. 제, 제대로 전달해 준 것이 맞사옵니다."

"그럼 저 사람들은 어찌해야 한다?"

"당……연히 푸, 풀어 주어야 합니다."

"그렇지. 풀어 주는 그것뿐 아니라 나에게 아주 귀~한 약재를 가져다주신 고마운 분들이니 극진히 대접해야지. 그렇지?"

"네. 그, 그렇사옵니다."

"야! 부각주 말 들었지? 뭐 하냐? 포박들 안 풀고?"

태성의 외침에 화룡삼대원들은 전광석화 같은 속도로 천룡표국 사람들의 포박을 풀기 시작했다.

그때 태성의 앞으로 적화랑이 무릎걸음으로 다가왔다.

"저런 놈에게 속아 방주께 불충을 저지른 소신을 용서치 마십시오. 부디 죽여 주십시오."

그리 말하며 바닥에 머리를 찧으려 했다. 그때 한줄기 기운이 적화랑을 감싸며 그가 자해하지 못하게 막았다.

"네 잘못이 아니다. 모든 것은 여기 이놈이 벌인 일. 잘못도 하지 않은 유능한 나의 수하를 벌할 마음은 없으니 너의 자리로 가거라. 오늘 일이 마음에 걸린다면 앞으로 방에 더욱더 분골쇄신하여 그 마음을 털어 내어라. 이것은 명이다. 알겠느냐?"

태성의 말에 적화랑은 눈물을 흘리며 오체투지하고 외쳤다.

"방주님 명 받드옵니다!"

"바, 방주님…… 소……신도 일부러 그런 것이 아니…….."

그때 옆에 있던 부각주가 자신도 발뺌하려던 찰나, 태성이 그의 혈도를 짚어 숨 쉬는 것과 듣는 것 외엔 아무것도 할 수 없게 만들었다.

그런 후에 나직하게 부각주의 귀에 대고 속삭였다.

"응. 아냐. 넌 일부러 그런 거 맞아. 오늘 밤은 기니까 천천히 대화해 보자."

그러고는 적화랑에게 명했다.

"이놈은 독방에 따로 가두고, 약룡각주 잡아서 내 앞에 대령시켜. 반항하면 사지를 부러뜨려서라도 끌고 와."

"충!"

태성의 이러한 모습에 가장 경악을 한 것은 바로 표국 사람들이었다.

그중에서도 유가연과 대표두는 너무 놀라 숨도 제대로 쉬지 못하고 있었다.

운가장의 호위라는 사람이 사황일 거라고 어느 누가 상상을 한단 말인가. 고수 중에는 성격이 괴팍해서 가끔 이런 식으로 자신의 정체를 숨기고 외유를 한다는 말을 듣기는 했지만, 사황은 생각도 하지 않았던 인물이었다.

생각해 보니 이상했다.

저 진품 인형설삼을 구해 왔을 때 의심을 해야 했다.

천룡에게 정신을 빼앗겨 판단력이 많이 흐려져 있던 것이 컸다.

그 순간 유가연의 뇌리에 스치는 기억이 떠올랐다.

마차 안에서 본 장면들이 그녀를 더욱 사색으로 만들고 있었다.

특히나 운가장의 장주는 저 사람을 때리기까지 했다. 자신이 마음을 준 남자의 최대 위기였다.

아무리 생각해도 이제 마차 안의 인물들을 모두 불러 벌하지 않을까 하는 두려움이 일었다.

그것을 증명이라도 하듯이 태성이 나온 후 아무도 밖으로 나오는 이가 없었다. 밖에서 일어나는 모든 상황을 마차 안에서 보고 들었을 테니 아마도 자신보다 더한 두려움에 떨고 있을 것이 분명했다.

그래서 처분만을 기다리며 얌전히 마차 안에 있다고 생각하는 유가연이었다.

그 생각을 하자 몸에서 느끼던 두려움이 사라지고 저들을 살려야 한다는 생각이 몸을 지배하기 시작했다. 그리고 그 생각은 곧 행동으로 보였다.

그래도 오랫동안 같이 지내 온 일말의 정이 있기를 간절히 바라면서 태성에게 다가갔다.

유가연이 자신에게 다가오자 태성은 몸을 돌려 유가연을 바라보았다.

"하하, 국주님 많이 놀라셨죠? 죄송합니다. 상황이 상황인지라 속일 수밖에 없었습니다. 용서해 주실 거죠?"

태성은 웃으면서 말했지만 유가연에게 '용서하지 않으면 이 자리에서 죽이겠다'로 들리고 있었다.

그런 태성을 보며 다시 마음을 다잡으며 각오를 했다. 그리고 공손하게 자신의 말을 했다.

"사황이신지도 모르고 그동안 결례를 했습니다. 저야말로 죄송합니다. 같이 오신 일행분들도 정체를 모르고 방주님을 그리 대한 것으로 보이니, 부디 넓으신 아량으로 선처를 부탁드립니다."

자신의 안위보다 마차 안에 있는 사람들을 더 걱정하는 유가연의 마음에 태성은 감동했다.

'역시 사부의 여자로 손색이 없으신 분이다. 아니지. 우리 사모님으로 손색이 없으시다. 흐흐흐.'

하지만 시치미를 뚝 떼며 말했다.

"하하, 왜요? 제가 저 마차 안에 계신 분들을 어찌할 것 같습니까?"

살짝 사악한 표정을 지으며 말하는 태성이었다.

그 모습에 유가연의 심장이 철렁하며 내려앉은 듯 울 것 같은 얼굴이 되었다.

그때 한줄기 전음이 태성의 귀를 때렸다.

─태성아? 유 소저 울리면 이 사부가 많이 화날 것 같은데?

한기가 느껴지는 천룡의 전음에 태성의 안색이 새파랗게 변해 갔다. 천룡이 다 큰 제자들을 혼내는 방법은 간단했다. 바로 대련을 가장한 구타였다.

원래는 구타가 아닌 혈에 자극을 주어 더욱더 강하게 하기 위한 추궁과혈(推宮過穴)이었지만 맞는 처지에서는 죽을 만큼 고통스러우니 구타나 다름이 없었다.

─우리 태성이네 연무장은 얼마나 큰지 오늘 밤새 느껴 봐야 겠구나. 특히 우리 태성이 몸이 많이 굳었던데…… 오늘 이 사부가 좀 풀어 주어야겠다.

이어서 날아온 섬뜩한 전음에 태성은 황급히 유가연을 달래기 시작했다.

"유 국주님! 농입니다. 제발 진정하세요. 제가 저 마차에 있는 분들을 어찌할 리가 있습니까."

"정말인가요?"

태성의 말에 올먹이던 표정을 풀고 물어보는 유가연이었다.

"그럼요! 자 자, 먼 길 오느라 힘들었으니 일단은 좀 쉬도록 하세요. 천룡표국 사람들을 숙소로 안내해 드리고, 여기

표국주님과 저기 마차에 타신 분들은 귀빈각으로 모셔라."

옆에 있는 부하에게 명을 하고는 유가연을 데리고 마차로 가는 태성이었다.

꽈당 탕!

약룡각주가 머무는 곳의 문이 부서지면서 화룡삼대가 들이닥쳤다.

"죄인 약룡각주 조대진은 지금 당장 나오시오!"

갑작스러운 소란에 놀라서 뛰쳐나온 약룡각주는 이게 지금 무슨 상황인지 감이 잡히지 않았다. 자신이 왜 죄인이란 말인가?

"아니, 내가 죄인이라니! 그게 무슨 소리인가? 그리고 자네는 화룡삼대의 대주 적화랑이 아닌가? 이보게. 삼대주. 죄인이라니? 설명 좀 해 주시게."

조대진의 질문에 적화랑이 인상을 찡그리면서 말했다.

"설명 따위는 필요 없소! 방주님께서 그대를 끌고 오라 하셨고 우린 그 명을 따를 뿐이요. 자! 어서 갑시다. 방주님께서 기다리시오."

적화랑의 말을 들은 조대진의 얼굴은 사색이 되어 갔다. 방주가 직접 자신을 지목해서 끌고 오라는 소리를 했다는 것은 정말 큰 잘못이 있다는 소리였다.

방주 모르게 워낙에 비리를 많이 저질러 온지라 찔리는 것이 많았다.

이대로 끌려가면 자신의 명은 장담할 수가 없었다.

무언가 수를 내야 했다.

자신의 모든 내공을 활성화하며 언제든 공격을 할 수 있는 상태로 만들었다.

자신의 무공 정도면 저들을 따돌리고 도망갈 수 있을 것 같았다.

약룡각의 각주이면서 구룡방의 신의라고 불리는 그였지만 무공 또한 남들에 비해 약하지 않았기에 그런 생각을 한 것이었다.

그러한 조대진의 낌새를 눈치챈 적화랑은 그를 제압하기 위해 움직였다.

경공을 펼쳐 그의 앞으로 이동한 그는 조대진에게 한마디를 하며 그를 제압했다.

"방주님께서 그대가 저항하면 죽지 않을 정도로 구타를 해도 된다고 하셨소. 그래도 명색이 각주님이신데 험한 꼴은 보지 않도록 해야 하지 않겠소? 결례를 용서하시오."

순식간에 제압을 당하고 끌려가는 약룡각주 조대진이었다.

무공이 남들보다 약하지 않은 것이지, 그것이 화룡대의 대주급에게는 통하지 않는다는 것이 문제였다.

절망의 표정으로 모든 것을 체념한 듯이 끌려가는 조대진을 보며 적화랑은 잠시 천장을 보고 부하들에게 말했다.

"이곳에 있는 모든 문서를 회수하고, 모든 곳을 수색하여 수상한 것이 없는지 철저히 조사하라!"

부하들에게 명령을 내리고 그는 태성이 있는 곳으로 보고를 하기 위해 이동했다.

조용하던 구룡방에 한바탕 소란이 일어나는 날이었다.

제三장

아직 해가 채 뜨지도 않은 이른 새벽에 한 거지가 정신없이 산길을 달리고 있었다.

얼마나 오랫동안 달렸는지 그의 신발은 이미 해질 대로 해져 있었고, 그의 얼굴은 산소가 부족한지 하얗게 변색되고 있었다.

그렇게 쉬지 않고 더 달려 산길을 벗어나고 얼마 후 일단의 거지 무리가 그를 막아섰다.

"멈춰라! 이곳은 아무나 들어올 수 없는 곳이다! 그 자리에 서서 신분을 밝혀라! 그러지 않는다면 공격하겠다."

그러자 정신없이 달려온 거지가 자신의 허리에 달려 있는 매듭을 들어 올리며 외쳤다.

"나는 개방의 칠결제자이며 세외정보부 소속 아삼이오! 방주께 특급으로 올릴 소식을 가져왔소!"

특급 정보라는 소리에 다들 깜짝 놀라며 당황했다.

개방에서 특급으로 분류되는 정보들은 다른 사람을 거치지 않고 바로 방주에게 직접 보고가 가게 되어 있었다. 매우 중요한 정보인데, 다른 사람들을 거치며 그 의미가 변질되면 제대로 대응을 할 수 없을 수도 있었기 때문이었다.

그만큼 중요한 사안이면 정보에 조금의 변질도 있어서는 안 되기에 특급 정보라고 하면 바로 방주에게 직접 보고를 하게 하는 것이었다.

그리고 특급 정보가 나타난 것은 개방이 탄생한 이래 열 번을 넘지 않았다.

그런 특급 정보를 지금 자신들의 눈앞에 선 이 칠결제자가 들고 온 것이었다.

"저, 정말 특급이오? 확실하오?"

믿기지 않아 재차 물어보는 거지들이었다.

"그렇소! 빨리 방주께 안내해 주시오! 정말 다급한 사안이오!"

"아, 알겠소. 빨리 나를 따라오시오!"

경비를 서고 있던 거지를 따라 숲속을 한참 지나니 넓은 공터에 오래전에 무너진 듯한 성이 보였다.

성문의 나무들은 썩어 가고 있었고, 그 앞에는 잡초들이 무성하게 자라나 있어 성문을 지나는 도로인지도 모를 정도였다.

성문을 통과해 여기저기 폐허로 변한 전각들을 지나 한참을 들어가니 이미 절반은 무너진 거대한 전각이 보였다. 그곳 주변에 넓은 공터에는 수많은 거지가 불을 피우고 개를 열심히 삶아서 먹고 있었다.

그러한 거지들 사이에서 게걸스럽게 개 다리를 뜯고 있는 유난히 더러운 노인 한 명이 있었다.

그 노인 앞에 아삼을 데리고 온 거지가 부복하며 말했다.

"방주! 특급 정보가 나타났다고 합니다!"

그랬다.

세상 행복한 표정으로 개 다리를 뜯던 노인은 바로 개방(丐幫)의 방주(丐主)이자 칠왕십제의 일인인 철심개왕(鐵心丐王) 주영생(周永生)이었다.

특급 정보라는 소리에 개 다리를 뜯던 그의 입은 일순간에 멈추었다.

그리고 개 다리를 내려놓으며 무서운 눈빛으로 아삼을 바라보며 말했다.

"특급? 허허, 특급이라고? 만약 특급에 준하는 정보가 아닐 시에는 본 방주의 행복한 시간을 방해한 죄를 물을 것이다. 정말…… 특급이냐?"

특급 정보가 나타나면 귀찮은 일이 많이 벌어지기에 제발 별 내용이 아닌데, 저놈들이 유난을 떠는 것이길 바라는 마음뿐이었다.

하지만 아삼의 입에서는 확실한 특급 정보라며 자신의 목숨을 걸 수 있다고 장담까지 하는 것이었다.

그렇다면 진짜라는 말이다.

어쩔 수 없이 개방의 장로들을 모두 소집하고 그가 가져온 정보를 들어 보기로 했다.

"자, 모든 장로까지 모였으니 이제 그 특급 정보를 말해 봐라. 무슨 내용이냐?"

개방 방주 주영생이 자신의 손에 들린 술병을 입에 가져가며 말했다.

특급이라는 소리에 장내의 모든 이들이 숨을 죽이고 아삼의 입이 열리기를 기다렸다.

"혀, 혈천교가…… 세상에 다시 나타난 것 같습니다!"

아삼의 입에서 나온 단어에 다들 귀를 후비거나, 서로를 바라보며 자신이 잘못 들은 것이 아닌지 확인을 하는 사람들이었다.

방주는 자신의 입에서 마시던 술이 흘러나와 수염을 타고 흘러내리는 것도 모른 채 놀란 눈으로 아삼을 바라보고 있었다.

"뭐? 뭐라고? 다시 한……번 말해라……."

너무 놀라서 자신이 잘못 들은 것이라 생각한 그는 아삼에게 재차 물었다.

"혈천교가 준동하려는 것 같습니다! 이 모든 것은 전부 사실에 따른 정보입니다!"

다시 한번 아삼의 입에서 확실한 답이 나오자 방주를 비롯한 장내의 모든 이들이 벌떡 일어났다.

일부는 일어나다가 다리에 힘이 풀렸는지 주저앉는 사람도 있었다.

"그, 그, 그게 사실······이냐? 사실이야? 혀, 혈천교라니? 그, 그 저주받을 이름이······ 왜? 왜 거기서 나오냔 말이다!"

꿈에서도 듣고 싶지 않던 이름이 아삼의 입에서 튀어나오자, 방주가 눈을 부릅뜨고 큰 소리로 절규하며 외쳤다.

그러더니 의자에 주저앉아 한참을 아무런 말 없이 있었다.

"후우, 그래. 어디냐. 어디서 얻은 정보인 것이냐?"

어느 정도 마음을 가라앉혔는지 심호흡을 하고는 아삼에게 물었다.

"대막입니다. 정확한 내용을 알기 위해 그 안으로 들어간 아이들 중 대부분이 목숨을 잃었습니다. 그들은 중원을 재침공하기 위해 이미 많은 준비를 끝마치고 있는 상황이었습니다. 지금까지 모은 정보에 의하면 대략 십 년 안에 그들이 세상에 모습을 드러내고 공격을 시작할 것 같습니다."

아삼의 입에서 나오는 말은 절대 쉽게 얻은 정보가 아님을 말해 주고 있었다. 그 말은 저 정보가 사실일 확률이 매우 높다는 것이었다.

다시 장고에 들어간 방주를 바라보며 장내의 사람들은 숨조차 크게 쉬지 않았다.

차 한 잔 마실 정도의 시간이 흐르고 방주가 다시 입을 열었다.

"휴우, 그래. 고생 많았다. 일단 가서 쉬도록 해라."

"감사합니다! 방주님!"

아삼이 물러가자 방주는 장로들에게 말했다.

"다시는 듣고 싶지 않은 이름이 오늘 세상에 나왔다. 이번 정보에 대한 의견을 다들 허심탄회하게 말하라."

방주의 말에 그곳에 모인 장로들이 웅성거리기 시작했다.

그때 한 장로가 손을 들고 앞으로 나섰다.

"방주, 미리 겁을 먹을 필요는 없다고 생각합니다. 과거엔 저희도 그들에 대한 그 어떤 정보도 없는 상태에서 급작스럽게 침공을 받아 무너졌지만, 현재는 그때와 상황이 다릅니다. 오랜 세월 동안 혹시 모를 그들의 공격을 대비해서 무림은 많은 준비를 해 온 상태이고, 무엇보다 그때에는 없었던 절대 삼황도 존재하고 있으니, 크게 걱정하지 않아도 될 것 같습니다."

그 말에 방주는 마음이 조금 안정이 되면서 크게 고개를 끄덕이며 말했다.

"옳다! 그때와는 상황이 다르지. 암! 그대의 말을 들으니 마음이 안심된다. 다른 의견은 없나?"

방주의 말에 다른 장로가 또 손을 들고 말했다.

"하지만 혈천교 역시 그것을 모를 리 없을 것입니다. 그들은 그것까지 대비해서 준비했을 것입니다. 그러니 너무 방심해서도 안 될 것입니다. 특히나 그들은 무황께 당했던 기억이 있기에 과거보다 더욱더 많은 준비를 하고 올 것입니다. 그러니 어서 이 소식을 무황성에 알리고 대비를 해야 할 것으로 보입니다."

다른 장로의 말에 방주의 안색이 다시 심각해졌다. 저 장로의 말 역시 맞는 말이었기 때문이었다.

"아니! 이보시오. 이(二)장로 그대는 무황성의 장로요? 아님, 우리 개방의 장로요? 우리가 일일이 다 무황성에 보고를 해야 하오? 천하의 우리 개방이 어쩌다가 이리되었단 말이오!"

또 다른 장로가 분개하며 이장로라 불린 사람에게 크게 말했다.

그러자 다른 장로들 역시 그에 동조하며 언성을 높였다.

"맞소! 우리가 무황성의 일개 정보 조직이오? 안 그래도 세상 사람들의 인식이 점점 그렇게 변해 가는 것도 화나고 분통한데 이장로까지 그런 생각을 하고 계시는 것이오?"

사람들이 저마다 분통을 터트리며 몰아붙이자 이장로는 당황하며 말했다.

"아, 아니, 내 말은 그 뜻이 아니지 않소."

서로서로 비난하며 장내가 다시 소란스러워지기 시작했다.

쾅!

그때 방주가 자신이 들고 있던 타구봉으로 바닥을 내려치며 호통을 쳤다.

"조용! 조용히 하라!"

소란스러웠던 장내가 다시 조용해지자 방주가 진중한 표정으로 입을 열었다.

"맞다. 그랬었지. 우리는 강호를 대표하는 당당한 구파일방(九派一幇)의 일원이었다. 하지만 지금은 여러 장로의 말대로 무황성의 정보 조직으로 전락한 것이나 다름이 없는 취급을 당하고 있지. 이는 다른 구파(九派)들 역시 마찬가지다. 그들도 무황성의 일개 무력 조직으로 취급받는 현실이지."

여기까지 말을 하고는 자신의 손에 들려 있는 술병을 벌컥벌컥 마신 후 입을 닦으며 이어 말했다.

"생각해 보니 이번 일은 두려워할 일이 아니다. 오히려 기회다. 우리 구파일방이 과거의 영광을 되찾을 기회! 그리고 과거에 혈천교에 당했던 치욕을 씻어 낼 기회! 이것은 오히려 호재다! 지금 당장 구파의 장문인들에게 연락해라. 이 사안은 그들과 의논해서 결정할 것이다."

그렇게 말하는 방주의 눈은 아까의 두려움은 사라지고 야심이 가득한 눈빛을 하는 모습으로 변해 있었다.

'이번 기회에 우리 개방을 천하제일의 방으로 만들겠다!'

그러한 다짐을 하며 자신의 술병을 입으로 가져가는 개방 방주 주영생이었다.

ꕤ

대막에 위치한 혈천교 본단.

"저들이 미끼를 물었다 이거지?"

교주 은마성이 탁자에 놓인 차를 음미하며 물었다.

"네! 그러하옵니다."

"하하, 정말 자네는 잔머리가 뛰어나. 어찌 그런 식으로 저들을 혼란스럽게 만들 생각을 했을까? 하하하, 우리의 정체를 저들이 우연히 알아낸 것처럼 꾸며서 혼란스럽게 만들자는 계획은 아주 대단해."

천뇌마제가 가져온 중원 소식을 듣더니 재미난 일을 들은 것처럼 웃는 은마성이었다.

"하지만 난 아직도 맘에 안 들어. 그냥 힘으로 제압을 하면 될 일을 이렇게 복잡하게 수까지 써 가며 해야 하나? 우리가 저 허약한 중원 놈들을 상대로?"

은마성이 맘에 안 든다는 듯 이마를 찡그리며 말하자, 천뇌마제는 더욱 머리를 조아리며 답했다.

"교주님, 무슨 일을 하든지 자만심은 좋지 않습니다. 호랑이는 토끼를 잡을 때도 최선을 다한다고 하였습니다. 저들 또한 오랜 시간 많은 준비를 해 왔을 것이니, 그것을 미리 흔들어 놓는 것도 나쁘지는 않을 것입니다. 쉽게 갈 수 있는 길을 군이 어렵게 갈 필요도 없는 법이지요."

천뇌마제의 말에 은마성이 미소를 지으며 말했다.

"후후, 그래. 그거야. 자네의 그 당당함. 누구도 내 앞에서 자네처럼 그렇게 자신이 하고 싶은 말을 하는 자가 없지. 하하하, 그래서 내가 자네를 좋아하는 것이네."

"감사하옵니다. 교주님."

"그래. 그들이 과연 무황성과 반목을 할 것 같은가?"

"아마도 칠 할의 확률로 그럴 것이라 생각됩니다. 그들은 오랫동안 무황성이라는 그늘 아래서 지내 왔기에 옛 영광을 되찾고 싶어 하는 욕구가 강할 것입니다. 바로 그 점을 파고들어 저들이 서로 반목하게 하는 것이지요. 또한, 그들의 가장 큰 단점이 바로 새로 태어난 세대는 저희의 무서움을 모르는 것이지요. 하룻강아지가 범을 두려워하지 않듯이 새로 태어난 세대들은 오히려 자신감을 가장한 자만심이 가득 찬 상태기에 저희와 하루빨리 싸워 이겨서 자신들의 힘을 과시하고 싶어 할 것입니다."

그랬다.

과거 혈천교의 무서움을 겪었던 세대는 이미 대부분이 죽었거나 은거를 한 상황이었다. 과거의 일을 제대로 기억하는 자는 극히 일부의 사람들뿐이었다.

현재 무림을 구성하고 있는 세대는 그저 혈천교의 무서움을 이야기로만 전해 들은 세대가 대부분이었다.

"오랫동안 누적해 온 그들의 힘을 무시해서도 안 되지만, 그것을 잘 활용하여 그들의 마음속에 있는 자격지심을 건드려서 그 힘을 분산시키면 저희에게 유익한 일이 되는 것이지요. 아마 오랫동안 무황성이라는 그림자에 가려져 제대로 활동을 못 한 그들의 욕구 불만이 상당할 것입니다. 저희는 그것을 살짝만 건드려 주면 되는 일입니다."

"하하하, 그것도 나름 보는 재미가 있겠군. 알겠다. 그대의 뜻대로 하라."

은마성의 허락이 떨어지자 천뇌마제는 깊게 허리를 숙이며 감사의 마음을 전했다.

구룡방의 귀빈각 내에 있는 접객실.

천룡을 포함한 그의 일행이 모두 한자리에 모여 무언가 이야기를 나누고 있었다.

"그러니까 그놈 말은 유 소저를 궁지에 몰아넣기 위해 이런 일을 꾸몄다는 거지?"

천룡이 심각한 얼굴로 태성을 바라보며 물었다.

"네. 그렇습니다. 표국주님은 짐작 가는 것이 있습니까?"

천룡의 물음에 답을 하고는 유가연을 바라보며 물었다.

하지만 유가연과 대표두는 천룡과 태성의 대화에 적응을 못 하고 있었다.

분명히 태성이 구룡방의 방주이며 절대 삼황의 일인인 것을 알았을 텐데도 여전히 하대하고 있고, 태성은 또 그것을 아주 당연하게 받아들이고 있었다.

이 모습에 어찌 대응해야 할지 갈피를 못 잡고 있는 둘이었다.

"저…… 유가연 표국주님? 어디 편찮으십니까?"

대답 없이 멍하니 앉아 있는 유가연의 눈앞에 손을 이리저리 흔들어 보며 안부를 묻는 태성이었다.

그제야 정신을 차린 유가연이 머리를 크게 한 번 흔들고 심호흡을 크게 하며 말했다.

"하아, 그 전에…… 이것부터 해결하고 가요……. 도저히 집중이 안 돼서요……. 운 공자님, 여기 계신 분이 이곳 구룡방의 방주이신 건 알고 계시죠?"

유가연의 물음에 천룡은 고개를 끄덕였다.

"그런데 어떻게 아직도 하대를 그렇게 자연스럽게 하실 수 있죠? 여기 계신 이분은 더 이상 운가장의 호위가 아니에요. 그리고 방……주님은 또 그러한 하대를 너무 자연스럽게 받아들이시니…… 제가 적응을 할 수가 없어요. 먼저…… 이 상황을 좀 정리해 주세요."

그랬다.

유가연의 입장에서는 태성이 천룡 일행을 모두 잡아들여서 자신에게 했던 무례함을 벌할 것으로 생각했는데, 벌을 내리긴커녕 여전히 운가장주에게 존대를 하며 쩔쩔매니 적응이 안 되는 것은 당연했다.

그러한 유가연의 말에 태성이 당황을 하며 천룡을 바라봤다.

"하아, 그냥 말해 주거라. 유 소저도 언젠가는 알 일이었다."

천룡이 모든 것을 내려놓은 듯이 말을 하자 태성은 한숨을 쉬며 유가연에게 모든 것을 설명하기 시작했다.

"유 국주님, 놀라지 마십시오. 다들 이 이야기를 들으면 놀라셔서 일부러 속일 수밖에 없었습니다."

무언가 엄청난 사실이 튀어나올 것 같은 분위기가 형성되었다.

유가연은 그 어떠한 사실이라도 이젠 절대 놀라지 않겠다는 다짐을 하며 결연한 표정으로 고개를 끄덕거렸다.

설마 놀라 봐야 지금까지 놀란 것보다 더 한 일이 또 있을까 싶었다.

"사실…… 여기 계신 분은 보기보다 나이가 많으십니다. 제 사부님이시니까요. 그리고 저기 계신 저분들은…… 제 사형들이고요."

태성의 말에 유가연과 대표두는 두 눈만 껌벅거리고 있었다. 그 어떠한 말을 들어도 놀라지 않을 것이라는 다짐은 이미 저 멀리 날아가고 없어진 상태였다.

"네?"

유가연이 놀란 눈을 껌벅이며 재차 물었다.

귀에서 정보를 줬는데 뇌에서 '이게 뭔 개소리야'라며 되돌려보내는 것 같은 느낌이 들었다.

"저기 계신 저분은 제 사부님이시고, 그 옆에 앉아 계신 두 분은 제 사형이시라고요!"

다시 한번 또박또박 말을 해 주는 태성이었다.

그러자 유가연은 천룡을 바라보았다.

아무리 많이 쳐줘도 이십대 중반을 넘기지 않아 보이는 외모인데…….

여기 있는 태성보다 나이가 많다니.

유가연은 그것이 믿기지 않았다.

자신의 마음이 이미 저 사내에게 가기 시작했는데, 나이가 많다는 소리에 더 당황했다.

"크흠…… 미안하오. 표국주. 우리가 속이려고 한 것은 아닌데……. 험험, 나는 한때 무황성을 운영했던 담무광이라고 하고, 여기 이놈은 한때 천검문을 운영했던 무천명이라고 하오. 저기 저놈은 뭐 잘 아실 테니 따로 말 안 하고…… 일단 여기 이렇게 세 명은 바로 운가장의 장주님이신 운 천 자 룡 자를 쓰고 계시는 분의 제자들이오."

담무광이 가세하며 설명을 하고, 자신들의 소개를 하였다.

그러자 대표두가 눈이 찢어질 듯한 표정으로 의자가 뒤로 넘어갈 정도로 벌떡 일어났다.

"무, 무, 무황……! 그, 그, 그리고…… 거, 검화, 황이…… 시라고요?"

대표두가 온몸을 떨면서 애기를 하자 유가연은 그제야 이해를 하고 고개를 두어 번 끄덕이더니 두 눈이 하얗게 변하며 자리에서 쓰러졌다.

바닥으로 쓰러지는 유가연을 보자마자 천룡은 기겁하며 달려가 그녀를 부축하며 그녀의 몸에 자신의 기를 주입하기 시작했다.

혹시나 너무 놀라게 해서 잘못되진 않았을까 하는 걱정에 천룡의 얼굴은 사색이 되어 가고 있었다.

대표두는 자신의 표국주가 쓰러진 것도 모르는 듯이 바닥에 주저앉아 정신 나간 채로 천장만 바라보고 있었다.

이렇게 놀라는 모습이 이해되지 않는 천룡이었다.

"이, 이게 그렇게 놀랄 일이었어?"

천룡이 다급하게 묻자 태성이 허둥대며 답했다.

"다, 당연하죠! 사부. 세상천지에 절대 삼황의 호위를 받는 사람이 있다고 누가 믿어요! 거기에다가 자신의 표국을 지금까지 호위하며 와 준 인물들이 그런 사람들이라면 놀라죠!"

무광과 천명은 따뜻한 물을 떠 오고 창문을 열며 난리를 쳤다.

일각 정도의 시간이 지나고 천룡의 자연기에 몸이 안정되어 정신이 돌아온 유가연은 자신이 천룡의 품 안에 있다는 사실에 깜짝 놀라며 재빨리 벗어났다.

그리고 핏기 없는 얼굴과 여전히 떨리는 동공으로 천룡을 바라보았다.

오만 가지 생각이 그녀의 머릿속을 휘젓고 있었다.

그런 그녀의 모습을 바라보며, 천룡은 슬픈 눈빛으로 씁쓸하게 웃었다.

그러한 천룡의 눈빛을 본 유가연이 다급하게 외쳤다.

"그, 그래도 좋아요!"

갑작스러운 유가연의 말에 다들 이게 무슨 소리냐는 표정으로 유가연을 바라봤다.

천룡은 깜짝 놀라서 유가연에게 물었다.

"유, 유 소저…… 그것이…… 무슨?"

아직도 제대로 마음이 추슬러지지 않았는지 몸이 조금씩 떨리고 있는 그녀였다.

하지만 그녀의 눈빛은 무언가를 결심한 듯이 굳건했다.

"저는 상관없어요! 운 공자님이 나이가 많든 적든…… 절대 삼황의 사부님이시건 아니건…… 저에겐 그냥 사모하는 분일 뿐이에요. 그, 그러니까 그런 슬픈 눈…… 하지 마세요. 저…… 그냥 잠시 놀라서 이런 거니까…….”

모든 것이 혼란스러워서 정신이 없을 때 그녀의 눈에 비친 천룡의 슬픈 눈이 그녀의 마음을 다잡게 만든 것이었다.

그녀의 갑작스러운 고백은 그곳의 모든 사람을 놀라게 했다. 마치 너희가 나를 놀라게 했으니 나도 너희들을 놀라게 해 주겠다고 마음이라도 먹은 듯이 폭탄 발언을 한 것이었다.

특히나 천룡은 자신의 가슴속에서 무언가 급격하게 끓어오르는 것 같은 느낌이 들면서 환희에 벅차 아무 말도 못 하고 있었다.

지금까지 자신이 살면서 이렇게 기쁜 순간이 있었나 싶을 정도로 기분이 날아갈 듯이 좋았다.

“사, 사부! 축하드립니다!”

“하하! 아버지. 축하드려요!”

“사부님! 드디어…… 하하, 축하드립니다!”

사방에서 축하의 목소리가 들리기 시작했고, 그제야 유가연은 자신이 무슨 말을 했는지 깨닫고 얼굴이 새빨갛게 변했다.

두 손으로 자신의 얼굴을 가리고 안절부절못하는 유가연을 보며 천룡은 행복한 미소를 지었다.

그 모습을 멍하니 지켜보던 대표두 역시 혼란스러운 마음을 정리하고 나니 이제야 자신이 몸담은 표국에 엄청난 행운이 들어왔다는 사실을 깨달았다.

'하하! 우리 아가씨…… 드디어 외로웠던 오랜 세월을 벗어나시는군요. 저분이시라면 앞으로 아가씨를 걱정할 필요는 없겠구나. 아, 선대시여…… 감사드립니다.'

한참을 어수선하게 서로 떠들다가 일정 시간이 지나고 장내가 정리되자 태성이 다시 아까 하던 말을 이어서 했다.

"자, 그럼 아까 하던 이야기를 계속 진행하겠습니다. 표국주님, 천금상단주를 잘 아십니까?"

태성의 질문이 이제야 귀에 들어오는 유가연은 고개를 갸웃거리며 말했다.

"천금상단에 대해선 잘 알지만, 상단주는 잘 몰라요. 왜 그자가 저희 표국을 함정에 빠뜨렸을까요?"

그때 대표두가 끼어들며 물었다.

"방주님, 아까 그 상단주 이름이 무어라고 하셨죠?"

"배금령이라고 들었소."

배금령이라는 이름이 나오자 대표두의 얼굴이 심각하게 굳어지기 시작했다.

"잘 아시는 분이오?"

"그자는 전전대 표국주님의 밑에서 일을 하던 표사였습니다. 전대 표국주님의 부인, 즉 지금 표국주님의 어머니를 몰래 사모하였지요. 전대 국주님이 그녀와 결혼을 하자 표국을 뛰쳐나간 것으로 알고 있습니다. 뛰쳐나가면서 자신의 여자를 빼앗은 천룡표국에 복수를 하겠다며 나갔다고 하죠…….
설마, 이런 식으로 복수를 해 올 줄은……."

복수의 이유가 너무나도 어이없고 찌질 했다.

저런 놈을 상대해야 하나 고민이 될 정도로 말이다.

그때 천룡이 나직하게 말을 했다.

"아무리 그래도 우리 유 소저를 위험에 빠뜨린 것은 용서
치 못하겠다. 너희들이 잘 알아서 처리 좀 해라. 최대한 고통
스럽게 잡아서 패 줘."

천룡의 말에 제자들은 대답하며 웃음을 지었다.

그리고 그 옆에 앉아서 듣고 있던 유가연은 부끄러운지 고
개를 푹 숙이고 있었다.

왜 이러는지 모르는 천룡에게 태성이 말했다.

"사부! 너무 달달한 거 아닙니까? 우리 유 소저라니요. 하하
하, 이야, 우리 사부에게 이런 면이 있는 줄은 정말 몰랐네요?"

그제야 자신이 무의식적으로 무슨 말을 했는지 깨닫고는
헛기침을 하는 천룡이었다.

그러한 천룡을 보며 다들 밝은 미소를 지어 보였다.

❦

섬서성(陝西省) 화음현(華陰縣)의 화산 서쪽에 있는 연화봉에,
주변의 풍경과 어우러져 아름답게 자리를 잡고 있는 전각들

이 있었다.

그 전각으로 들어가는 입구에는 화산파(華山派)라는 현판이 걸려 있었다.

바로 이곳이 구파일방 중 한 곳인 화산파였다.

무당과 함께 중원무림의 도가를 대표하는 곳이었다.

화산파의 장문인이 기거하는 곳에 구파일방의 장문인들이 모두 모여 무엇인가 심각한 대화를 나누고 있었다.

"그것이 진정 사실이오?"

화산파 장문인 천검(天劍) 선우진(鮮宇震)이 개방의 방주 철심 개왕의 말에 경악하며 되물었다.

"사실일 확률이 칠 할 정도 되오. 그러니 이것에 대해 대비를 해야 하기에 이렇게 여러분들을 모이라고 한 것이오."

개방의 방주 입에서 나온 정보이니 모두가 차마 반박을 하지 못하고 침통한 얼굴로 아무런 말도 못 한 채 앉아만 있었다.

모두가 숨죽이고 아무 말도 하지 않고 있을 때 무당(武當)의 장문인인 현허진인(玄虛眞人)이 자신의 의견을 조용히 말했다.

"하면…… 어서 이 사실을 무황성에 알려야지요. 이렇게 저희를 불러 모은 연유가 무엇입니까? 한 시라도 빨리 무황성에 알려 대책을 강구해야 할 것 아닙니까?"

무당 장문인의 말에 개방 방주는 버럭 화를 내며 말을 했다.

"아니, 이보시오! 현허진인! 그대는 무당 사람이오? 아니면 무황성 사람이오? 언제까지 우리가 무황성의 그늘 아래서 그들의 뒤치다꺼리나 하면서 살아야 하오? 과거에 우리 구파일방 하면 산천초목이 벌벌 떨고 우러러봤소. 하지만 지금은 어떠하오. 그 어느 사람도 존경하는 이가 없고, 무서워하는 이도 없소. 그저 무황성의 하부 조직쯤으로 생각한단 말이오!"

개방 방주의 말에 몇몇은 눈을 감고 고개를 끄덕이며 동의를 표했다.

자신의 말에 동의하는 사람들이 나오자 기분이 한껏 상승한 개방 방주는 계속 말을 이어 나갔다.

"이것은 기회요. 그래서 여러분들을 이렇게 모신 것이오. 혈천교가 강하다고는 하나, 우리도 그에 못지않소. 아니, 오히려 역대 중에서 가장 강한 무력을 보유하고 있소. 이번 혈천교를 물리치는 것은 무황성이 아닌 우리 구파일방이 되어야 할 것이오. 그러면 과거의 영광을 다시 되찾을 수 있소이다."

점창파(點蒼派)와 공동파(崆峒派), 청성파(靑城派) 그리고 곤륜파(崑崙派)는 개방 방주의 의견에 동조했다.

"개방 방주의 말씀을 들어 보니 전부 맞는 말 같소. 이번엔 우리가 주역이 되어야 하오! 언제까지 저 무황성, 천검문 그리고 빌어먹을 사파의 구룡방의 그늘에 가려져 명성을 떨치지 못하고 살아야 한단 말이오?"

장내는 이내 시끄러워졌다.

"천명대사(天鳴大師)께선 어찌 생각하십니까?"

개방 방주가 소림사(少林寺)의 주지를 바라보며 의견을 물었다.

소림이 구파일방에서 가장 오랜 역사와 힘을 간직한 정파의 태두였기 때문이었다.

천명대사에게 질문이 가자 일순 장내는 조용해지면서 천명대사의 입이 열리기만을 기다리고 있었다.

"허허, 소승이 뭘 알겠습니까? 다만…… 무림의 위기에 이렇게 편을 나누어서 대응하는 것은 아니라고 생각합니다. 시주님들 부디 욕심을 버리십시오. 공수래공수거(空手來空手去)라 하였습니다. 명예가 뭐가 그리 중요합니까?"

천명대사의 말에 개방 방주의 표정이 일그러졌다.

'젠장할 땡중! 설교는 소림사 가서 당신 제자들한테나 해!'

속마음과는 달리 겉으로 웃으며 고개를 숙이고는 말했다.

"하하, 역시 법력이 높으시니, 말씀도 현기가 느껴집니다. 좋은 말씀 감사드립니다만, 저는 소인배라 그런지 저희 개방의 명예를 더 중요시하겠습니다."

은근히 비꼬며 말하는 개방 방주였다.

그러한 개방 방주를 무당파와 아미파가 비난하며 나섰다.

"이보시오! 개방 방주! 어찌 그리 비꼬며 말씀을 하시오? 여러 사람의 의견을 듣기 위해 이곳에 모인 것이 아니요?"

다시 장내는 소란스러워지기 시작했다.

서로서로 비난하며 반목을 하기 시작했다.

탕탕탕!

그때 화산파의 장문인이 책상을 내려치며 사람들의 시선을 모두 자기 쪽으로 돌렸다.

"그만! 그만들 하시오! 이게 무슨 짓입니까? 한 문파의 수장들이란 분들이 어찌 이리 경박하단 말입니까? 자중들 좀 하세요. 이래서 회의가 진행되겠습니까?"

화산 장문인의 말에 그제야 다들 흥분했던 마음을 가라앉히며 자리에 앉았다.

"자, 자. 앞에 차로 입들 좀 축이시고 진정들 좀 하세요. 우리 아주 잠깐만 서로의 생각을 정리하며 차 한잔합시다."

화산 장문인의 말에 다들 동의를 하며 자신의 앞에 놓인 찻잔을 들어 음미하며 저마다의 생각을 정리하기 시작했다.

일각 정도의 시간이 흐르고 제일 먼저 생각을 정리한 듯한 개방 방주가 말을 시작했다.

"아까 이 거지가 너무 흥분하여 말을 함부로 한 것에 대해 사죄를 드리오."

그리고 좌중을 향해 포권을 하였다.

"현 무림 상황은 여전히 무황성과 천검문 그리고 구룡방에 의해 삼분지계(三分之計)가 되어 있지만, 무황성은 무황께서 물러나시었소. 하니 무황성의 전력은 과거와 비교해 하락을 많이 한 상태로 보아야 하오. 또한, 천검문 역시 검황께서 일찌 감치 자리를 물려주고 여행을 다니고 계시오. 천검문 또한 우리와 비슷한 전력이라고 생각하오. 구룡방 놈들은 뭐 예외로 칩시다. 아무튼, 과거와 비교해 현저히 약해진 무황성이나 천검문에만 의지를 해서는 안 될 상황이라는 것이 이 거지의 의견이오."

숨도 쉬지 않고 자신의 의견을 줄줄이 말하는 개방 방주였다.

개방 방주가 말하는 것은 하나같이 일리가 있는 말들이었다.

그의 말처럼 무황과 검황이 없는 무황성과 천검문의 전력과 자신들의 문파가 거기에 비교해도 크게 떨어지지 않는 전력이라는 말이 그들의 마음을 흔들었다.

생각해 보니 자신들이 그동안 너무 무황과 검황만 믿고 안일하게 대응을 해 왔다는 것이 느껴졌다.

이제는 결단을 내려야 했다.

"자, 이 거지의 말은 모두 끝이오. 나는 여러분께 과거 무림의 어려움이 있을 때마다 형성했던 연합을 제안하오. 바로 무림맹(武林盟)이라는 단체를 말이오."

개방 방주의 제안은 놀라운 것이었다.

무황성이 탄생한 이래 사라진, 바로 정파 무림의 중심 무림맹이 다시 역사에 등장하는 순간이었다.

개방 방주의 의견에 다들 각 사문으로 돌아가 이견 조율을
한 후 연락해 주기로 하고 서로 인사를 하며 헤어졌다.

그들이 내려간 곳을 바라보며 화산 장문인의 표정은 심각
했다.

'하아, 결국…… 이렇게 되는구나……. 모두 힘을 합쳐야
할 상황인데…… 어이할꼬…….'

무황성과 천검문을 제외한 무림맹을 창설하자는 그들의
의견에 화산 장문인의 수심은 점점 깊어만 갔다.

화산에 내리는 노을이 꼭 핏빛 강호를 암시하는 것 같아
더욱더 심란해지는 화산 장문인이었다.

❧

하남성(河南省) 신양(信陽)에 있는 대별산(大別山) 기슭 아래 과
거 무림맹의 성이 자리 잡고 있었다.

오랜 세월 동안 그저 관리만 해 오던 그곳이 오래간만에
사람들로 북적였다.

많은 사람이 보수 공사를 위해 저마다 땀방울을 흘리고 있
었다.

성벽을 따라 자라난 넝쿨들은 제거하고, 여기저기 무너
진 곳은 새로이 다시 지으며 점차 예전의 모습을 되찾고 있
었다.

새로이 창설되고 있는 무림맹이었다.

이 무림맹에는 구파일방을 포함해서 중원 곳곳에 있는 중소 문파들까지 합세하였다.

거기에 무림세가(武林世家) 중 황보세가(皇甫世家), 사천당가(四川唐家), 제갈세가(諸葛世家), 하북팽가(河北彭家)까지 무림맹에 합류하면서 그 인원이 무황성을 뛰어넘고 있었다.

초대 무림맹주는 훗날 무림맹의 공사가 끝나고 개파식 때 모두의 지지를 받는 이로 뽑기로 하고 현재는 공사에만 집중하고 있었다.

이러한 소식은 무황성과 천검문, 그리고 구룡방에 전해졌다.

하지만 그 어디에서도 성명을 발표하거나 딱히 표를 내지는 않고 조용히 지나갔다.

"크하하하! 그거 보시오. 저들도 우리의 위세에 눌려서 아무 말도 못 하지 않소. 그동안 우리는 저들에 대한 헛된 힘에 억눌려 있었을 뿐이오. 이제 진실한 무림의 힘이 무엇인지 무림맹이 완성되면 저들에게 보여 줍시다! 아마 혈천교도 그와 같은 이치일 것이오. 과장된 과거의 이야기에 겁을 먹은 것뿐일 것이오."

대별산의 중턱에서 무림맹이 새로이 태어나는 모습을 지켜보던 각 문파의 수장들은 서로 저마다 무림맹 창설하기를 잘했다며 격려를 하고 있었다.

"그런 것 같소. 저들이 정말로 강했다면 지금쯤 어떠한 행동이라도 했을 터인데, 그 어떤 대응도 하지 않는 것을 보면 아마 지금쯤 저들도 골머리 좀 앓고 있을게요."

아무런 대응을 하지 않는 세 개의 세력을 보며 그들의 자신감은 점점 충만해지고 있었다.

"이제 머지않았소. 우리들의 세상이 올 날이 말이오. 진정한 강호! 그것이 우리에게 다가오고 있소! 자! 그날을 위해 내려가서 축배를 듭시다!"

개방 방주의 의견에 모두 동참을 하며 인근 기루로 내려가 무림맹 창설을 축하하는 축배를 들기 시작하는 그들이었다.

"흐음, 무림맹이라?"

방주의 집무실의 의자에 앉아 귀계신옹이 들고 온 문서를 바라보며 턱을 쓰다듬는 용태성이었다.

"그러하옵니다. 방주님. 현재 대부분의 무림 문파들이 앞다투어 가입하는 상태입니다. 이러다가…… 정말 저들이 무슨 일을 벌일까 염려가 되옵니다."

귀계신옹은 저들이 무림맹을 창설하고 나면 그들이 제일 먼저 구룡방을 공격할까 걱정했다.

거대한 집단이 하나로 뭉치려면 그 목적이 있어야 한다.

그 점에서 구룡방은 저들에게 아주 좋은 먹잇감이었다.

하지만 태성은 그런 그들이 우스웠다.

"훗, 하룻강아지들……. 진정한 무서움을 모르는 것들이군……. 내버려 두시오."

"하오나……."

"아아, 그만. 여기에 와 있는 분들이 어떤 분들인지 알지 않소? 그러니 괜한 걱정하지 마시오. 설마, 사제의 집이 공격을 당하는데 가만히 있을 분들이겠소? 아마 나보다 더 난리를 치실 게 뻔하오. 저 엄청난 괴물 사형들이 난리를 치면…… 으윽! 생각만 해도 끔찍하오."

태성의 설명에 귀계신옹의 표정이 그제야 풀렸다.

처음 무황과 검황이 방주의 사형이라는 소리를 듣고 '아, 내가 정말 오래 살아서 별소리를 다 듣는구나!'라고 생각한 귀계신옹이었다.

그것이 사실이라는 것을 알았을 땐 너무 놀라서 삼도천(三途川)을 건널 뻔했다.

하지만 지금은 그렇게 믿음직한 아군이 있을 수 없었다.

방주의 사형들이라는 소리만 들어도 절로 안심이 되는 막강 전력들이었다.

설마, 삼황이 한편일 것이라고 저들은 절대 생각하지 않을 것이다.

"더군다나…… 우리 사부…… 화나면 정말 무섭소. 내가 당했다고 하면…… 아마 모르긴 몰라도 무림은 재앙을 맞이하게 될 거요."

귀계신옹이 제일 놀란 것이 바로 이 부분이었다.

방주가 그토록 그리워하던 사부의 어린 모습을 보고 첫 번째로 놀랐고, 삼황이 천룡과 비무를 하는 장면에서 두 번째로 놀랐다.

삼황의 경천동지(驚天動地)할 위력의 공세에도 시종일관 웃으며 다 막아 내는 그 모습.

심지어 삼황이 일방적으로 얻어맞는 것을 보고 심장에 무리가 오면서 기절까지 했었다.

천룡은 그런 엄청난 비무에도 땀 한 방울 흘리지 않았다.

과거 태성이 일 초라도 버티면 잘한 것이라는 소리는 그냥 우스갯소리로 넘겼는데, 실제로 보니 그것보다 더했다.

그날 귀계신옹은 진정한 무신(武神)을 보았다.

그것을 생각하니 안심되는 귀계신옹이었다.

"참, 제가 알아보라는 것은 어찌 되었습니까?"

자신의 손에 있던 문서를 접어 책상 한쪽으로 치우며 물었다.

"아, 천금상단에 대해서 알아보라 하셨지요?"

"그렇소. 그 빌어먹을 놈들에 대해 말해 보시오."

"현재 천금상단은 무림맹의 주력 상단 중 하나로 책정이 되어 있는 상태입니다. 심지어 상단을 통째로 신양으로 이전까지 했습니다. 상단주가 무림맹에 상단의 사활을 전부 걸었더군요. 상단주 역시 현재 무림맹의 공사 현장에 나가서 그들을 진두지휘하는 것으로 보고 받았습니다."

그가 가져온 천금상단의 보고에 태성의 이마에 천(川)자가 그려졌다.

"빌어먹을. 운이 좋다고 해야 하나? 일단 당분간은 두고 볼 수밖에 없겠군요. 뭐…… 이곳에서 너무 많은 시간을 보낸 것이 이런 결과를 불렀군요. 먼저 가서 잡았어야 했는데……. 사부에게 뭐라고 말을 한담……."

유가연과 천룡표국 사람들은 먼저 떠난 상태였다.

총관의 배신을 알게 됐으니, 표국을 안정시키기 위해 서둘러 떠난 것이다.

말을 멈추고 잠시 귀계신옹을 보더니, 그의 손을 잡고 간절한 눈빛으로 말을 하는 용태성이었다.

"이보시오, 신옹. 부탁이 있소. 내 사부와 한동안 더 지낼 터이니 그동안 방을 잘 부탁드리오. 혹…… 방에 무슨 일이 생기면 바로 연락해 주시오. 내 바로 달려오리다."

태성의 간곡한 부탁에 귀계신옹은 차마 거절을 하지 못하고 알겠다고 대답을 했다.

"고맙소! 하하, 이제 사부와 사형들에게 이 일을 알리러 가야겠소. 고생 좀 해 주시오."

그렇게 말을 하고는 집무실에 귀계신옹만을 남겨 두고 천룡과 자신의 사형들이 있는 귀빈각으로 발걸음을 향하는 태성이었다.

그러한 그의 뒷모습을 보며 몰래 미소 짓는 귀계신옹이었다.

'하하, 방주님. 그렇게 밝게 웃는 모습을 보니 소신 정말 기분이 좋습니다. 부디 즐겁게 지내고 오시옵소서.'

귀계신옹은 태성이 사라진 방향으로 고개를 숙인 후에 자신의 집무실로 이동했다.

한편 귀빈각으로 달려온 태성은 무림맹을 창설했다는 소식을 자신의 사형들에게 전했다.

"무림맹? 갑자기 왜? 무슨 일이라도 생겼나?"

무광이 깜짝 놀라며 태성에서 자세한 내막을 물었다.

"소제도 자세한 사항은 모르고…… 다만 그동안 무황성에 억눌려 왔던 자격지심이 저들을 집결하게 만든 것이라는 군사의 소견이 있었습니다. 군사의 말로는 뭐 지금까지 모인 전력만으로도 이미 무황성을 넘어섰다고 하더군요."

태성의 말에 코웃음을 치며 대답을 하는 무광이었다.

"뭐? 무황성을 능가해? 하하하, 미치겠군……. 저들은 무황성의 진정한 전력을 모르고 있으니 그렇게 생각하겠지. 하긴…… 너도 모르지?"

무광의 말에 천명과 태성이 놀란 눈으로 무광을 쳐다보았다.

"숨겨진 전력요? 아니, 그런 게 있었습니까?"

"그래! 너희도 혈천교를 잘 알고 있지? 바로 그 녀석들을 상대하기 위한 특수부대가 있다. 아무도 모르는 사실이지……아, 선우…… 그 녀석에게 말을 안 해 주고 왔구나……. 나중에 알면…… 한 소리 하겠네……."

무황성의 진짜 전력에 대해 현 성주에게 말을 안 해 주고 온 것이 생각난 무광이었다. 입맛을 다시며 눈을 초롱초롱하게 뜨고 있는 두 사제를 바라보았다.

"아, 사형! 말을 하다가 왜 다른 곳으로 빠집니까. 그래서요? 어떤 부대인데요?"

태성의 재촉에 무광은 이것을 말해 줘야 하나 고민했다.

하지만 이내 말할 수밖에 없었다.

뒤에서 듣고 있던 천룡이 한마디 했기 때문이다.

"녀석아, 왜 사람 궁금하게 말을 하다가 말아. 그래서 그 부대가 어떤 부대인데?"

천룡까지 가세하자 무광은 고개를 끄덕이며 입을 열었다.

"무극수호대(無極守護袋)라고 이름을 지어 준 부대다. 대주급들은 대략 화경급의 고수들이고, 그 예하 대원들은 최하 경지가 초절정(超絶頂)이다. 그러한 아이들 삼백 명으로 이루어진 무력 부대다. 오로지 내 명만 따르는 나의 직속부대이기도 하지."

무광의 대답에 천명과 태성의 입이 쩍 벌어졌다.

현 무림이 오랫동안 평화를 유지하며 무공에 정진을 할 수 있는 모든 요건이 갖춰진 시대라고는 하나 그런데도 화경급 고수는 많지 않았다.

한 문파의 장문인 정도가 화경의 경지였다.

이런 경지에 달하는 고수들이 일개 대주를 하는 것이었다.

더군다나 초절정 이상의 경지로 이루어진 대원들이라 니…….

최하가 초절정이란다.

그러한 무력 부대가 있다면 무림 정복도 꿈이 아니었다.

하지만 무광은 순수하게 무림의 안전을 지키기 위해 그러한 무력 부대를 숨겨 온 것이었다.

"내가 겪어 본 혈천교는 무시무시하다. 그때 내가 상대한 놈들은 승리에 도취해서 자만심에 빠져 있던 놈들이었지. 하지만…… 그놈들이 다시 세상에 나온다면…… 악에 받쳐서 전심전력으로 쳐들어오겠지……. 무서웠다. 나는 최악을 대비할 수밖에 없었어."

무덤덤한 표정으로 말하는 무광이었지만 그 말을 들어 보니 그동안 무림을 지키기 위해 그가 얼마나 많은 고심을 했는지 알 수 있을 것 같았다.

갑자기 무거워진 공기를 느낀 탓인지, 무광은 밝게 웃으며 말했다.

"솔직히 그 부대를 쓸 일이 없기를 바랐지. 하지만 지금은 그런 걱정 안 한다. 너희도 있고 무엇보다 우리에게 아버지가 계시지 않느냐! 하하하."

무광이 일부러 밝게 웃음을 지어 보이며 분위기 전환을 하려 할 때 천룡이 뜬금없는 질문을 했다.

"그런데 궁금한 것이 있다. 화경이니 초절정이니…… 그런 경지는 도대체 왜 나누는 것이지?"

전혀 예상도 하지 않았던 천룡의 질문에 세 명은 아무 말도 못 하고 멍하니 서 있었다.

경지를 저렇게 나누는 것이 이상한 일이었나?

"하아…… 그래. 너희들의 경지는 무어라 부르냐? 분명 화경보다는 높은 경지겠지?"

천룡의 질문에 무광이 답했다.

"저희 세 사람의 경지는 신화경(神化經)이지요. 무의 끝이라 불리는 경지지요. 그리고 저기 숨어 있는 여월 같은 경우가 화경(化經) 끄트머리쯤 되고요."

그 말에 천룡이 더 이해되지 않는다는 듯이 말했다.

"그래? 그럼 너희는 다 같은 신화경이니 서로 실력이 비슷해야 하는데…… 내가 보기엔 무광과 태성의 실력 차이는 눈에 보일 정도로 확연하다. 그런데도 같은 경지냐?"

그러자 무광이 다시 답을 했다.

"같은 신화경의 경지여도 실력 차가 있죠."

그 말에 천룡이 답답하다는 듯이 말했다.

"하아, 이놈들아. 그게 무슨 억지냐? 그렇다면 내 경지는 무엇이냐? 신화경이 무의 끝에 다다른 경지라면 나 또한 신화경이겠구나? 그렇다면 신화경이라 말하는 너희 셋이 덤벼도 이기지 못하는 나는 진정 신화경이 맞느냐? 아니면 너희가 잘못 알고 있고, 내가 진정한 신화경이라면 너희들의 경지는 현경이라고 생각해 보진 않았냐?"

천룡의 말에 다들 아무 말도 못 하고 있었다. 지금까지 전혀 생각해 보지 않았던 말이었다.

"너희들은 스스로 경지를 나누어 거기에 만족하고 있다. 사람의 힘은 그 끝이 없는 법이다. 너희들은 경지라는 틀에 갇혀서 스스로 얽매이고 있어. 모든 만물에는 경지가 없다. 얼마나 조화를 이루느냐의 차이일 뿐이지."

천룡의 말에 다들 자리에 앉아 무언가를 깊이 생각하며 집중하기 시작했다.

"누구나 수련을 하다 보면 벽을 만나게 된다. 그 벽을 깨면 또 다른 벽이 나오고, 그러다 넘볼 수 없는 벽이 나타나지. 그것을 깨지 못하니 여기가 끝이구나 하고 단정을 지어 버리고, 그 벽을 기준으로 경지를 나눈 것 같다. 차라리 몇 번의 벽을 깼는지를 기준으로 나는 몇 번째 벽을 넘었다고 말하는 것이 더 정확하겠다. 그래, 너희들은 몇 번째 벽을 넘었지?"

천룡의 물음에 세 사람은 차례대로 대답했다.

"저는 스무 번째 벽을 넘었습니다."

무광의 대답에 이어 천명이 답했다.

"저는 열일곱 번째 벽을 넘었습니다."

마지막으로 태성이 뻘쭘한 표정으로 말했다.

"저는…… 열다섯 번째 벽을 넘었습니다."

"봐라. 너희들이 정한 신화경이라는 경지에서도 이리 차이가 난다. 앞으로 다시는 그러한 경지로 너희들의 한계를 가두지 마라. 그저 마음 가는 대로 놔주어라."

천룡의 말이 끝났음에도 세 사람은 멍하니 서 있었다.

'한계가 없다…….'

'나 스스로 틀에 가두어 두었구나…….'

'마음 가는 대로.'

깨달음은 갑자기 찾아온다고 했다.

지금 이들은 오랫동안 갈망하던 그 순간이 다가온 것이다.

더는 나아갈 수 없을 것으로 생각했던 바로 그곳.

세 사람의 몸에서 빛이 나기 시작했다.

그리고 자연스럽게 가부좌를 틀고 앉는 세 제자였다.

그러한 제자들의 모습에 미소를 지으며 바라보는 천룡이었다.

저들은 오늘을 기준으로 몇 단계 더 발전할 것이기 때문이었다.

여월 역시 깨달음을 얻었는지 옆에서 가부좌를 틀고 눈을 감고 있었다.

천룡은 그런 그들이 무사히 운기를 마칠 수 있도록 사방에 강기막을 펼쳐 지켜 주었다.

어느덧 그들의 머릿속에서 무림맹은 사라지고 없었다.

그렇게 네 사람이 동시에 운기에 들어가자, 귀빈각으로 엄청난 양의 기운이 몰려들어 거대한 기운을 이루었다. 그 기운들은 서로 방 안에 뒤엉키면서 아름다운 칠색광채(七色光彩)를 발현(發現)하기 시작했다.

이윽고 네 사람의 몸이 동시에 허공에 떠오르고 동그란 원반 형태로 회전하기 시작하며, 방 안에 가득 차 있는 기운들을 흡수하기 시작했다.

네 사람의 각기 다른 기운들이, 서로 혼합된 이 기운들을 서로 다른 이들이 흡수하는 모습은 지금까지 무림 역사상에서 그 어떤 이도 보지 못했던 현상이었다.

그 후에 여월을 제외한 무광과 천명, 태성의 몸에서 뼈가 부서지는 소리가 들리며, 그들이 입었던 옷이 가루로 변하였다.

알몸으로 변한 세 사람의 피부가 마른 낙엽처럼 부스러지기 시작했다.

순식간에 모든 피부가 부서져 사라지며 몸 안의 모든 근육과 혈관이 보이기 시작했다.

근육들은 뱀이 나무를 타고 올라가는 것 같은 모습을 하며 재구성되고 있었다.

세 명의 칠공에서는 검은색 연기가 쉴 새 없이 뿜어 나오고 있었다.

몸 안에 있던 탁한 기운과 악기가 섞여서 몸 밖으로 분출되고 있었다.

천룡은 제자들의 몸에서 나온 악한 기운들을 보고 손을 뻗었다.

그 검은 기운은 모두 천룡의 손 안으로 빨려 들어갔고, 이내 방 안의 정기(正氣)만이 남아 있었다.

세 사람의 피부와 머리카락들이 재생되기 시작하면서 흉측했던 모습이 사라지고, 그들의 젊었을 적 모습으로 변신하고 있었다.

바로 전설상으로만 전해 내려오는 환골탈태(換骨奪胎)를 하는 것이었다.

사람의 몸이 부서졌다가 재구성이 된다는 허무맹랑한 이야기가 현실로 벌어지고 있었다.

그들의 신체는 이제 천지자연과 일부나마 교감을 이루고 조화를 이룰 수 있는 기초적인 신체가 된 것이었다.

상 중 하단의 모든 단전이 개방되고 천지의 기운을 받아들이며 정기신(精氣神)이 하나가 되는 진정한 입신지경의 경지가 된 것이다.

세상 사람들이 말하는 진정한 신화경에 발을 담그고 있는 그들이었다.

이러한 현상은 아주 천천히 사흘 동안 진행되었다.

그리고 그곳에는 자신의 제자들에게 혹시나 불상사가 생기지 않게 철통같이 현장을 지키는 천룡이 있었다.

여월은 이미 운기를 모두 마치고 정신을 차린 상태였다.

정신을 차리고 보니 자신의 눈앞에 엄청난 광경이 펼쳐지고 있었다.

실상 여월이 제일 큰 이득을 보았다.

자신의 앞을 가로막고 있던 벽을 무려 세 개나 깨 버린 것이었다.

하지만 지금 눈앞에서 일어나고 있는 엄청난 광경은 그러한 것도 잊게 만들고 있었다.

한참을 멍하니 바라보고 있을 때 누군가 여월의 어깨를 가만히 감싸 쥐었다.

화들짝 놀라며 뒤를 돌아보니 천룡이 입술에 손가락을 대며 조용히 하라는 시늉을 하였다.

그러면서 여월에게 전음을 보냈다.

-여월아, 저 애들이 부럽더냐?

천룡의 말이 무엇을 뜻하는지 깨달은 여월은 고개를 가로저으며 답했다.

-아니옵니다. 주군. 이번에 얻은 깨달음을 완전히 제 것으로 만드는 것만으로도 저는 벅찹니다. 또한, 과유불급이 무엇인지 잘 알고 있으니 걱정하지 않으셔도 됩니다. 다만…… 처음 보는

광경이라…… 저도 모르게 넋을 잃었던 것 같습니다.

그렇게 답을 한 후에 천룡을 바라보며 결연한 눈빛으로 말했다.

ー지금 저분들의 깨달음을 방해해선 안 되기에 이렇게 전음으로 말씀드리는 소신을 용서하시옵소서. 신…… 여월. 그동안 저에게 주신 은혜와 오늘 받은 은혜까지 죽어도 갚지 못할 큰 은혜를 주셨습니다. 하여 신 여월 평생을 주군을 위해서만 살겠습니다. 신의 목숨은 앞으로 주군의 것이옵니다.

그러한 여월을 보며 천룡은 한숨을 쉬며 나중에 다시 이야기하자고 말을 한 뒤, 다시 제자들이 탈태를 하는 광경을 지켜보았다.

그로부터 한참이 지난 후에 몸에 모든 변화가 끝나고 세 제자의 눈이 동시에 떠졌다.

그들은 눈을 뜨자마자 자신의 몸과 손을 바라보며 감탄을 했다.

"하아……. 이것이, 진정한 입신지경이구나……. 지금까지 우리는 우물 안을 세상 전부라고 단정을 짓고 살았구나. 아버지 저희가 환골탈태를 한 것이 맞지요?"

무광이 묻자 천룡은 고개를 끄덕였다.

"이것이었군요……. 이제야 보입니다. 아버지가 얼마나 강한지……. 그리고 그동안 우리가 보았던 경지라는 것들이 얼마나 허술했는지를 말입니다."

무광의 그 말에 천명과 태성은 입을 굳게 다물고 고개만 끄덕일 뿐이었다.

"이제 알았으면 됐다. 앞으로는 그러한 것에 얽매이지 않으면 그만이다. 이제 세상 사람들이 저마다 경지를 나누며 누가 더 잘났는가를 경쟁하며 너희를 자극해도 신경 쓰지 말고 그 사람들 맘대로 하도록 놔둬라."

천룡의 말이 끝나자 세 제자는 서로 머뭇거리며 무언가를 말하고 싶어 했다.

"뭐냐? 무언가 말을 하고 싶은 거냐? 그러기 위해선…… 우선 옷부터 입어라! 징그러운 놈들……."

그러고는 밖으로 나가는 천룡이었다.

"사부! 어디 가요!"

"배고파서 밥 먹으러 간다! 사흘 동안 너희들 본다고 밥도 못 먹었어!"

그렇게 멀어지는 천룡을 차마 알몸으로 따라가지 못하고 발만 동동거리고 있을 때 구세주가 등장했다.

"도련님들, 일단 급한 대로 제가 옷을 구해 왔습니다. 이것이라도 걸치시지요."

옷이 멀쩡하게 남아 있던 여월이 눈치 빠르게 나가서 옷을 챙겨 온 것이었다.

"오, 여월! 너는 앞으로 우리가 뒤를 봐주마. 하하."

"고맙네. 여월! 앞으로 도움이 필요하면 말하게."

"근데 여월, 도련님이라니? 말투가 많이 변했다?"

마지막에 대뜸 물어 오는 태성의 질문에 여월은 웃으며 답을 하고는 서둘러 천룡의 뒤를 쫓아가기 시작했다.

"제 평생 모셔야 할 진정한 주군의 제자분들이시니 저에게 도련님이 맞지요. 하하."

그전에는 천룡의 제자가 아닌 무림의 삼황으로 대했다.

하지만 이제는 그들 역시 천룡의 일부로 인정을 하고 호칭을 바꾼 것이다.

저 멀리 여월이 사라지자 재빨리 옷을 입으며 외치는 그들이었다.

"야! 같이 가!"

이른 아침부터 구룡방 곳곳에서 난리가 났다. 바로 완전히 어려진 태성 때문이었다.

이립(而立:서른 살)도 안 되어 보이는 외모가 가장 큰 이유였다. 처음에는 여기저기서 태성을 못 알아보고 하극상을 벌이는 곳도 많았다.

지금 태성의 앞에 앉아 있는 그의 가족들 역시 마찬가지였다.

"와…… 아버지……. 저랑 동년배라고 해도 믿겠습니다.

정말 환골탈태를 하셨습니까?"

태성의 아들인 용적풍이 믿을 수 없다는 표정으로 태성을
바라보며 말하고 있었다.

"그래, 인마. 이제 이 아비가 진정한 신화경에 들어섰다는
거지. 하하하하하. 어떠냐. 이 아비 좀 멋지지 않냐?"

그러한 태성의 모습에 제일 못마땅한 얼굴로 서 있는 여자
가 있었다.

"흥! 좋으시겠네요? 혼자 젊어지셔서? 이제 이 늙은 부인은
눈에도 차지 않으시겠군요?"

바로 태성의 부인인 은여랑이었다.

"하하…… 부, 부인…… 그 무슨 소리요. 저, 절대 그럴 일
없소. 나는 부인밖에 없는 것을 잘 알잖소. 그리고…… 어느
누가 부인을 불혹(不惑:마흔 살)으로 본단 말이오? 가서 동경을
한번 보시오. 그게 어디 불혹의 얼굴인가?"

태성의 말에 용적풍 역시 동조하며 가세했다.

"맞아요, 어머니. 어디 가면 어머니가 아니고 제 동생으로
본다고요. 저야말로 암울하네요……. 부모님 보다 늙어 보이
는 아들이라니……."

시무룩한 얼굴로 고개를 푹 숙이는 용적풍이었다.

사실 이들의 말은 전부 사실이었다.

은여랑은 북해빙궁주의 딸로 아버지에게 반항하고 가출을
했다.

그런데 가출을 하면서 챙긴 비급이 바로 빙기옥골서(氷肌玉骨書)였다.

여자의 아름다움을 유지하게 해 주는 비법이 적힌 책이었다.

자신이 아름다운 것을 잘 알고 있었고, 그것이 무엇보다 큰 무기라는 것을 어렸을 때 이미 깨달은 그녀였기에 가능한 행동이었다.

다행히 나중에 태성과 결혼을 하고 빙궁주를 다시 만났을 때는 그녀를 매우 칭찬하며 반기던 빙궁주였다.

자신의 딸이 빙궁의 책을 훔쳐 달아난 것은 괘씸했으나 그 일로 인해 이런 용을 물어왔으니 모든 것이 다 용서가 되었다.

그녀의 일로 인해 빙기옥골서는 빙궁에서 가장 아끼는 비급이 되었고, 여식이 태어나면 제일 먼저 익혀야 할 필수 서책이 되었다는 일화가 있다.

암튼 그 책의 오의(?)까지 깨우친 그녀는 딱히 환골탈태하거나 반노환동을 하지 않아도 젊었을 적의 아름다운 모습을 꾸준히 간직하고 있었다.

"호호호호, 정말인가요? 우리 아들도 그렇게 생각해? 정말 이 어미가 너보다 어려 보이니?"

"네. 어머니. 저보다 한참 어려 보이십니다."

"그렇소. 부인 환골탈태 후 반로환동까지 한 나보다 어려 보이오."

둘의 공세에 은여랑은 기분이 풀린 듯 활짝 웃었다.

"호호호, 아이 참. 제가 차 좀 내올게요. 담소 나누고 있어
요."

기분이 좋은지 차를 내온다며 밖으로 나가는 은여랑이었
다.

그런 은여랑을 보며 안도의 한숨을 쉬는 부자였다.

"그런데 아버지, 다시 나가신다고요?"

"그래. 사부 모시고 나가서 좀 지내고 있으마. 이 기회에
소방주인 네가 방 내에 너의 위치를 확고히 해 놓도록 해라."

"네에? 설마, 아니시죠. 아니, 그보다 제 나이 아시죠? 저
아직 많이 어려요……."

자신에게 빨리 방주 자리를 넘겨주려는 인상을 풍기자 용
적풍이 놀라며 말했다.

"인마! 다른 사형들은 벌써 후계자들에게 넘겨주고 저리
편하게 희희낙락하면서 지내시는데 나는 이게 뭐냐? 그러니
까 이 기회에 네가 방주로 올라갈 수 있게 구룡방을 확실히
네 것으로 만들어 놓으란 말이야. 아비의 명이다."

"아버지, 아니, 다른 곳들은 자식이 자기 자리를 언제 넘
볼까 두려워 견제한다던데, 아버진 그런 거 없어요? 아니,
무슨 방주 자리를 빨리 넘기지 못해서 병날 것처럼 말씀을
하세요."

"어차피 언젠가 넘겨줄 건데 견제를 왜 해? 비싼 밥 먹고 그런 쓸데없는 짓을 하는 곳도 다 있냐? 그리고 병날 것 같다. 나도 빨리 사형들처럼 자유롭고 싶단 말이다!"

하는 행동이 완전히 자기 또래였다.

몸이 젊어지더니 정신까지 젊어졌다고 생각하는 용적풍이었다.

"그래도 아버지! 저 이제 약관(弱冠:스무 살)이라고요!"

"야, 인마! 젊은 놈이 왜 이리 야망이 없어. 남들처럼 '권좌를 넘기시지요!'라고 하지는 못할망정 겁을 먹고 그러냐. 이거나 받아!"

어처구니없어하는 용적풍의 손에 작은 옥갑을 쥐여 주는 태성이었다.

"아무도 모르게 조용히 너만 먹어라. 먹자마자 운기 바로 하고 알았지? 이거 대환단 저리 가라 할 정도로 엄청난 영약이니까 꼭 몰래 먹어야 한다. 알았지?"

"진짜요? 아니, 그런 걸 막 줘도 돼요? 보통 이런 신단은 깊숙한 곳에 숨겨서 보관하거나 하지 않아요?"

"내 아들이 먹는 게 더 중요하지! 암튼 이거 먹고 힘내서 꼭 구룡방 장악해라."

목적은 그거였다.

엄청난 영단보단 어떻게든 자신도 방주직을 물려주고 천룡과 오손도손 살 생각뿐이었다.

"하아…… 노력은 해 볼게요."

"노력 가지고 안 돼! 죽을힘을 다해서 해! 사내새끼가 왜 이리 패기가 없어!"

무림 삼대 세력 중 한 곳의 방주직을 놓고 서로 하겠다가 아니라 서로 하지 않으려고 미루는 부자였다.

"이번에 나가시면 언제 돌아오시려고요?"

"기약 없다. 그러니 이 아비 기다리지 말고 고생 좀 해라. 그리고 걱정하지 마라. 위기가 생기면 앞뒤 안 가리고 달려올 테니까."

두 부자가 한참 대화를 하고 있을 때 차를 가지고 들어온 은여랑이 끼어들었다.

"아버지가 자리 물려준다고 할 때 받아 이것아."

은여랑까지 가세했다.

"우리 아들, 엄마 아빠 없어도 잘할 수 있지?"

은여랑의 말에 태성이 고개를 갸우뚱하면서 물었다.

"부인도 어디 가시오?"

그러한 태성을 보며 눈웃음을 치면서 대답하는 은여랑이었다.

"어머? 상공. 서방님이 가시는데 저도 가야죠. 바늘 가는데 실을 빼놓고 가시려고요? 아니면…… 새로운 실을 찾으시려고요?"

순간 방 안에 한기가 가득 차기 시작하자, 태성이 급하게 손을 내저으며 말했다.

"무, 무슨 소리요. 나는 당신뿐이오."

"호호, 그러실 줄 알고 저도 다 준비해 두었어요. 가서 아
버님도 모셔야 하고 할 일이 많겠네요."

"아버님?"

태성의 반문에 은여랑은 당연한 것을 말하듯이 답했다.

"군사부일체(君師父一體) 모르세요? 그러니 아버님이라 불러
도 되죠. 이미 허락도 하셨어요. 호호."

"사, 사부께 이미 허락을 받았다는 말이오?"

"그럼요. 그럼 저는 떠날 채비를 할 테니 마저 대화 나누셔
요."

그러면서 노래를 흥얼거리며 나가는 은여랑이었다.

그런 그녀의 뒷모습을 바라보며 울 것같이 얼굴을 찡그리
는 태성이었다.

"아버지, 힘내세요. 뭐라 드릴 말씀이 없네요."

옆에서 아들의 얄미운 한마디가 들려왔고, 그 소리에 태성
의 표정은 흉악하게 변했다.

"헉! 저, 저는 바, 바빠서 이만…… 아버지 잘 다녀오세요!"

태성의 살기에 깜짝 놀란 아들은 황급히 인사를 하고는 자
리를 피했다.

방 안에 혼자 남은 태성은 힘없는 발걸음을 옮기며 자신의
사형들이 있는 방으로 이동했다.

드르륵!

"어라? 갔던 일 잘 안 되었냐? 왜 이리 표정이 죽상이야."

문을 열고 들어오는 태성의 표정을 본 무광이 손에 들려 있는 술잔을 내려놓으며 말했다.

"하아, 사형들…… 혹 떼러 갔다가 혹 붙이고 왔어요…….."

깊은 한숨을 쉬며 터덜터덜 걸어와 상에 있는 술병을 통째로 입에 가져가 들이붓는 태성이었다.

"혹? 무슨 혹? 네 아들이 방주하기 싫대? 아니, 그게 왜 하기 싫지? 남들은 다 하고 싶어서 환장하던데. 우리 아들도 하기 싫다는 거 억지로 맡기고 왔어. 특이한 놈들이야, 아주."

"그게 아니고…… 제 마누라가…… 따라간다고 하네요."

태성이 자신의 부인이 따라간다고 답을 하자 자리에 있던 두 사람은 굳은 채로 태성을 멍하니 바라봤다.

"그, 그러니까? 제수씨가…… 어딜 간다고?"

무광이 설마 아니겠지라는 표정으로 다시 한번 물었다.

"운가장요! 운가장에 따라간대요! 바늘 가는 데 실이 빠지면 되냐고 따라간대요!"

태성이 울부짖으며 말하자 무광과 천명은 조용히 다가와 태성의 어깨를 토닥이며 위로를 했다.

"하아, 저런. 힘내거라."

그렇게 위로를 하는 와중에도 천명에게 다급한 전음을 날리는 무광이었다.

─야! 이거 소문나서 우리 마누라들까지 온다는 건 아니겠지?

무광의 전음에 식은땀이 흐르는 천명은 사색이 된 채 무광에게 말했다.

─서, 설마요. 저희 마누라는 제수씨처럼 적극적인 여인이 아니어서 그러진 않을 겁니다. 그럼요. 그럴 겁니다.

무광과 천명은 태성을 위로하는 한편, 자신들에게도 이러한 재앙이 오지 않기만을 간절히 바랄 뿐이었다.

날이 밝고 모든 출발 준비를 마친 천룡 일행은 출발하려 했지만 그러지 못하고 있었다.

또 다른 장애물의 등장 때문이었다.

"신! 광룡대(狂龍袋) 대주(袋主) 풍백(風百) 절대 방주님을 혼자 계시게 둘 수 없습니다. 신을 두고 떠나시려거든 목을 베시옵소서!"

"야야, 내가 무슨 혼자야. 여기 사부도 계시고 사형들도 있으시고 우리 부인도 있는데…… 왜 자꾸 과하게 행동하는 거야?"

"아니옵니다! 저희 광룡대는 방주님의 직속부대입니다! 방주님의 곁에 없으면 저희의 존재 이유도 없습니다! 거기에 따라가서 할 일이 없다면 장원의 빗질이라고 할 터이니 부디

신들이 방주님을 모시게 해 주시옵소서!"

따라가겠다고 우기는 광룡대와 대주 풍백으로 인해 이마를 감싸고 고개를 절레절레 흔드는 태성이었다.

안 데려가겠다고 하면 자결이라도 할 기세였다.

거기에 땅바닥에 이마를 박고 오체투지를 하고 있는 애들을 보니 마음이 뭉클하면서도 답답했다.

"그러지 말고 데려가자. 장원도 넓고 하니 데려가면 시끌시끌해서 사람 사는 곳 같아서 좋겠구나."

천룡이 조용히 태성에게 말하자 태성의 표정이 환해졌다.

"정녕 그래도 되겠습니까? 사부, 솔직히 사부만 허락하신다면 쟤들 데려가고 싶습니다."

구룡방에서도 자신을 가장 아주 가까이서 보필하던 애들이라 유달리 더 애착이 가는 조직이었다.

태성도 마음속으로는 데려가고 싶었다.

다만 사부와 사형들이 있고 가는 곳이 정파의 영역이라 그것이 마음에 걸려 이러지도 저러지도 못하던 참이었다.

"그래. 데려가자. 그냥 갔다가는 여기서 못 볼 꼴 다 보고 가겠다."

무광도 동의하고 천명 역시 고개를 끄덕이며 동의의 표시를 해 주자 태성이 감사의 인사를 했다.

그리고 몸을 돌려 미동도 없이 오체투지를 하고 있는 광룡대로 다가갔다.

"하아, 그만들 일어나거라."

"허락해 주시기 전엔 절대 일어날 수 없습니다!"

"그래. 같이 가자. 다만 그곳에서 경거망동은 절대 금지다. 나의 사부께서 지내고 계신 곳이다. 혹여나 사부께서 심기가 불편하시다 하면 바로 너희들을 이곳으로 돌려 보낼 것이다. 알겠느냐?"

태성이 고저 없는 목소리로 주의 사항을 전달해 주며 허락하자 사방에서 바닥을 찍는 소리가 들리며 대답 소리가 들려왔다.

쿵쿵쿵!

"충! 명 받드옵니다!"

"야야! 그만해! 이러다 너희들 머리가 성한 곳이 없겠다. 어서 떠날 준비해라."

"이미 모든 준비가 되었습니다. 이대로 떠나면 되옵니다."

그 말에 주변을 둘러보니 이미 저쪽에서 광룡대 대원들이 분주하게 수레들과 짐들을 잔뜩 들고 험악한 인상들로 천진난만하게 웃으며 우르르 달려오고 있었다.

그 모습을 보니 따라오지 말라 하여도 죽을 각오로 따라올 셈이었던 게 분명했다.

"이거 우리도 애들 불러야 하는 거 아니야? 괜히 샘나는데."

"하하! 사형도 참 별걸 다 신경 쓰고 그러시네요."

"쩝. 살짝 샘나서 그러지. 그래도 솔직히 없는 게 편하긴
해. 있으면 잔소리들이 어찌나 심한지……."

"어찌 되었든 저들 덕에 장원에 부족한 무사들이 어느 정
도 해결이 되겠습니다. 하하."

그 말에 태성이 걸어오며 대답을 했다.

"어느 정도라뇨! 사형, 쟤들이 저희 구룡방의 정예 중에 최
정예라고요. 핵심 병력! 그런데 어느 정도라는 말은 좀 기분
이 그러네요. 최강의 무사들이 이제 사부의 장원을 지키는
것입니다."

"미안하다. 이 사형이 허언했다. 용서해라."

"헤헤, 그냥 그렇다는 거지요. 대사형도 참. 그걸 또 진지
하게 받아들이시네."

뒷머리를 긁적이며 웃는 태성이었다.

"우리 태성이가 정말 인덕이 많구나. 하하, 역시 내가 키운
보람이 있어."

그런 태성의 등을 토닥이며 기뻐하는 천룡이었다.

그 모습에 태성은 더욱더 쑥스러워하며 손사래를 쳤다.

"자 자, 인제 그만 출발하자꾸나. 이러다가는 평생 못 가고
여기서 이러고 있겠다."

천룡의 말에 다들 힘차게 대답을 하고는 선두 행렬에 출발
을 명했다.

"자! 출발하자! 출발!"

"우와와!"

힘찬 환호성과 함께 드디어 운가장을 향해 떠나는 일행이었다.

❧

시간은 어느새 흘러 육 개월이라는 세월이 지났다.

육 개월이라는 시간은 무림맹의 성의 정비를 마치는 데 충분한 시간이었다.

새로이 탄생한 무림맹은 수많은 문파의 집합체이다 보니 그 넓이가 어마어마하게 넓었다.

자신들이야말로 중원 무림의 중심이라고 선언이라도 하는 듯, 황궁을 보는 것 같은 착각을 불러올 만큼 화려하고 웅장하게 새로 지어진 무림맹이었다.

드디어 본거지가 완성되자, 강호 전역에 무림첩을 돌리며 무림맹의 탄생을 알렸고, 그곳에 속한 문파들은 이제 자신들이 주역이 되었다는 생각에 다들 기뻐했다.

하지만 그런 무림첩을 마냥 반길 수 없는 곳도 있었다.

그중 한 곳이 바로 남궁세가다.

"하아, 결국, 맹이 결성되었군. 정의를 위해 뭉쳤다고 주장은 하고 있으나…… 그 속은 자신들의 이익을 위해서겠지……. 너무 오랜 평화가 그들을 변하게 한 것인가?"

남궁가의 가주인 창궁신검(蒼穹神劍) 남궁명(南宮明)은 자신의 손에 들려 있는 첩지를 보며 한숨 쉬었다.

남궁세가는 매형이 검황이고, 천검문이 혈연으로 이어진 관계였기에 맹에 가입하지 않았다.

이곳이 무림제일세가라고는 하지만 수많은 세력의 집합체인 무림맹에는 비할 수 없었다.

그들이 압박해 온다면 세가의 큰 위기가 될 것이 분명했다.

얼굴에 근심이 가득한 남궁명이었다.

그때 남궁가의 총관이 술병을 들고 남궁명의 집무실로 들어왔다.

"세가 무너지겠습니다. 한숨 좀 그만 쉬시지요. 한 잔 생각 나실 것 같아서 소신이 좀 챙겨 왔습니다."

그러면서 손에 들린 술병을 흔들어 보이는 총관이었다.

그러한 총관의 모습에 피식 웃음을 지어 보이며 자리에서 일어나 중앙에 있는 회의 탁자로 이동했다.

"술잔은?"

남궁명의 질문에 총관이 맞은편 의자에 털썩 앉으며 말했다.

"누가 그러는데 근심 걱정이 심할 때는 병째로 마시는 것이 최고라더군요. 보는 사람도 없지 않습니까? 그냥 드십시오."

그 말에 미소 지으며 병째로 들이켜는 남궁명이었다.

"크아아, 좋군. 두강주(杜康酒)인가?"

"크으으. 네, 맞습니다. 흐흐. 소신이 아끼던 것을 들고 왔으니 이쁘게 봐주셔야 합니다."

총관이 손바닥을 비비는 시늉을 하며 너스레를 떨자 남궁명이 목젖이 보일 정도로 크게 웃었다.

"크하하하하하."

한참을 웃다가 다시 술병째로 들이마시고는 말했다.

"고맙네. 날 생각하는 건 역시 자네밖에 없어."

"별말씀을 다 하십니다. 그런데 맹에 가입하지 않은 것이 걱정이십니까?"

총관의 물음에 고개를 끄덕였다.

"설마, 그래도 정의를 수호한다며 모였는데 가입하지 않았다고 찌질 하게 보복하겠습니까?"

총관의 말에 남궁명이 고개를 저으며 말했다.

"그런 것이 아닐세. 집단의 응집성(凝集性)이 있지. 정의? 집단이 부르짖는 정의만큼 위험한 것은 없다네. 잘못하면 광기가 되거든. 아무튼, 그 사람들이 볼 때는 우리가 가장 좋은 먹잇감이야…… 자신들에게 속하지 않은 세력은 어찌 되는지…… 보여 주려고 하겠지…… 그러니 어떤 식으로든 행동을 해 올 것이야."

"그렇다고 해도 여기는 대남궁세가입니다! 저들이 무슨 수를 쓴다 해도 저들 역시 적지 않은 피해를 각오해야 할 것입니다!"

싸늘하게 가라앉은 눈으로 허공을 바라보며 가상의 적을 향해 적개심을 드러내는 총관이었다.

"흥분을 가라앉히게……. 하여 이 위기 상황을 의논하기 위해선 일단 매형을 만나야겠는데…… 워낙에 방랑벽이 심하신 분이라…… 찾을 방도가 없어서 걱정이었네."

"하하, 그게 걱정이셨습니까? 진즉에 저한테 말씀하시지 그러셨습니까. 검황께선 지금 섬서 상락 지역에 머물고 계십니다."

"응? 자네가 그걸 어찌 아나?"

"천검문에서 연통이 왔습니다. 그곳에서 이제 계속 머무르실 것이라고요."

총관의 말에 남궁명의 안색이 환해지면서 다급하게 물었다.

"그곳이 어딘가? 내 지금 당장 가서 만나 봬야겠네!"

"운가장이라는 곳입니다. 앞으로는 그곳에서 머무신다고……."

말이 채 끝나기도 전에 집무실을 박차고 나가며 외치는 남궁명이었다.

"나 없는 동안 세가와 소가주를 잘 부탁하네!"

멀어지는 말소리와 함께 자취를 감추는 남궁명이었다.

총관은 남궁명이 사라진 방향을 바라보며 고개를 절레절

레 흔들다가 이내 밝은 미소를 지으며 말했다.

"잘 다녀오십시오. 가주님."

❧

운가장의 집사가 무언가를 들고 무광과 사제들이 있는 방 안으로 들어왔다.

"이게 무언가?"

"예. 방금 전달받은 서신입니다. 하나는 무황성에서 온 것 이고, 또 하나는 천검문에서 온 것입니다."

"고맙네. 일 보시게."

무광의 말에 고개를 숙여 인사를 하고 밖으로 나가는 집사 를 뒤로하고, 탁자에 놓인 두 개의 서신을 바라보는 세 남자 였다.

"흠…… 두 곳에서 동시에 서신이라? 천명이는 어찌 생각 해?"

"이렇게 두 곳에서 동시에 매우 급하게 서신을 보냈다는 것은 역시 무림맹 때문이 아닐까요?"

천명의 말에 무광이 고개를 끄덕이며 말했다.

"역시 그렇지? 네가 생각해도 그것밖에는 이유가 없지? 한 데 이리 급하게 서신을 보냈다라……. 무언가 문제가 생긴 것이군."

그렇게 말을 하고는 서신을 읽어 보는 무광이었다.

천명 역시 자신에게 온 서신을 읽으며 표정이 점점 굳어 갔다.

"무슨 내용입니까?"

옆에서 궁금한 표정으로 둘에게 말을 하는 태성이었다.

"우리와 거래를 하던 상단과 표국이 대부분 무림맹으로 붙었다는군."

"저 역시 그런 내용입니다. 당장은 버티지만, 이 상태가 오래가면 문제가 커질 수도 있다고 쓰여 있군요."

둘의 말에 태성이 눈을 동그랗게 뜨고 말했다.

"이야, 천하의 무황성과 천검문에게 등을 돌려요? 무림맹의 위세가 대단하네요."

태성의 말에 무광이 맘에 들지 않는다는 표정으로 서신을 탁자로 던지며 말했다.

"끄응, 의리 없는 것들. 아무리 이익을 따라 움직이는 무리라지만 너무하는군. 생각해 보니 괘씸하네. 무황성이 그렇게 우습게 보였나?"

"그만큼 무림맹이라는 존재가 우리보다 크게 느껴졌다는 것이겠죠. 어찌해야 할까요?"

천명이 조심스레 물어 오니 무광이 짐짓 아무것도 아니라는 표정으로 말했다.

"걱정하지 마라. 성 자체적으로 운영하는 상단도 있고 하니 크게 문제는 되지 않을 거다. 너도 자체적으로 운영하는 상단은 있잖아?"

"저희 천검문도 자체적으로 운영하는 상단은 있지요. 문제는 그 상단의 물품을 이동시켜 줄 표국이 없다는 것입니다. 어중이떠중이들이 운영하는 표국에 일을 맡길 수도 없는 노릇이고요."

그들에게 온 소식은 별로 반갑지 않은 소식이었다.

그때 태성이 한마디 했다.

"에이, 왜 이리 시무룩하십니까? 저희 구룡방이 있지 않습니까? 저희들이 운영하는 상단과 표국이 있으니 그것과 연계를 하면 되지 않습니까? 그리고 저희 쪽 대형 표국들은 무림맹에 붙지 않았을 것이니 그곳을 이용하면 되지요."

그 말에 무광이 고개를 흔들며 답했다.

"세상 사람들은 우리가 사제 간인 것을 몰라. 그랬다간 당장 저 무림맹에 우리를 견제할 명분을 주는 거야. 그렇게 되면 그나마 우리 눈치를 보며 붙어 있는 사람들도 다 무림맹에 붙겠지."

"듣고 보니 그러네요. 하도 사형들과 함께하다 보니 정사에 대한 사람들의 인식을 까먹고 있었네요."

그 후로도 한참을 고심하며 의논을 나누던 차에 무광이 조심스레 의견을 내놓았다.

"그럼 이렇게 하는 것은 어떠냐?"

"어떻게 말입니까?"

무광의 말에 천명과 태성의 눈과 귀가 무광에게 집중되었다.

"천룡표국을 키우자! 어차피 아버지는 여기 운가장을 무림세가로 만들 생각이 없으시니…… 차라리 천룡표국을 우리가 도와서 크게 키우자. 어때?"

"오, 그거 좋은 생각입니다. 어차피 나중에 사모님이 되실 분이 주인인 곳이니 크게 거부감도 없네요. 저는 찬성입니다."

태성이 환한 표정으로 동의를 표하자 그 옆에 천명이 걱정스러운 얼굴로 말했다.

"그것도 좋은 생각이긴 하지만…… 과연 표국주가 허락을 해 줄까요? 저희가 표국주님의 권한에 침범하는 것인데…….. 그리고 최대한 단시간에 키워야 하는데…… 그게 가능할는지……."

"사형, 그것은 걱정하지 마세요. 유 국주님께 잘 말해서 성사를 시켜 보자고요. 그리고 단시간에 키워야지요. 유 국주님의 허락이 떨어지면 당장에 저희 애들을 표사로 만들어 인원 충원을 하겠습니다."

"그래. 천명아, 태성이 말도 맞다. 우리가 누구냐? 강호를 삼등분하고 있는 세력이다. 그 세력이 모였는데 천하에 못할 일이 어딨겠냐? 좋다! 나는 무극수호대(無極守護袋)를 부르겠다."

무황성의 숨겨진 힘을 부르겠다는 무광의 말에 두 사람은 깜짝 놀랐다.

"네? 무극수호대는 무황성의 숨겨진 힘이라고 하신 거 같은데…… 너무 무리하시는 것 아닙니까?"

"멍청아! 다른 조직 애들을 정예로 뽑아서 데리고 와 봐라. 정예라고 부르는 애들은 이미 얼굴이랑 이름까지 다 팔려서 유명한 애들뿐이다. 그런 애들을 표사로 만든다고? 누가 봐도 그게 무리지. 안 그러냐? 반면에 무극수호대는 아무도 모른다. 본 성에서도 아는 사람은 군사와 나뿐이지. 거기에 내가 최선을 다해 키운 애들이니 정말 강하기까지 하지."

"하하! 대사형의 말씀이 백번 지당하십니다. 좋습니다. 이왕 이렇게 됐으니 경쟁 한번 해 보지요. 누구의 숨겨진 힘이 더 일을 잘하고 강한지 말입니다."

"근데 너는 이미 광룡대가 와 있잖아? 아니지. 광룡대는 너무 잘 알려져 있지. 안 되겠군."

"네. 광룡대는 유명해서 안 되죠. 워낙 많은 사람이 본 애들이라 걔들은 안 되고……. 저도 비장의 수를 꺼내야겠네요."

"오? 무극수호대처럼 감춰 둔 패가 있구나? 요 앙큼한 것! 우리끼리 어딜 숨기려 하고 있어?"

"네, 있죠……. 실은…… 무황성을 상대하기 위해 비밀리에 저의 모든 것을 쏟아부은 애들이 있습니다."

무황성을 상대하기 위한 무력대가 있다는 소리에 무광은 흥미로운 얼굴로 태성을 바라보며 말했다.

　"오호라, 하하하. 그래그래. 그런 패 하나쯤은 숨겨 놔야 무림 삼대 기둥 중에 하나지. 그래, 우리 무황성을 상대하기 위한 부대면 구룡방에서 가장 강한 부대겠구나?"

제四장

무엇이 그리도 기쁜지 싱글벙글하며 태성을 바라보는 무광이었다.

그런 무광을 마주 보며 머리를 절레절레 흔들고는 말했다.

"네. 그래요. 제가 아무리 센 척하고 했지만…… 무황성을 적으로 상정하고 싸울 생각을 하니 막막하더라고요. 그래서 준비를 단단히 하고 있었죠. 뭐, 이러려고 키운 애들은 아니지만요."

태성의 말에 무광은 그제야 생각이 난 듯 답했다.

"아, 맞다! 우리 군사가 구룡방에 숨겨 둔 전력이 있는 걸 확인했다고 조심해야 한다고 한 적이 있었지. 흑룡대(黑龍隊)라고 한 거 같은데. 맞나?"

무광의 입에서 흑룡대라는 말이 나오자 태성은 기겁하며 일어났다.

"헉! 그, 그, 그걸 어찌 아, 아십니까? 정말 아무도 모르게 조심조심해서 키웠는데."

"마! 무황성이 왜 존재하는지 잊었어? 무림의 평화, 안녕, 질서를 지키기 위해 존재하는 곳이야. 세상의 모든 정보가 다 모이는 곳이기도 하지. 말 그대로 그런 숨겨진 애들이 있다 정도는 알고 있어. 정확한 위력은 파악이 안 돼서 그렇지."

무광의 말에 태성은 한숨을 쉬며 다시 자리에 털썩 앉았다.

"네, 맞습니다. 흑룡대. 백 명으로 구성된 돌격 부대죠. 나름 비장의 한 수라 생각하고 있었는데…… 이미 무황성은 알고 있었네요. 뭔가 허탈하네요."

"허탈할 것도 많다. 이제 우리는 한솥밥을 먹는 처지니 오히려 전력이 강해지면 좋아해야지. 어차피 강하다, 강하다 우리끼리 해 봐야 아버지 앞에서 강아지들이 으르렁거리는 수준밖에 안 된다. 안 그러냐? 천명이 넌 숨겨 둔 전력 있냐? 너는 하도 싸돌아다녀서 그런 애들 키울 시간도 없었겠다?"

무광의 말에 천명이 뒷머리를 긁적이며 말했다.

"하하하, 그러게 말입니다. 저는 딱히 없는 것 같네요. 천검문에 있는 아이들만으로도 충분하다 생각을 했기에 따로 준비하거나 하진 않았습니다. 사형 말대로 여기저기 돌아다니느라 신경을 미처 쓰지 못한 부분도 있고요. 그래도 혹시 모르니 아들놈에게 물어보겠습니다."

"야, 됐다. 괜히 아들이 힘들게 키운 애들 빼 와서 서운하게 하지 말고 그냥 넌 빠지자. 그리고 그렇게 불려 온 애들이 열심히 하겠냐? 너랑 큰 연관도 없는데? 그래! 천검문은 그 뭐냐, 뒤를 봐주는 문파로 가자."

"아, 표국을 보호하는 문파 역할이군요. 알겠습니다. 유성이에게 그렇게 천명하라고 전하겠습니다."

"그럼 저는 흑룡대 애들 데리러 가 보겠습니다."

태성이 자리에서 일어났다.

"그래, 그러자. 나도 애들 데리러 다녀올게. 천명이 네가 아버지 잘 모시고 있어라."

"저 근데…… 유 국주님께 표사 저희가 준비한다고 말을 해 드리고 데려오는 게 순서 아닐까요? 아무런 말도 없이 표 사랍시고 데려가는 건 아무래도 좀 월권행위 같아서요."

"아, 그러네. 내 정신 좀 봐. 그래, 천명아, 잘 말해 줬다. 월권행위를 하면 안 되지. 표국의 국주님이 계시는데 허락받고 가야지. 태성아, 내일 일찍 가서 말씀드리자."

"네. 대사형!"

이제 그들의 머릿속에서 무림맹은 사라지고 없었다.

자신들이 만들 표사대는 중원 최강의 조직이 될 것이니까.

그다음 날, 날이 밝자마자 세 명은 천룡표국을 찾아갔다.

천룡표국의 정문 앞에서 대표두가 그들을 발견하고는 반갑게 맞아 주었다.

"아니? 세 분께서 어찌 이렇게 이른 아침에 누추한 곳을 다 찾아주셨습니까? 어서 들어오십시오."

"하하, 잘 있었는가? 그…… 국주님 안에 계신가? 중하게 의논할 일이 있어서 이리 왔네."

무광이 대표두에게 언질을 주자 대표두가 알았다고 고개를 끄덕이며 옆에 있던 무사에게 안내를 맡기고 표국주가 있는 곳으로 달려갔다.

안내를 받은 접객당에서 차 한 잔 마실 정도의 시간이 지나자 표국주가 안으로 들어왔다.

"어머, 이렇게 누추한 곳을 찾아주셔서 감사해요. 그런데 저를 찾으셨다고요? 무슨 일이 있으신가요?"

유가연이 접객당 안으로 들어오며 밝은 미소로 말했다.

"무슨 일 있지요. 표국주의 도움이 필요해서 이렇게 찾아왔습니다."

"제 도움요? 천하의 절대 삼황께 제가 도움이 될 일이 있을까요?"

"아닙니다. 절대로 여기 천룡표국과 국주님의 도움이 아주 절실합니다. 부디 도와주십시오."

무광이 머리까지 숙이며 부탁을 하자 유가연은 화들짝 놀라며 잽싸게 달려가 무광의 몸을 일으켜 세웠다.

"이, 이러지 마세요. 그냥 해 본 말이에요. 당연히 제가 도울 수 있는 일이라면 도와야죠! 그리고 저에게 존대도 그만하세요."

유가연이 안절부절못하며 말을 하자 무광이 고개를 저으며 말했다.

"어찌 그럴 수가 있습니까? 저희 아버지께서 연모하시는 분인데 감히 제가 함부로 대할 수는 없지요. 그것은 도리가 아닙니다."

"맞습니다. 울 사부께서 사모하시는 분이신데…… 함부로 했다가 저희 죽습니다. 그러니 저희 살리는 셈 치시고 그냥 받아들이세요."

"그렇습니다. 대사형과 막내의 말이 백번 지당합니다."

천명과 태성까지 가세해서 몰아붙이자 유가연은 마지못해 고개를 끄덕였다.

"하하하, 감사합니다. 이제 호칭만 차차 정리하면 되겠군요. 그것은 나중에 천천히 하기로 하고…… 우선 본론부터 말씀드리지요."

무광이 진중한 표정으로 변하며 유가연을 바라보자, 유가연 역시 진지한 표정을 지으며 집중하기 시작했다.

"지금 현 무림 상황이 좀 재미나게 흘러가고 있습니다. 무림맹이 창설한 것은 알고 계시죠?"

"네. 알고 있어요. 안 그래도 지금 주변의 모든 표국과 상단이 그곳으로 가는 바람에 저희도 일이 없어졌어요."

상단에서 주문받은 물품을 다른 곳으로 안전하게 배송해 주는 것이 표국인데, 그 일을 주는 상단이 전부 무림맹으로 가면서 무림맹에 포함되지 않은 표국에게는 일을 주지 않자 이렇게 일이 없어진 것이었다.

그래서 상단을 따라 많은 수의 표국들 역시 무림맹으로 붙은 것이었다.

무림맹의 일원이 되어야만 커다란 상단에게 표물을 의뢰받고 일을 할 수 있기 때문이었다.

"무림맹에 가입하지 않았다는 이유로 저희에게는 일거리를 주지 않아요. 하아, 앞날이 걱정이에요. 거기다가…… 아시죠? 총관이 배신한 거…… 나가면서 표사들이며 쟁자수며 다 데리고 나갔어요."

유가연이 한숨을 쉬며 걱정 어린 표정으로 말을 했다.

총관의 배신을 알고 표국으로 돌아왔을 때, 표국은 이미 초토화가 되어 있었다.

총관이 표국의 중요 서류는 모두 폐기하고, 그나마 남아 있던 인재들까지 데리고 사라진 것이다.

어수선한 분위기에서 표국 사람들은 두 부류로 나뉘었고, 남아서 국주를 기다리자는 부류와 이곳은 이제 가망이 없다며 떠난 부류였다.

돌아왔을 때는 표국에 사람이 절반도 남아 있지 않았다.

임시방편으로 긴축 운영 중이긴 하지만 그것도 한계에 도달하고 있었다. 그래서 유가연의 걱정도 나날이 늘어가고 있었다.

그 모습에 무광이 크게 웃으며 말했다.

"하하하, 걱정하지 마십시오. 저희가 온 것도 그것 때문입니다."

"네?"

"하하, 네. 저희는 상단이 있으나 표국이 없어서 운반을 못하고 있고, 천룡표국은 상단이 없어서 일을 못 하고 있으니서로에게 딱 필요한 부분 아닙니까?"

무광의 말에 유가연의 얼굴에 화색이 돌며 손뼉을 쳤다.

"어머! 그럼 저희에게 일거리를 주시는 건가요?"

그렇게 기뻐하고 있는데 태성이 머리를 긁적이며 말했다.

"저, 근데…… 이런 말을 드려도 될는지…….."

"네? 뭔데요? 말씀하세요. 저는 괜찮아요."

유가연의 허락이 떨어졌지만, 쉽사리 말이 나오지 않은 태성이었다. 잠시 심호흡을 하고 무광을 바라보자 무광이 고개를 끄덕이며 말하라는 시늉을 했다.

"제가 하는 말을 너무 기분 나쁘게 듣지 말아 주셨으면 합니다. 이게 국주님의 권한에 침범하는 것 같아서…….."

태성이 우물쭈물하며 말을 빙빙 돌리자, 유가연이 고개를 가로저으며 말했다.

"무슨 말씀이세요. 섭섭하네요. 저는 그래도 저희가 많이 가까워졌다고 생각했는데……."

"아, 아닙니다. 저희 가까워진 거 맞습니다. 하아……. 네! 말하죠. 사실 저희 세력들이 운영하는 상단의 규모에 비해 천룡표국의 규모가 턱없이 작습니다. 그리고 표행을 나가는 표사들의 무력도 현저하게 떨어지고요."

현실적인 이야기가 나오자 유가연은 수긍을 하며 고개를 끄덕였다.

"맞아요. 그나마도 거의 대부분 나갔죠……."

"현재 천룡표국의 규모로는 그 어떤 표행도 힘듭니다. 무림맹에 붙은 다른 표국과 상단들이 어떻게든 방해를 해 올 것이 분명하니까요. 천금상단이 했던 일을 생각해 보시면 알 겁니다."

천금상단은 자신들의 표국을 망하게 하려고 어떤 짓도 서슴지 않았던 곳이다. 그것을 생각하니 유가연은 자신의 현실이 더욱더 와닿았다.

"무림맹에 들어간 천금상단은 이제 그곳에서 더욱 큰 힘을 얻어 다시 이곳을 공격하려고 할 것입니다. 더욱이 무림맹에 연관도 없는 표국이니 더 공격하기 좋겠지요. 해서…… 저희가 좀 도움을 드릴까 하는데……. 이 부분이 왠지 월권행위를 하는 것 같은 부분이어서……."

태성이 조심스럽게 얘기를 이어 나가는데 유가연이 벌떡

일어나며 말했다.

"아니요! 그런 것은 상관없어요. 다른 분들도 아니고 제가 믿는 분들이신데요. 말씀하세요! 저는 뭐든 따를 준비가 되었습니다!"

오히려 적극적으로 나오는 유가연을 보고 당황하는 태성이었다.

유가연은 현 상황이 지푸라기라도 잡아야 할 정도로 정체절명의 상황이라고 느꼈기에 이렇게 나오는 것이었다.

"말해 보세요. 무엇을 원하시나요?"

"저, 저희가 선발한 무사들을 표사로 만들고 표국을 지킬 무력 단체를 하나 만들면 어떨까 하는데……."

태성은 여전히 조심스럽게 말을 끝냈다.

표국 운영에 있어 가장 중요한 무력을 해결해 주겠다니 유가연의 표정이 환해졌다.

유가연은 흔쾌히 고개를 끄덕이며 허락했다.

"뭐든지 다요. 하고 싶은 일 다 하세요. 저는 표국을 살릴 수만 있다면 뭐든 다 할 수 있어요. 이렇게 도움을 주시고 표국까지 강하게 만들어 주시겠다는데, 제가 감사를 드려야죠. 정말 감사합니다."

그렇게 말을 하고는 세 사람을 향해 고개를 숙이는 유가연이었다.

"그리고 앞으로 저희 표국을 잘 부탁드립니다."

확실하게 허락을 한다는 표국주의 자세였다.

그 모습에 세 사람은 서로를 쳐다보며 입술을 꼭 다물고 굳은 다짐을 하는 듯한 표정으로 고개를 끄덕였다.

"알겠습니다. 표국주님께서도 허락을 해 주셨으니 이제 저희가 표사들을 관리하도록 하겠습니다. 천하제일의 표국으로 만들어 드리죠."

무광의 말에 유가연은 울먹거리는 표정으로 말했다.

"정말 여기 계신 분들을 만난 것은…… 제 생애 최고의 복이에요. 정말 감사합니다. 흑!"

기어이 참지 못하고 눈물을 터트리는 유가연을 세 사람은 다독이며 말했다.

"앞으로 좋은 일만 있을 테니 울지 마십시오. 그럼 저흰 이만 준비를 위해 가 볼 테니 국주님도 마음 단단히 먹으시길 바랍니다."

"네!"

그렇게 자신들이 원하던 바를 얻은 세 사람은 운가장에 돌아와 자신들의 숨겨진 힘을 찾기 위해 각각 자신의 본거지로 가기 위한 준비를 하기 시작했다.

"아버지, 저희 이번에 집에 좀 다녀와야 할 것 같습니다."

무광과 태성이 두 손을 공손히 모으고 조심스럽게 말하는 모습을 지그시 바라보던 천룡이 입을 열었다.

"뭐 집에 다녀오는 거야 상관없다만…… 뭔 일 있냐? 뭔 사고 치는 건 아니지?"

"아닙니다. 아버지는 저희가 무슨 사고만 치는 사람들인
줄 아십니까? 집에 볼일이 있는데 아버지 혼자 이렇게 두고
가려니 발길이 안 떨어져서 그런 거죠."

무광이 항변하고 그 말에 동의하듯 고개를 격하게 끄덕이
는 태성을 멍하니 보던 천룡이 피식 웃으며 말했다.

저들이 무엇을 걱정하는지 잘 알고 있었기 때문이었다.

"알았다. 나 어디 안 가고 여기 잘 있을 테니 걱정하지 말
고 다녀오너라."

사실 이들이 이렇게 천룡을 두고 어디를 갈 수 있는 가장
큰 이유는 바로 이곳 운가장과 유가연의 존재가 컸다.

이제 자신의 집이라고 믿고 있는 천룡과, 또 그러한 천룡
이 사모하는 유가연이 있기에 훌쩍 어디론가 떠날 것이라는
불안이 많이 희석된 상태이기에 가능했다.

그리고 어디 간다고 하면 이곳에 남아 있는 천명이 기를
쓰고 막으려 할 테니 그것도 큰 이유가 되었다.

그렇지 않았다면 이들은 절대로 천룡 곁을 떠나지 않았을
것이다.

그래도 혹시나 하는 마음에 온 것인데 이렇게 확답을 들으
니 마음이 편해지는 두 사람이었다.

천룡의 허락을 들은 두 사람은 함박웃음을 지으며 인사를
하고 밖으로 나갔다.

그런 두 사람이 나가는 모습을 보며 행복한 웃음을 보이는 천룡이었다.

∝

서류들이 끝도 없이 밀려들어 오는 극한의 현장 속에 무황 성주 권왕 담선우가 사투를 벌이고 있었다.

정신없이 서류들을 정리하고 있는데 갑자기 뒤에서 인기척이 들려왔다.

"허허, 열심히 하는구나. 괜한 걱정을 했군그래."

쿠당탕!

누군가에게 이렇게 가까이 뒤를 내줬다는 사실에 깜짝 놀라서 책상을 뒤집고 순식간에 거리를 벌리며 외쳤다.

"누구냐!"

거리를 벌리고 자세히 보니 웬 젊은 청년 하나가 그곳에 뒷짐을 지고 서 있었다.

그런데 얼굴이 어디서 많이 본 인상이라 잠시 고개를 갸웃거리며 누구인지 고민을 했다.

"흐음, 역시 내가 많이 변하긴 한 모양이군. 자식도 못 알아보니 말이다."

그 소리에 담선우의 눈이 커다랗게 팽창하며 입을 벌렸다.

그리고 떨리는 소리로 물었다.

"서, 설마…… 아버……지?"

생각해 보면 자신의 뒤를 이렇게 아무런 기척 없이 잡을 수 있는 인물이 천하에 누가 있을까?

믿기지는 않지만, 자신의 눈앞에 인물이 왠지 아버지가 맞을 것 같다는 생각이 드는 담선우였다.

"호오, 수련도 게을리 하지 않은 모양이구나. 전보다 기세가 많이 안정되었구나?"

눈을 게슴츠레 뜨고 자신을 바라보며 말하는 청년을 보니 점점 더 확신이 생기기 시작했다.

"정말…… 아버지……십니까?"

환골탈태와 반로환동으로 인해 많이 젊어진 자신의 모습 때문에, 이런 일이 앞으로 자주 있을 것 같다는 생각이 드는 담무광은 머리를 절레절레 흔들며 말했다.

"그래, 이놈아. 네 아비 맞다. 내가 좀…… 많이 변했지?"

자신이 담무광이라는 사실을 인정하는 모습에 담선우는 깜짝 놀라며 말했다.

"설마…… 경지를 넘으신 것입니까? 전설이라 불리는…… 반로환동을……? 아니, 그보다 그게 정말 되는 거였습니까?"

"그래, 되더라. 어쩌다 보니 넘었다. 그래서 지금 이렇게 변한 거고…… 또 그래서 네놈에게 이렇게 설명하고 있는 거고. 앞으로 이것 때문에 골치 아프겠구나."

고개를 절레절레 흔들며 말하는 담무광을 멍하니 바라보

던 담선우는 그제야 정신을 차리고 축하의 인사를 건넸다.

"아버지! 축하드립니다!"

허리를 깊숙이 숙이고 인사를 하는 자기 아들을 일으켜 세우며 물었다.

"아니, 내가 널 속이려고 이렇게 말하는 것이면 어쩌려고 쉽게 믿냐?"

"에이 참 아버지도…… 저 권왕입니다. 저보다 강한 사람은 삼황밖에 없다고 믿는 사람이라고요. 그런데 그런 제가 기척도 못 느끼는 고수다? 그런데 그 고수가 어디서 많이 본 얼굴에다가 친숙한 기운이다? 그럼 뭐 뻔한 거 아닙니까? 사실 전설이기는 하지만…… 상상은 했거든요. 아버지라면 진짜로 경지를 넘어서 젊어지실지도 모른다고, 헤헤."

뒤통수를 긁적이며 쑥스럽게 말하는 늙은 아들이 귀여워서 자신도 모르게 아들의 희끗희끗한 머리를 쓰다듬으며 말했다.

"고맙구나. 이 아비를 알아봐 줘서."

태어나서 처음으로 받아 보는 아버지의 따뜻한 손길에 아무 말도 못 하고 굳은 채로 가만히 손길을 느끼는 담선우였다. 그 모습을 보니 왠지 미안한 마음이 드는 담무광이 말했다.

"이 아비가 정말 너희들에게 무심했구나. 미안하다."

그 말에 순간 자신도 모르게 감정이 격해서 눈물이 고인 담선우가 울음을 간신히 참으며 말했다.

"아, 아닙니다. 소자는 지금처럼 아버지가 행복하신 모습으로 만족합니다."

그 말을 들은 담무광은 아무런 말 없이 아들을 꼭 안고 등을 토닥이며 달래 주었다.

그러자 담선우가 무광의 품 안에서 대성통곡을 하며 울기 시작했고, 무광은 그러한 아들의 등을 계속 두드려 줬다.

한참을 지나고 안정이 되자 무광이 말했다.

"그래. 이제 조금이나마 풀렸느냐? 녀석 다 커서 어리광은……."

그 말에 얼굴이 빨갛게 변한 상태로 고개를 푹 숙이는 담선우였다.

그러한 모습을 보며 환하게 웃는 담무광이었다. 왠지 자신이 천룡에게 하는 모습과 겹쳐 보였기 때문이었다.

잠시 아들의 그러한 모습을 지켜보다 자신의 품속으로 손을 집어넣어 작은 목함을 꺼내 들며 아들에게 내밀었다.

"이것이 무엇입니까?"

갑자기 자신에게 내미는 목함을 보고 선우가 묻자 무광이 웃으면서 말했다.

"이거? 나를 무황으로 만들어 준 영단!"

"네?"

"나를 무황으로 만들어 준 영단이라고. 이거 먹고 내가 펼

펄 날아다녀서 무황이란 칭호를 얻었지. 아까 보니 우리 아들 몸이 좀 부실한 것 같아서 주는 거다. 먹고 힘내서 이 강호를 잘 지키도록 하여라."

너무나도 엄청난 소리를 들어서인지 무광이 하는 뒷말은 하나도 귀에 들어오지 않는 담선우였다.

두 눈이 마구마구 흔들리며 정신을 못 차리고 있었다.

"뭐 하느냐? 어서 받아서 먹지 않고?"

"네? 지금요?"

"응! 지금!"

"하, 하지만 어찌 제가 이 귀한 걸……."

아들이 계속 거부를 하자 무광은 이형환위를 펼치며 아들의 턱을 잡았다.

그리고 벌려진 입으로 영단을 털어 넣었다.

"읍!"

"어서 운기 해라! 조금이라도 더 흡수하려면 지금 당장!"

무광의 말에 담선우는 얼떨결에 후다닥 자리에 앉아 운기를 시작하였다.

그러한 아들을 바라보며 흐뭇한 미소를 짓고 아들의 운기가 다 끝나기를 기다리는 무광이었다.

상황이 어느 정도 정리가 되고 두 부자가 자리에 앉아 차를 마시고 있었다.

"이제 돌아오신 겁니까?"

담선우가 찻잔을 내려놓으며 묻자, 담무광이 고개를 저으며 말했다.

"아니다. 내 잠시 성에 볼일이 있어 온 것이다. 볼일이 끝나며 바로 돌아갈 것이야. 내가 어디 있는지는 잘 알고 있을 테니 걱정하지 말아라."

그 말에 담선우는 고개를 끄덕이며 말했다.

"네. 알겠습니다. 혹시라도 소자의 미력한 힘이 필요하시다면 언제든지 불러 주세요. 모든 일을 제쳐 두고 달려가겠습니다."

오늘따라 기특한 소리만 하는 아들이 대견한 담무광은 그저 고개만 끄덕이며 미소를 지어 보였다.

"요즘 세상이 시끄러워지려 하더라. 부디 조심하고 단단히 준비해야 할 것 같구나."

"네. 잘 알고 있습니다. 안 그래도 요즘 무림맹 때문에 시끄럽더군요. 신경을 쓰지 않으려 했는데…… 저도 사람인지라 왠지 무황성이 무시당하는 것 같아 화도 나고 그러네요."

"사람의 욕심은 끝이 없는 것이지. 평화가 오래 지속하였나 보다. 애초에 강호란 곳은 그런 곳이다. 힘이 먼저인 세상이지. 우리 때문에 그동안 숨죽여 지내던 곳들이 비축한 힘을 발산을 못 해 결국 이런 사태가 벌어진 것 같다."

"그래도 아버지가 만드신 평화인데…… 저들은 무황성을 적폐로 지정하고 몰아내기 위해 힘을 모으더군요. 솔직히 잘 모르겠습니다. 이래도 지켜야 하는지…… 생각 같아서 무림맹에 쳐들어가 깡그리 다 부숴 버릴까 하는 마음도 들고요."

분에 겨워 주먹을 움켜쥔 아들을 보고 무광은 머리를 쓰다듬으며 말했다.

"나는 나의 이득을 위해 무황성을 세운 것이 아니다. 아버지와의 약속이었지. 그 약속을 지키기 위해 이곳을 세웠다. 나중에 아버지를 뵈는 날 자랑스러운 아들이 되기 위해서 말이지. 이제 너도 나와 약속해 주겠느냐? 언제나 세상을 수호하는 방패가 되어 주겠다고……."

무광의 말에 담선우는 고개만 숙일 뿐 바로 대답을 하지 못했다.

그러한 선우의 모습에 무광은 이해한다는 표정으로 아들을 잠시 바라보다 말했다.

"나중에 마음이 정해지거든 말해 주거라. 나는 내 아들을 믿는다!"

그리 말하고 자리에서 일어나는 무광이었다.

자기 아들에게 숙제를 남겨 두고서…….

아들과의 환담을 끝내고 밖으로 나온 무광은 곧바로 군사를 찾아갔다.

군사의 반응도 담선우와 크게 다르진 않았지만 그래도 젊은 시절의 모습을 알고 있는 군사는 생각보다 크게 당황하진 않았다.

"허허, 정말 대단하십니다. 그 연세에 그 강함에 아직도 올라갈 길이 남아 있었습니까?"

"그러게 말이네. 아직도 올라갈 산이 넘쳐 나더군."

오랜만에 만난 두 사람은 간만에 술상을 차려 주거니 받거니 하며 담소를 나눴다.

"그런데 소신을 찾은 이유가 무엇이옵니까? 이렇게 술을 마시자고 그 먼 길을 오실 리는 없으실 테고……."

그 말에 무광이 헛기침하며 말했다.

"큼, 큼, 이 사람아. 내가 뭐 볼 일이 있어야 자네를 찾는 사람인가?"

그러자 군사가 눈을 게슴츠레 뜨고는 무광을 지그시 바라봤다.

그 눈빛에 지레 찔린 무광이 버럭 화를 내며 말했다.

"그래! 그래! 볼일 있어서 왔다! 됐냐?"

그제야 군사는 그러면 그렇지 하는 표정으로 술잔을 들어 올려 입으로 가져갔다.

"그…… 무극수호대(無極守護袋) 애들 좀 데려가려고 왔다."

푸읏!

군사의 입으로 들어가던 술들이 역행하여 밖으로 분출되었다.

무광을 향해 맹렬하게 돌진하던 분출된 술 방울들은 알 수 없는 힘에 의해 공중에서 멈춰진 상태로 둥둥 떠 있었다.

그러한 기사가 눈앞에 펼쳐지고 있는데도 그것에는 관심도 두지 않고 입을 닦으며 군사가 물었다.

"왜요? 설마…… 혈천교가 나타났습니까? 그래서 이렇게 갑자기 찾아오신 거고요?"

공중에 떠다니는 술 방울들이 한데 뭉쳐서 다시 군사의 술잔으로 빨려 들어가고 있지만, 역시 그게 뭐 대수냐 하는 표정으로 무광에게 진실을 갈구하는 군사였다.

"아니, 그건…… 아니고…… 그…….."

이것을 막상 설명하자니 군사가 지랄지랄을 할 것이 뻔하기에 어찌 말해야 하나 고민하는 무광이었다.

그래서 그냥 막무가내로 우기기 작전을 쓰기로 하는 무광이었다.

"아! 그냥 내가 좀 데려가서 쓰려고! 왜! 무슨 문제 있어? 내가 내 애들 데려간다는데, 뭐?"

갑자기 버럭버럭하며 성질을 내는 무광을 보며 군사는 생각했다.

'또 뭔 사고를 치시려고 저러는 거지?'

왠지 불안하지만 그렇다고 갑자기 지랄 같아진 저 성격상 자신이 말려도 들을 인물도 아니었기에 대충 수긍하기로 하였다.

또한, 무극수호대는 어차피 무광만을 주인으로 모시는 집단이기에 자신의 권한이 미치지 않는 집단이었다.

비록 지금은 저리 철없이 굴지만 누가 뭐라 하여도 나쁜
짓을 할 인물은 아니라는 것을 너무도 잘 알기에 할 수 있는
행동이었다.

솔직히 그냥 말없이 조용히 데리고 나가도 상관은 없지만,
무광은 무광 나름대로 군사를 배려해서 이렇게 말을 하고 데
려가는 것이었다.

무황성에 정말로 큰일이 닥쳐서 무극수호대에 도움을 요
청하러 갔는데, 아무도 없으면 군사가 얼마나 황당하고 당황
스러울까.

서로서로 너무 잘 아는 두 사람이었다.

"어이!"

누군가가 자신을 부르는 소리에 무황성의 모든 잡부를 총
괄하는 총반장이 소리가 난 곳을 향해 고개를 돌렸다.

그곳에는 연배가 한참이나 어려 보이는 청년이 자신을 향
해 건들거리며 걸어오고 있었다.

"허허, 공자님, 무슨 일이신지요. 소인에게 볼일이 있으신
겁니까?"

자신을 무례하게 불렀음에도 불구하고 고개를 조아리며
친절하게 응대하는 총반장이었다.

청년은 아무 말 없이 웃으며 총반장을 향해 돌진했다.

순식간에 거리를 좁힌 청년은 총반장의 인중을 향해 중지가 튀어나온 형태를 한주먹을 날렸다.

그러자 아무런 힘도 없어 보이는 총반장이 이형환위(移形換位)를 펼치며 청년의 반대편으로 잔상을 남기고 고속 이동을 했다.

총반장의 잔상이 미처 사라지기도 전에 청년은 총반장의 신형이 있는 곳으로 같이 고속 이동하며 팔꿈치로 그의 턱을 노리며 올려 쳤다.

그에 총반장은 뒤로 넘기를 하여 공격을 피하며 거리를 벌렸다.

순식간에 벌어진 일에 놀라서 당황하는 총반장을 보고, 하얀 이를 드러내며 웃는 청년.

총반장이 잔뜩 경계를 하며 물었다.

"그대는 누군가, 나를 공격한 것을 보니 나에 대해 아는 자인가?"

"이야, 그 모습으로 살고 있어서 수련을 게을리 했으면 어쩌나 했는데 오늘 반응을 보니 오히려 실력이 늘었군. 그동안 열심히 수련했구나."

마치 자신을 아는 듯한 저 말투와 어디선가 많이 들어 본 듯한 목소리가 총반장을 더욱더 혼란스럽게 만들고 있었다.

"하하하, 정말 모르는군. 나다. 너의 하나뿐인 주군이자,

형님."

그렇다. 청년의 정체는 무광이었다.

자신의 젊어진 모습을 알지 못할 것으로 생각하고 총반장을 공격했던 것이었다.

"오랜만이구나. 무극수호대(無極守護隊) 대주(隊主) 감찬(甘燦)!"

그렇다.

무황성의 잡부들을 진두지휘하는 총반장의 정체는 바로 무황성의 숨은 힘인 무극수호대의 대주였던 것이었다.

가장 낮은 곳에서 가장 평범한 이들로 가장하여 무황성을 지키고 있는 것이었다.

감찬은 자신의 정체를 정확하게 말하며 주인이라 부르는 자의 얼굴을 자세히 보고는 경악을 했다.

"서, 설마…… 정녕…… 주, 주군? 주군이십니까?"

"하하하, 그래. 나다. 너무 젊어져서 못 알아보는 것이냐? 그래도 젊을 적부터 함께한 너라면 바로 알아봐 줄 것으로 생각했거늘……."

그 말에 얼굴을 자세히 보니 젊은 시절 자신과 함께 보냈던 자신의 주군의 젊은 모습이 들어왔다.

"하나같이 반응들이 정말 재밌군. 반로환동하기 잘했어."

그 말에 감찬의 눈은 더욱더 크게 떠지며 놀람을 금치 못했다.

"허허…… 그럼…… 허허…… 맞군요."

그 말과 동시에 감찬의 몸은 오체투지를 하며 무광을 향해 극경의 예를 다한 절을 올리기 시작했다.

"신! 무극수호대 대주 감찬! 주군을 뵙니다!"

감찬은 감동에 젖어 눈물을 흘리고 있었다.

자신의 주군이 최근에 노망이 들었다는 소문을 들은 그였다.

그것이 사실이라도 되는 것처럼 모든 상황이 돌아가고 있었고, 자신의 본분을 다해야 하기에 차마 전면에 나서서 사실관계를 조사하지 못하였기에 더욱더 불안했던 감찬이었다.

사실 아버지라는 존재를 만나서 성을 떠났다는 사실은 고위직들만 알고 있는 사실이었기에 하위직에서 일하고 있던 그는 그 사실을 알 길이 없었던 것이었다.

오로지 주군인 무황이 불렀을 때만 자신의 정체를 내놓고 활동할 수 있기에 명이 없는 상태에서는 움직일 수 없었다.

그렇게 불안한 나날을 보내고 있었는데 이렇게 젊어진 모습의 쌩쌩한 주군의 모습을 보니, 그동안의 걱정과 불안이 한 번에 사라져 감격스러운 감찬이었다.

"다 늙어서 왜 울고 그래? 많이 섭섭하였구나. 너희를 이런 곳에 두고 신경 쓰지 못하였다. 섭섭하게 했다면 내가 사과를 하마."

"아니옵니다. 이렇게 정정하신 모습으로 제 앞에 나타나신 것만으로도 소신은 감사드릴 뿐입니다."

"허허, 고맙다. 내 너를 찾아온 것은 너희들의 힘이 필요해서다."

벌떡!

자신들의 힘이 필요하다는 말에 감찬은 깜짝 놀라서 일어났다. 자신들의 힘이 필요한 경우는 바로 하나밖에 없기 때문이었다.

"드디어 혈천교가 세상에 모습을 드러냈습니까? 저희는 이 날을 위해 모든 준비를 마쳐 두었습니다. 명만 내리십시오."

비장한 표정으로 무광을 주시하며 명만 내려 주기를 바라는 그에게 무광은 기대와는 달리 전혀 엉뚱한 말을 내놓았다.

"저…… 그 뭔가 오해가 있는 것 같은데…… 그거 아냐. 그냥…… 너희 도움이 좀 필요해서 말이다."

"네? 혈천교가 아니란 말씀이십니까? 그럼 그에 따르는 세력이 새로이 등장한 것입니까?"

오랫동안 자신들의 진가를 발휘할 날만 기다려 온 감찬은 초롱초롱한 눈빛을 보내며 무광에게 진실을 갈구했다.

"아, 아니…… 그 표, 표사를 좀 해 줘야 할 것 같다."

순간 감찬은 자신이 무언가 잘못 들은 것 같아 불경스럽게도 무광의 앞에서 귀를 후비고 다시 무광을 쳐다보았다.

"표, 표사요? 그 표국의 표물을 운반하는 표사요?"

"그, 그래. 그 표사."

무광의 대답에 잠시 멍한 얼굴을 하던 감찬은 이내 굳은 표정으로 고개를 숙이며 답했다.

"알겠습니다! 주군께서 명하시는데 표사면 어떻고 쟁자수면 어떻습니까. 소신은 명을 따를 뿐입니다!"

엉뚱한 답을 들었음에도 감찬이 담담하게 명을 받들자 무광은 고마움과 미안함이 섞인 눈빛으로 그를 쳐다보았다.

"주군! 그런 눈빛을 보이지 마십시오. 저희는 주군의 견마입니다. 이 모든 것이 다 큰 뜻이 있어서 하는 것이라 굳게 믿고 있습니다."

"그래. 고맙구나. 하지만 이번 일은 너희에게도 좋은 일이다. 세상에 너희들이 그 모습을 당당히 드러내고 너희들의 실력을 보여도 되는 일이다."

"그것만으로도 충분합니다. 즉시 아이들을 소집하겠습니다."

"그래. 소집하고 내가 일러 준 위치로 아이들을 데리고 오너라. 나는 먼저 가서 기다리고 있겠다."

"충!"

정갈하게 군례를 올리는 감찬을 뒤로하고 무광은 무황성을 나서려 하고 있었다.

하지만 얼마 못 가서 발길을 잡히고 말았다.

"하하, 어찌 알고…… 여기까지?"

무광이 누군가를 보고는 뒷걸음질을 치며 말했다.

"호호, 가가. 여기까지 와서 저도 안 보고 그냥 가려 하셨나요?"

그랬다.

무광의 부인 유화린이었다.

"아니, 난 그저…… 조용히 가려고……."

"아하, 조용히 저를 피해 가려고 하셨다고요? 젊어졌다고 제가 모를 줄 안 건 아니고요?"

살기가 가득한 모습으로 자신을 향해 다가오는 화린을 보며 점점 더 뒷걸음치며 말했다.

"하하하, 아니, 그게…… 지금 부인을 보러 가려던 참이었소."

"어머? 정말요? 호호. 잘되었네요. 저도 마침 할 얘기가 있었는걸요."

"그…… 무슨? 말해 보시오."

"저도 따라가려고요. 괜찮죠?"

유화린이 따라가겠다고 말하자 무광의 눈이 찢어질 듯이 커지고 온몸에 식은땀들이 줄줄이 흐르기 시작했다.

동공은 제자리를 못 잡고 여기저기 흔들리고 있었다.

"뭐죠? 지금 그 반응은?"

유화린의 주변이 왠지 어두워지는 듯한 기분이 들면서 오한이 몰려오기 시작했다.

무광은 여기서 답변을 잘못했다가는 정말로 큰일이 날 것 같아 바로 답변을 했다.

"당연하오. 부인. 부부 일심동체라 하지 않았소. 당연히 같이 가야 맞소. 하하."

지금까지 살면서 익힌 처세술을 최대한으로 활용한 것은 아마 이번이 처음일 것이다.

"호호, 저는 준비가 다 끝났어요. 어서 가서 저도 동서가 알려 주는 무공을 익혀 젊어져야겠어요."

"동서? 무슨 동서?"

"아버님 집에 막내 동서가 먼저 자리 잡고 기다리겠다고 서신이 왔더군요. 당신과 두 서방님에게 일어난 일들도 같이 상세히 적어서 말이죠."

순간 머리가 띵해져 왔다.

이제야 이유를 알았다.

자신이 젊어졌음에도 단번에 알아본 거 하며, 이리 나와서 기다리던 이유까지 말이다.

태성의 제수씨가 추진력이 대단한 것은 잘 알고 있었지만, 이 정도일 줄은 예상 못 했다.

"아무튼, 그런 말을 동서에게 듣게 하고 정말 섭섭하네요. 그 얘긴 가면서 천천히 하고 어서 가요. 그래도 둘째 동서보다는 일찍 가야죠."

"둘째면…… 천명의 부인……에게도…… 서신이 갔소?"

"네, 당연하죠! 아이참, 어서 서둘러요. 이러다 둘째 동서보다 늦겠어요."

무광의 등을 떠밀어 자신이 준비한 가마로 이동하게 하는 유화린과 정신이 나간 듯한 표정으로 끌려가는 무광이었다.

❧

밝은 달이 온 세상을 밝게 비추고 있을 무렵, 어느 야산의 공터에 한 사내가 검을 휘두르고 있었다.

휘리리릭!

붕! 부웅!

온몸이 땀범벅이 되어 비 오듯이 흐르지만 개의치 않고 검 휘두르기에 집중하고 있었다.

얼마 정도의 시간이 지났을까? 사내는 휘두르던 검을 사선으로 내려놓으며 거친 숨을 가라앉히기 위해 자리에 앉았다.

"휴우, 쉽지 않구나⋯⋯. 아버지를 따라가기가 너무나 쉽지 않아."

"그렇지 않구나."

벌떡!

"누구냐!"

숨을 돌리며 한탄을 하고 있는데 기척도 없이 누군가 자신의 뒤에서 말을 하자 깜짝 놀라며 일어나는 사내였다.

"허허, 놀라긴. 녀석. 나다."

밝은 달에 비친 모습을 보니 바로 검황 무천명이었다.

"헉! 아버지!"

늦은 시간까지 검을 휘두르며 수련에 열중하던 사내는 바로 천검문의 문주 무유성이었다.

"이 늦은 시간까지 수련 중인 것이냐? 장하구나!"

"아, 아닙니다. 소자 아직도 아버지를 따라가기엔 멀었습니다."

"허허허"

"한데 그 모습은? 깨달음을 얻으신 것입니까?"

유성은 천명의 젊어진 모습을 보며 물었다.

"어찌하다 보니 그렇게 됐구나. 그래도 아비라고 한 번에 알아봐 주니 고맙구나."

"아닙니다. 항상 상상해 왔습니다. 아버지가 경지를 넘으시면 어떠한 모습일까 하고요. 상상하던 그 모습 그대로여서 오히려 더 놀랐습니다. 감축드립니다. 아버지."

"껄껄. 그래. 고맙다. 한데 어찌 수련하면서 한숨을 쉬는 것이냐?"

"아, 아닙니다. 그저 숨이 차서 저도 모르게……."

"허허, 너 정도 경지의 무인이 겨우 그 정도로 숨이 찬다고? 말이 되는 소리를 하거라. 이 녀석아 내가 모를 줄 알았더냐. 쯧쯧, 아직도 그 일을 잊지 못하는 게구나."

무천명의 말에 유성은 아무 말도 못 하고 고개만 숙일 뿐이었다.

"그게 너의 발목을 잡고 있구나. 앞으로 나아갈 생각만 해도 갈 길이 구만리인데 과거의 허상에 잡혀 그 자리에만 머물고 있으니 어찌 네가 앞으로 나갈 수 있겠느냐."

천명의 말에 더욱더 고개를 숙이며 위축되는 유성이었다.

그러한 유성을 보니 맘이 아파진 천명은 품속으로 손을 넣어 작은 상자 하나를 꺼냈다.

"너의 앞길을 가로막는 그 허상은 바로 내 사제다. 너에게는 사숙이 된다. 적이라 생각지 말고, 가족이라 생각해 주면 안 되겠느냐?"

"네……. 소자 알겠습니다."

고개를 푹 숙인 채 힘없이 대답하는 자식을 보니 마음이 아려 왔다.

마음이 많이 복잡할 것이다.

천명은 그러한 유성을 지그시 바라보다 손안에 든 상자를 유성에게 건넸다.

"자! 받거라."

자신의 말에 고개를 들어, 주는 것을 받고 이것이 무엇이냐는 표정으로 바라보는 유성에게 천명은 말했다.

"천령신단이라는 것이다. 우리 사부님께서 직접 만드신 영단이지. 그걸 먹고 운기 하여라. 이 아비가 도와주마."

천명의 말에 목곽을 열어 보니, 오색찬란한 빛을 내뿜고 있는 작은 영단이 들어 있었다.

아직 먹지는 않았지만 보고만 있어도 엄청난 영기가 느껴졌다.

"아, 아버지께서 드셔야지요. 어찌 소자에게 이 귀한 것을……."

피식

유성의 말에 천명이 살짝 헛웃음을 삼키며 말했다.

"쓸데없는 소리 하지 말고 먹거라. 지금 이 아비가 너보다 훨씬 더 건강하고 오래 살 것 같으니. 아비보다 먼저 가지 말라고 먹이는 것이다."

"아버지……."

"그래그래. 너의 마음 아비가 다 안다. 그래서 정말 고맙구나. 여기저기 떠돈다고 너에게 제대로 된 정(情)도 주지 못한 이 아비가 정말 미안하구나. 이것은 그러한 것들을 담아 내가 너에게 주는 내 마음이다. 그러니 이 아비의 마음을 받아 주거라."

천명이 쓸쓸한 표정으로 말하며 신단을 내밀자 유성은 더는 거절하지 못하고 눈물을 흘리며 그것을 받았다.

"소자, 아버지의 그 마음 평생 간직하며 더욱더 정진하겠습니다."

그러고는 신단을 삼키고 바로 운기에 들어갔다.

그러한 유성을 바라보며 운기를 도와주는 천명이었다.

운기 하는 아들과 그것들 도와주는 아비.

두 부자의 입가엔 미소가 깃들어 있었다.

그렇게 두 부자의 오래 묵은 서운한 감정이 사라지고 있었다.

하루 동안의 운기가 끝나고 새로운 경지에 오른 유성이 자신을 얽매이던 무언가를 벗어 던진 듯 개운한 표정으로 일어나며 밤새 자신을 지켜 준 천명에게 감사의 인사를 했다.

"아버지! 불초 소자 아버지께 또 큰 선물을 받았습니다. 감사합니다."

"표정을 보아하니 이제 너를 얽매이던 것을 벗어난 모양이다."

"네, 이제 다시는 허상을 좇는 멍청한 짓을 하지 않겠습니다. 생각해 보니 제 갈 길 가기도 바쁜데, 그동안 헛된 곳에 힘을 쓰고 있었네요. 다시 감사드립니다. 아버지."

"그래그래. 장하다! 이제 더욱더 너의 길을 전진해서 대성하도록 하거라."

"네! 알겠습니다."

"자, 선물을 주었으니 너도 이 아비에게 선물을 좀 주거라."

"하하, 말씀만 하세요. 무엇이든지 들어드리겠습니다!"

"그래? 하하하. 그럼 말하마. 천룡표국 알지?"

천룡표국이란 말에 유성은 잠시 고개를 갸웃거렸다.

어디서 들어 본 표국이긴 한데, 잘 기억이 나질 않았다.

"아! 아버지가 전에 같이 상행을 다녀왔다는 그 표국 말씀이신가요? 그런데 그 표국은 왜?"

"아, 그 표국을 우리 천검문이 수호한다고 선언 좀 해다오."

"네?"

"천검문도 무림맹 때문에 상단의 표물을 운반해야 할 표국이 부족하다며. 이번에 대사형과 사제가 힘을 합쳐서 천룡표국을 밀어주기로 했다. 이 아비만 빠지면 모양이 좀 그렇잖니, 그러니 유성이 네가 이 아비 좀 도와다오. 그래 줄 수 있지?"

아버지의 대사형과 사제라면 무황과 사황이었다.

천하에서 가장 강하다는 그 두 사람이 밀어주는 표국이 있다?

이건 무조건 발을 걸치고 봐야 하는 건이다.

"그럼요! 저만 꼭 믿으십시오."

그리고 그다음 날, 전 강호에 천검문은 천룡표국을 수호한다며 천명했다.

※

천룡표국에서는 한창 새로이 올 표사들을 맞이하기 위해

분주하게 움직이고 있었다.

여기저기 새로이 건물을 올리고, 연무장을 증설하며 새로 올 표사들이 쓸 옷과 무기들까지 손수 하나하나 준비를 하고 있었다.

그 중심에는 표국주 유가연이 진두지휘를 하고 있었다.

"이제 어느 정도 준비가 된 거 같죠?"

유가연이 새로 임명된 총관을 바라보며 물었다.

"그런 것 같습니다. 허허, 어떠한 사람들이 올지 정말 기대되는군요."

"그러니까요. 사람을 보내 주시는 분들이 워낙에 대단하신 분들이라 솔직히 기대되긴 해요. 그래도 너무 기대하면 실망이 크겠죠?"

"하하, 저 역시 그런 생각을 하고 있었는데…… 국주님 말씀을 들으니 저도 큰 기대는 하지 말아야겠습니다."

기대 반 걱정 반으로 새로이 올 사람들을 기다리는 유가연과 총관이었다.

그때 정문 앞에서 시끄러운 소리가 들리기 시작했다.

"밖이 소란스러운 것 보니 왔나 봐요!"

"그런 것 같습니다! 어서 가 보시죠."

설렘 가득한 얼굴로 정문을 향해 뛰어가는 유가연과 총관이었다.

정문에 도착하니 하나같이 험상궂은 얼굴을 한 무사들이

질서정연하게 서 있었다.

그 수가 백은 되어 보이는 엄청난 수였다.

정문 앞에서 천룡표국의 무사들이 검을 움켜쥐고 겁을 먹은 채 덜덜 떨고 있었다.

순간 유가연은 천금상단에서 자신의 표국을 공격하러 온 줄 알고 기겁을 했다.

살기등등한 얼굴들이 정문 앞을 뒤덮고 있으니 당연한 현상이기도 했다.

세상 살벌한 얼굴들이 여기 모두 모여 있는 듯했다.

유가연은 그 자리에서 주저앉아 어찌할 바를 몰라 바들바들 떨고 있었다.

이제 다시 일어서려고 했는데 어찌 자신에게 또다시 이런 시련이 찾아왔을까 하며 하늘이 원망도 되었다.

총관 역시 옆에서 안절부절못하며 어찌해야 할지 정신을 못 차리고 있었다.

그때 제일 무시무시하게 생긴 무사가 그들을 향해 걸어오기 시작했다.

유가연과 총관은 극한의 공포가 몰려오는 것을 느꼈지만 공포로 인해 몸은 더 굳어 움직일 수가 없었다.

"저…… 여기가 천룡표국이 맞습니까?"

쇳소리가 섞인 걸걸한 목소리로 천룡표국이 맞냐고 묻는 말이 마치 이곳이 우리가 세상에서 지워야 할 장소가 맞냐고 묻는 착각이 들었다.

더욱이 그 무사는 자기 딴에 공손하게 보이려고 두 손까지 모은 상태에서 질문했지만 억지로 손을 모으다 보니 오히려 양팔에 있는 무지막지한 근육이 팽팽해져 피부의 흉터만 더 강조되었을 뿐이었다.

"사, 살려 주세요!"

유가연이 자기도 모르게 답했다. 생존 본능에서 튀어나온 마음의 소리였다.

하지만 그 소리에 더욱더 당황한 것은 바로 앞에서 질문한 무시무시한 얼굴의 무사였다.

무사의 얼굴이 순식간에 파랗게 변하고 온몸에 식은땀을 흘리기 시작했다.

그 모습이 마치 분노에 찬 모습으로 보인 유가연은 이제 자신은 끝이구나! 라는 생각에 두 눈을 질끈 감고 마음속으로 외쳤다.

'운 공자님! 저는 여기까진 가 봐요! 내세에 다시 뵙기를…….'

빠아악!

그때 박이 터지는 소리와 함께 무언가가 날아가는 소리가 들렸다.

쿠당탕탕!

이게 무슨 소린가 싶어서 살짝 실눈을 뜨고 보니 자신을 협박하던(?) 무사가 저 멀리 날아가 박힌 채로 꿈틀대고 있었다.

빠바바바박!

다시 들려오는 소리에 놀란 나머지 두 눈을 활짝 개방한 채로 주변을 보니 용태성이 매우 화난 모습으로 그곳에 서 있었다.

그리고 그의 주변에는 머리를 감싸고 고통스러워하는 사람들이 보였다.

유가연은 눈물이 나왔다. 정말로 시기적절한 때에 자신을 구해 주러 온 용태성이 너무나도 고마웠다.

"정말 감사……."

감사 인사를 하려는데 용태성이 분노에 찬 목소리로 외쳤다.

"이 새끼들이! 유 국주님 놀라게 하는 새끼는 내가 직접 손본다 했냐? 안 했냐? 근데 내 말을 개똥으로 알아들어?"

태성의 말에 머리를 움켜쥐며 고통스러워하던 자들이 항변했다.

"아, 아니라니까요! 저흰 그냥 여기가 천룡표국이 맞는지 물어보기만 했습니다!"

"물어보기만 했는데 국주님 표정이 왜 저렇게 사색이야! 이 새끼들이 어디서 거짓말을 해! 다 죽을까?"

"저, 정말이라니까요! 국주님! 저희 오해 좀 풀어 주십시오. 저희 이러다가 정말 다 죽습니다!"

대답하던 무리 중의 한 명이 유가연에게 뛰어와 엎드려 빌면서 말했다.

"국주님! 국주님, 제발 오해 좀 풀어 주십시오!"

그 모습에 유가연은 지금 이것이 무슨 상황인지 판단이 잘 되지 않았다.

당황해서 사색이 된 상태로 자신만 바라보며 애원의 눈길을 보내는 수백의 무사들과 그런 무사들을 향해 분노를 토해 내는 용태성을 번갈아 바라보니, 조금이나마 이성이 돌아오면서 이해가 되기 시작했다.

"저…… 그러니까 이분들이…… 오시기로 한 표……사님들?"

살짝 경련이 일어나는 듯한 떨림이 보이는 손끝으로 무리를 가리키며 묻는 유가연이었다.

그 물음에 용태성이 언제 분노했냐는 듯이 온화한 표정으로 유가연에게 말했다.

"예! 국주님! 이놈들이 보기엔 이래도 쓸 만한 놈들입니다!"

"방주님! 쓸 만한 놈들이라뇨! 저희가 무림에 나가면 산천초목이 벌벌 떨고 정파 놈들은 이불 속으로 숨기 바쁩니다!"

자신들의 소개를 쓸 만한 놈들이라고 하니 자존심이 상한 그들이었다.

사실 그들이 이렇게 울컥할 만도 한 것이 이들은 구룡방이 꼭꼭 숨겨 두었던 진짜 힘이었다.

구룡방주 용태성이 무황성을 이기겠다는 일념으로, 하나부터 열까지 정성스럽게 신경 쓰며 훈련시키고 키운 것이 바로 이 흑룡대였다.

암흑 속에 가려져 있던 구룡방의 진정한 힘이 세상에 모습을 드러낸 것이다.

그것도 표국에서 짐을 호송하는 표사로…….

"세상에 처음 나오는 놈들을 어찌 알고 걔들이 벌벌 떨어?"

용태성이 진실을 얘기하자 더 발끈하며 대꾸하는 흑룡대였다.

"아니, 저기 저 허접한 광룡대만 봐도 벌벌 떠는데 걔들보다 훨씬 고수인 저희가 나가면 당연히 벌벌 떨어야지요! 야! 거기 광룡대주! 안 그러냐?"

흑룡대원들이 자신을 지목하면서 눈을 부라리며 물어 오자, 용태성 옆에 서 있던 광룡대주는 눈을 피하며 답을 꺼렸다.

용태성을 호위하는 처지다 보니 어쩔 수 없이 흑룡대와 가장 많이 만난 부대가 광룡대였다.

그래서 세상 누구보다 흑룡대의 무서움을 잘 알고 있는 광룡대주 풍백이었다.

"어쭈? 저게 눈을 피하네? 야! 피해? 어?"

광룡대주가 눈을 피하자 다들 분노한 목소리로 광룡대주를 질타하려는 찰나, 누군가가 쓰러지는 소리가 들렸다.

풀썩!

긴장이 풀려서 다리에 힘이 빠진 유가연이 바닥에 주저앉는 소리였다.

"헉! 구, 국주님! 괘, 괜찮으십니까?"

깜짝 놀란 용태성이 순식간에 유가연의 옆으로 가서 그녀를 부축하며 호들갑을 떨기 시작했다.

"뭐, 뭘 쳐다보고 있어! 어서, 어서 방으로 모셔!"

"아, 아니에요. 저, 저는 괜찮……."

"아니긴요! 내 저놈의 새끼들을 그냥! 어휴…… 많이 놀라셨죠? 죄송합니다. 제가 미리 언질을 드렸어야 했는데……."

용태성이 당황해서 허둥지둥하는 걸 본 흑룡대주는 전에 용태성이 말한 것들이 전부 사실이라는 것을 깨닫게 되었다.

'하아, 우리 정말로 표사가 되는 거구나.'

솔직히 여기 올 때까지만 해도 긴가민가했었다.

주군이 자신들의 충성심을 시험하기 위해 농을 한 거로 생각하기도 했다.

정말일 리가 없으니까 말이다.

세상 어느 누가 조직이 심혈을 기울여 키운 정예 중에 최정예를 표사로 쓴단 말인가?

누구도 믿지 못할 말이었다.

그랬기에 더더욱 지금 이 현실이 실감이 나질 않았다.

그래도 불만은 없었다.

주군이 하라면 해야지 어쩌겠는가.

"대주! 정말인가 봅니다. 저희 표사 되는 거요. 아무래도 사실인 거 같은데요. 어쩌죠?"

대원들이 있는 곳으로 돌아오자 부대주가 기다렸다는 듯 다가와 물었다.

"뭘 어째 어쩌긴. 해야지."

"하지만……."

부대주는 그 뒷말을 더는 하지 못했다.

대주의 얼굴에서 엄청난 살기가 피어올랐기 때문이었다.

"감히 주군께서 시키신 일에 불만을 품겠다는 것이냐? 지금 죽여 줄까?"

"아, 아닙니다! 말도 안 되는 상황에 제가 잠시 정신이 나갔나 봅니다. 해, 해야죠! 표사가 아니라 짐꾼을 하라고 해도 해야죠!"

비록 용태성과 티격태격하며 격 없이 지내도 그 누구보다도 주군을 존경하고 경외하며 군말 없이 따르는 강한 충성심을 지닌 사람들이 바로 흑룡대였다.

"우린 주군의 견마다! 죽으라면 죽고, 표사가 아니라 그보다 더한 것을 하라 해도 군말 없이 따라야 한다. 알겠냐?"

"네!"

"좋아. 이제부터 우리는 표사가 된다! 이왕 되기로 한 거 확실하게 표사가 되어 보자!"

"네!"

그렇게 흑룡대원들이 모여서 의지를 다지고 있을 때 유가연이 있는 곳에선 태성이 그녀를 달래고 있었다.

"국주님, 죄송합니다. 미리 얘기를 해야 했었는데 생각보다 일찍 오는 바람에…… 많이 놀라셨죠? 쟤들이 얼굴은 저래도 나름 순수한 애들입니다. 국주님께서 좀 예쁘게 봐주십시오."

천하의 사황이 자신에게 사과하며, 자신의 애들을 잘 봐달라는 소리는 하는 걸 보며, 유가연은 자신이 얼마나 큰 잘못을 했는지 깨달았다.

저들은 보잘것없는 자신을 위해 천릿길도 마다치 않고 달려와 줬는데 정작 도움을 받는 자신은 그들을 보며 놀라고 경악했다.

이 얼마나 큰 실례인가.

정작 사과를 해야 할 사람은 자신이었다.

유가연은 태성을 바라보며 고개를 숙였다.

"아, 아니에요. 제가 경황이…… 아니, 담이 약해서 놀랐을 뿐이에요. 오히려 큰 실수를 하고 저분들에게 실례를 저지른 건 접니다. 오히려 제가 사과를 해야 할 일입니다. 이렇게 도움을 주셔서 먼저 감사 인사드립니다.”

유가연이 진심으로 감사의 표시를 하자, 태성은 왠지 모를 벅찬 감동을 느꼈다.

‘역시! 울 사부가 택하신 분이다! 하하하!’

태성이 그렇게 생각을 하는 사이에, 유가연은 흑룡대원들이 모여 있는 곳으로 걸어갔다.

그리고 그들에게 또렷하고 진심 어린 목소리로 사죄의 말을 전했다.

“아깐 죄송했어요. 저희를 도와주러 오신 분들에게 정말 큰 실수를 저질렀습니다. 저는 이곳 천룡표국의 국주 유가연이라고 합니다. 아까 제가 여러분께 한 실수는 이렇게 고개 숙여 사죄드립니다. 보잘것없는 저희를 돕기 위해 먼 길을 와 주신 은인들께 진심으로 깊은 감사의 말을 올립니다.”

그러면서 흑룡대를 향해 고개를 숙여 인사를 하는 유가연이었다.

그 모습을 본 태성은 역시라며 고개를 끄덕였다.

그에 반해 흑룡대 대주는 크게 당황하고 있었다.

지금까지 평생을 여자와 대화를 해 본 적도 없거니와, 눈앞에 아리따운 아가씨가 자신들에게 사과를 하고 감사를 전하니 어찌할 바를 몰라 허둥지둥하고 있었다.

“아…… 저…… 그…… 아니…… 아닙니다. 저희야말로 국주님을 놀라게 해서 정말 죄송합니다. 앞으로 열심히 할 테니 부디 어여쁘게 봐주시길 바랍니다."

처음엔 허둥지둥하다가 곧 자세를 바로잡고 유가연을 향해 고개를 숙이는 흑룡대 대주였다.

"이렇게 제 뜻을 받아 주셔서 정말 감사해요."

흑룡대주가 자신의 사과를 받아 주자 유가연이 세상 환하게 웃으며 흑룡대주의 손을 꼭 잡았다.

"앞으로 이 손으로 저희 표국을 지켜 주실 거라 믿을게요."

그 순간 흑룡대주는 세상 누구보다 거친 손을 지닌 자신에게 백옥같이 깨끗한 여자의 손이 겹쳐지자 정신을 차릴 수 없었다.

"히끅! 네? 네, 네!"

유가연은 빨갛게 변한 얼굴로 엄청나게 당황해하며 시선을 어디에 두어야 할지 몰라 이리저리 눈을 굴리는 모습에 그만 웃고 말았다.

"풋!"

생각해 보니 자신이 얼마나 고정관념에 사로 잡혀 있었는지를 깨닫는 순간이었다.

솔직히 사파에 대해 그다지 좋은 감정을 가지고 있지는 않았던 그녀다.

표국 일을 하다 보며 누구보다 가장 많이 마주치고 시비가 붙는 무림인이 바로 사파다. 그러니 고정관념이라기보다 경험에 의한 그들의 감정이었다.

바로 그 사파 중에서 가장 정점에 있는 자들은 얼마나 무서울까 하며 걱정을 하던 그녀였다.

　실제로 본 그들의 모습은 그녀의 짐작을 훨씬 뛰어넘는 무서움을 보였다.

　하지만 이렇게 직접 대화를 나눠 보니 누구보다도 순수한 마음을 지닌 사람들이란 걸 깨달은 것이다.

　사파라고 하여 다 음흉하고 색마 같은 사람만 있는 것이 아니었다.

　한편 난생처음으로 여자에게 손을 잡힌 흑룡대주는 제정신이 아니었다.

　이 따스함은 자신이 태어나서 처음 느껴 보는 기분이었다.

　그렇게 황홀해하고 있을 때 세상 무서운 살기가 온몸을 휘감았다.

　화들짝 놀라 살기가 오는 곳을 바라보니, 흉신악살 같은 표정으로 자신을 노려보는 태성이 보였다.

　순간 안색이 새하얗게 변하며 조금 전까지 느꼈던 따스함은 사라지고, 지옥도가 눈앞에 펼쳐진 것 같은 기분이었다.

　─당장…… 손 떼고…… 표정…… 관리 잘……해라.

　어금니가 으드득거리는 소리가 담긴 전음과 함께 살기를 가득 머금은 태성의 눈빛은 흑룡대주로 하여금 순식간에 유가연에게서 멀어지게 만들었다.

　파팍!

자신의 손길을 피하며 순식간에 거리를 벌리는 흑룡대주를 보며 유가연은 고개를 갸웃거리며 물었다.

　"왜 그러시죠? 제가 혹 무슨 실수라도?"

　"아, 아닙니다! 제가 너무 긴장해서 그렇습니다! 국주님은 아무런 잘못이 없습니다! 부디 저희를 마구마구 부려 주십시오!"

　살기 위해 부동자세로 아무 말이나 뱉기 시작한 흑룡대주였다.

　갑작스러운 흑룡대주의 행동에 놀란 유가연이 이유를 물어보려 가까이 다가서려 하자, 뒤에 있던 태성이 그 앞으로 나서며 말했다.

　"하하하, 국주님, 이 녀석들이 평생을 무공 수련만 해서 여자를 만나 본 적이 없습니다. 그래서 이렇게 당황하는 것 같습니다. 하하……."

　그 말에 유가연이 이해한다는 표정으로 고개를 끄덕이고는 흑룡대주와 흑룡대원들을 보며 안쓰러운 얼굴을 하였다.

　"그러니 국주님께선 신경 쓰지 마시고 잠시 안에 들어가서 쉬고 계십시오. 제가 알아서 잘 얘기하겠습니다. 국주님이 말씀하시는 것보다 아무래도 그게 저 녀석들에게도 편할 것 같고요."

　태성의 말에 유가연은 고개를 끄덕이며 알았다고 말하고 흑룡대를 바라보며 인사를 한 후 몸을 돌려 자신의 집무실로 향했다.

그 모습을 가만히 바라보며 태성은 생각했다.

'생각해 보니 여자에 관해선 울 사부도 이 녀석들이랑 별 차이 없으실 텐데……. 저렇게 멋진 분을 만나시다니. 역시 울 사부!'

그리고 자신이 키운 흑룡대를 보며 고개를 절레절레 저었다.

'하아, 그나저나 생각지도 못한 약점이 드러난 건가? 이건 정말 웃기지도 않은 약점이군. 아니지. 여자보다 위험한 것은 없지. 휴, 그것부터 교육을 제대로 해야겠군.'

중원 최강으로 키운 애들이 전혀 예상하지 못한 부분에서 약한 모습을 보인 것이다. 그나마 다행인 것이 이렇게 미리 발견되었다는 정도였다.

그러한 생각을 하면서 자신을 바라보며 부동자세로 서 있는 흑룡대를 바라보며 태성은 흐뭇한 미소를 보였다.

'내가 생각해도 어이없는 명인데도 불구하고 저렇게 아무런 불만 없이 따라 주니 고맙군. 이렇게 이쁜 애들인데 뭐라도 줘야겠지? 후후.'

그렇게 생각을 하며 자신의 방에 준비해 둔 단약들을 생각하는 태성이었다.

애초에 전부 다 주려고 한 것은 아니었다.

자신이 생각해도 말도 안 되는 명이기에 누군가는 열심히 표사 일을 할 것이고 누군가는 불만이 쌓여 대충할 수도 있기에 열심히 하면 영약이 내 손에 들어온다는 당근으로 주려고 준비해 둔 것인데, 이렇게 열과 성을 다해 자신의 명을 이행하려는 흑룡대를 보니 그러한 생각은 모두 사라졌다.

또 무광이 데려오는 애들에게 뒤처지기 전에 미리미리 먹여 두는 것도 좋을 것 같다는 생각도 했다.

그렇게 생각을 정리하고 있을 때 무광이 대문으로 들어오는 게 보였다.

"이야, 이 아이들이냐? 정말 대단하구나!"

무광이 자신의 아이들을 낮게 볼까 염려하고 있었는데 의외로 무광은 흑룡대를 보자 칭찬을 하였다.

그에 태성이 놀란 표정으로 무광을 바라보자, 무광이 피식 웃으며 말했다.

"왜? 내가 네 아이들을 보고 평가절하 할까 봐 염려되었더냐? 나도 무인이다. 자신의 인생을 걸고 열심히 단련한 아이들에게까지 그런 짓은 하지 않는다. 또 잘 단련된 것이 정말 대단한 것도 사실이고……."

무광은 자신의 턱을 긁적이며 무안한 듯이 말했다.

하지만 태성은 무척이나 감격한 표정으로 무광을 바라보고 있었다.

자신의 사형이기 전에 자신이 따라잡아야 할 맞수이자 경외하며 존경하는 지상 최강의 무인이었던 자가 바로 무광이었다.

사부 외에 자신이 누군가를 이렇게 존경한 것은 무광이 처음이었다.

그러한 무광의 입에서 자신이 심혈을 기울여 키운 흑룡대의 칭찬이 흘러나오자 태성은 가슴 깊은 곳에서 알 수 없는 감정을 느꼈다.

태성이 아무 말 없이 표정을 찡그리고 서 있자 무광이 다가가서 머리를 쓰다듬으며 말했다.

"내 사제라서 말하는 것이 아니고, 무인 대 무인으로서 너는 내 훌륭한 맞수가 될 자격이 있다. 그러니 앞으로 더 정진해서 이 사형을 즐겁게 해 주거라. 하하하."

그러자 태성은 입술을 삐죽이며 마음에도 없는 소리를 했다.

"사형이야말로 더욱더 정신하십시오. 조만간에 따라잡을 테니…… 그때는 안 봐 드립니다."

무광은 그런 태성을 보며 그저 웃을 뿐이었다.

한편 태성을 바라보며 부동자세로 서 있던 흑룡대원들은 지금 이게 무슨 상황인지 갈피를 못 잡고 당황하고 있었다.

대문에서 누군가가 나타났고, 그 사람에게 아무런 기운이 느껴지지 않았기에 제지하지 않고 그대로 둔 것인데, 갑자기 자신들을 보며 아이들이라고 칭한 것도 모자라 자신들의 주군에게 하대하고 있었다.

더는 참지 못하고 나서려 할 때 그 누군가가 자신들 주군의 머리를 쓰다듬었다.

그 모습을 보며 자신들까지 나서지 않아도 주군이 저 무례한 놈을 일격에 처단하겠구나 하며 지켜보았다.

근데 웬걸 당연하다는 듯이 머리를 맡기며 마치 형에게 심통 난 아이처럼 행동하는 것이었다.

그리고 태성의 입에서 나온 '사형'이라는 단어에 다들 너무 놀라서 눈을 부릅뜰 수밖에 없었다.

천상천하 유아독존이라 생각을 했는데, 사형이 있었다니…….

다들 사형의 정체를 궁금해했다.

그러한 시선이 느껴졌는지 태성은 흑룡대를 바라보며 피식 웃었다.

"왜? 궁금하냐?"

태성이 말하자 흑룡대원들은 움찔하며 놀랐다.

어찌 알았는지 자신들의 가려운 곳을 단번에 찾아내며 물은 것이다.

"너희들 표정에 다 나와 있다. 이놈들아. 하아…… 감정을 숨기는 법도 가르쳐야겠네. 막상 데리고 나오니 생각보다 약점이 많구나. 이래서 실전 경험이 중요한 것이지."

그 모습을 보고 한숨을 쉬며 고개를 흔들고는 다시 흑룡대를 바라보며 말했다.

"사형의 정체가 궁금하지? 알려 주마."

꿀꺽!

흑룡대가 한마음이 되어 침을 삼키자 합창이라도 되는 듯이 크게 소리가 울렸다.

그 모습에 태성은 어이가 없어 실소가 나왔다.

"하하, 휴…… 그래. 여기 계신 이분은 나의 대사형이시다. 둘째 사형도 있으시지. 대사형은 무림에서 무황이라고 불리신다."

태성의 말이 끝났으나 아무런 반응이 일어나지 않았다.

다들 눈만 끔벅거리며 자신들이 지금 무슨 소리를 들었는지 해석하기 바쁜 모습이었다.

누구나 쉽게 알아들을 수 있는 말이지만, 지금 여기 모여 있는 흑룡대원들에게 그 말이 쉽게 머릿속에 들어오지 않고 있었다.

살아생전에 절대로 들을 수 없을 거라 생각했던 단어들이 뇌 속으로 들어왔으니 혼란이 생길 법도 하였다.

그렇게 다들 혼란스러워하며 아무런 말도 못 하고 있을 때 무광이 앞으로 나서며 말했다.

"모두 반갑다. 한 식구가 되었으니 앞으로 잘 부탁한다."

무광이 말을 하였음에도 흑룡대는 여전히 얼음인 상태로 어버버 하고 있었다.

조금 전에 조합이 안 되는 단어들의 나열이 아직 정리도 되지 않았는데, 뒤이어 또다시 조합이 안 되는 단언들이 흑룡대의 머릿속을 강타한 것이다.

그 모습을 보고 태성이 고개를 절레절레 흔들며 무광에게 말했다.

"이 녀석들은 뼛속까지 사파라……. 아마도 지금 현실이 믿기지 않나 봅니다. 하하, 그래도…… 저렇게까지 충격을 받을 거라곤 생각 안 했는데……."

"하하하하하, 저 모습을 보니 이따가 올 우리 애들도 저럴 것 같은 기분이 드는군. 암튼 애들 정신이 돌아오면 잘 얘기해 줘라. 나는 국주님께 우리 애들 오고 있다고 말씀드리고 오마."

"네. 사형. 다녀오세요."

무광이 국주를 만나기 위해 걸음을 옮기고 사라지자, 그제야 얼어붙었던 흑룡대가 정신을 차렸다.

흑룡대주가 앞으로 뛰어나와 태성에게 물었다.

"진정…… 저, 저희가 방금 들은 말이…… 사실입니까?"

"어떤 말? 내게 사형이 있다는 말? 아니면 그 사형이 무황이라고 불리는 무림 절대자라는 말?"

"주군!"

"깜짝이야! 왜? 뭐가 문젠데!"

태성의 말에 흑룡대주가 표정을 굳히며 말했다.

"주군께서 저희에게 주신 수련의 목표가 바로 저들입니다!

무황성을 목표로 저희는 지금까지 그 혹독한 수련을 견디며 언제가 그들을 넘어서고 강호를 일통(一統)하는 날을 생각하며 버텼단 말입니다!"

울분이 가득 담긴 목소리가 사방에 울려 퍼지며 태성의 귓속을 때렸다.

그러한 흑룡대주를 누군가 보면 항명이라 생각을 하고 즉결 처분을 주장했을 것이다.

하지만 태성은 가만히 들어 주었다.

지금, 이 순간이 이들에겐 무엇보다 중요하다는 사실을 잘 알고 있기 때문이었다.

"한데, 저들의 수장이. 저희의 목표가! 주군의 사형이라니요…… 한 식구라니요. 저희는…… 저희는…… 어찌해야 합니까……. 저희가 그동안 노력했던 그 모든 것들은 아무런 의미가 없어지는 것이 아닙니까……. 주군…… 주군……. 저희는…… 무엇을 위해 존재해야 합니까?"

사실 말도 안 되는 명을 받고 세상에 나올 때까지만 해도 그들은 생각했다.

표사를 하라는 어이없는 명이지만 그렇게라도 해서 실전 경험을 하라는 뜻으로 받아들였다.

또 표사를 하면 세상 곳곳을 돌아다녀야 하니 세상 경험도 하라는 뜻으로 받아들였다.

그들에겐 한 가지 목표가 있었기에 그 목표를 위해서라면 무엇이든지 할 각오가 되어 있었던 것이었다.

태성이 무황성을 무너뜨리기 위해서 심혈을 기울여서 키운 만큼 그들에게 무황성은 반드시 이루어야 할 삶의 목표이며 원동력이자 정복해야 할 대상이었다.

그렇게 살아왔는데 지금 자신들의 인생이 통째로 부정당하는 사태가 온 것이다.

한순간에 목표가 사라진 그들의 좌절감은 생각보다 너무 컸다.

삶의 목표가 사라진 그들에게 그 어떤 의욕도 느껴지지 않았다.

생각보다 사태가 심각해짐을 느끼자 태성은 이 사태를 어찌해야 할지 몰라 당황했다.

달랜다고 해결될 상황이 아니었다.

명령하면 듣기야 하겠지만, 그런 영혼 없는 복종은 태성이 원하는 바가 아니었기 때문이었다.

그렇게 태성이 어찌해야 할지 고민하고 있을 때, 문 쪽에서 목소리가 들려왔다.

"듣고 있자니 웃음밖에 안 나오네. 누가 누굴 넘고 정복해?"

목소리가 들리는 곳을 향해 고개를 돌리니 그곳에 역시 백에 달하는 무리가 이곳을 쳐다보며 비웃고 있었다.

그 무리는 제각기 다른 자유분방한 복장을 하고 있었다.

고수의 느낌은 전혀 보이지 않는 낭인 같은 모습으로 흑룡대를 바라보며 웃고 있었다.

"딱 봐도 허접한 것들이 세상 무서운 줄 모르고 떠들고 있구나? 어떻게 세상 무서운지 이 형님들이 좀 알려 줄까?"

낭인 같은 무리가 빈정거리며 말하자 삶의 목표가 사라져 의욕이 없었던 흑룡대주와 흑룡대원들의 눈빛이 살아나기 시작했다.

천천히 돌아보는 흑룡대의 눈빛은 사람도 죽일 것같이 변해 있었다.

"지금…… 뭐라고 씨부렁거렸냐? 허접?"

"그래. 허접하다고 했다. 보니까 칼 들 힘들도 없어 보이는 것들이 무황성을 정복하네! 마네 하는데 안 웃기냐?"

"니들…… 뭐냐? 통성명이나 하자. 염불 외워 주려면 그래도 이름은 알아야 해 주지. 나는 흑룡대(黑龍隊) 대주(隊主) 갈파랑이라고 한다."

갈파랑이 살기등등한 모습으로 정체 모를 낭인 무리를 노려보며 말하자, 낭인 무리에서 한 명이 앞으로 나와 웃으며 말했다.

"허접쓰레기들이 그래도 이름은 있어 보이게 지었구나. 우리가 누군지 궁금하다고? 하하하, 잘 듣고 나서 존경심을 싹 틔워라. 우리가 바로 무황성의 절대 정예 무극수호대다! 나는 대주 감찬이다. 이제 좀 존경심이 싹트냐?"

드디어 두 앙숙이라 불리는 무리가 이곳에서 마주친 것이었다.

그 모습을 옆에서 바라보던 태성은 의외의 사태에서 해결책을 발견했다.

어찌 이 사태를 해결할까 고민했는데 때마침 나타난 무극수호대가 알아서 시비를 걸어 주니 너무나도 고마웠다.

그 결과로 지금 흑룡대는 언제 의욕이 떨어졌냐는 듯이 기운 충만한 모습으로 무극수호대를 씹어 먹을 기세로 쳐다보고 있지 않은가.

속으로 환호성을 지르고 있을 때, 무광의 전음이 태성의 귓가를 때렸다.

-애들더러 저기 외진 데 가서 서열 정리하고 오라 그래. 어차피 한 번은 거쳐야 할 통과의례다. 죽지만 않게 우리가 뒤에서 조율하면 되니까.

-정말 그래도 괜찮겠습니까? 혹여나 무극수호대가 많이 다칠 수도 있는데요?

태성이 무의식적으로 흑룡대편에 서서 전음을 보내자 무광이 순간 발끈하며 전음을 보냈다.

-뭐? 너 지금 무극수호대가 다칠 거라고 말한 거냐? 반대로 말해야 하는데 잘못 말한 거 같은데?

무광의 말에 태성이 아차 했지만 그래도 자신의 애들을 믿기에 당당하게 무광에게 말했다.

-사실을 말한 거죠. 우리 애들에게 살살하라고 말해 놓을까요?

-뭐? 이 자식이. 야! 제대로 해. 누가 이기나 제대로 해 보자!

-좋습니다! 어때요? 여기서 진 사람은 대표두 돼서 표사들 이끌고 상행 갔다 오기 한번 할까요?

-뭐? 이 자식이? 그래 하자, 해! 이왕 이렇게 된 거 제대로 한번 붙어 보자!

애들 싸움이 어른 싸움이 된다고 하였던가?

지금 무광과 태성이 딱 그 상황이었다.

자신들 부하들의 싸움이 아이러니하게 무광과 태성의 싸움이 된 것이다.

그리 멀지 않은 곳에 인적이 없는 넓은 분지가 자리하고 있었다.

무광과 태성은 자신의 아이들을 데리고 이곳으로 이동했다.

그곳에서 양쪽이 나뉘어 서로를 바라보며 살기를 뿌리고 있었다.

"다들 준비는 되었지? 여기서 이기면 우리가 최강이라는 것을 증명할 수 있다. 목표가 사라졌다고 했었지? 자! 보아라. 이 앞에 너희가 넘어야 할 목표가 있다! 넘어라! 그리고 증명해라! 너희의 힘을!"

"와아아아아아!"

흑룡대의 사기충천한 함성이 분지를 뒤덮었다.

이곳에 오기 전만 해도 목표가 사라져서 모든 삶의 의욕이 사라졌었던 그들은 자신들의 목표가 눈앞에 나타나자 언제 그랬냐는 듯이 눈빛에 활력이 넘쳐흐르고 있었다.

그 모습을 반대편에서 바라보던 무극수호대는 어이가 없다는 듯이 쳐다보고 있었다.

그에 무광이 그들을 바라보며 외쳤다.

"긴말이 필요하냐? 보여 줘라! 최강이란 게 무엇인지!"

"우아아아아아아아아!"

무극수호대 역시 이에 질세라 크게 함성을 뿌렸다.

그렇게 무림에선 아무도 모르지만 서로 자기들이 최강이라 부르짖는 두 무리가 맞붙었다.

서서히 동이 터 오기 시작하고 떠오르는 태양에 길게 늘어지는 두 그림자가 있었다.

그중 한 그림자가 사라지고 최후로 남은 그림자가 손을 높이 치켜들고 크게 소리를 치며 외쳤다.

"우리가! 이겼다!"

드디어 최후의 승자가 정해진 것이었다.

그 승자는 놀랍게도 흑룡대였다.

태성은 연신 싱글벙글거리며 무광에게 말했다.

"하하하! 사형 어찌합니까? 저희 애들이 최강이었네요? 하하하.”

그에 반해 무광의 표정은 흉신악살 저리 가라 할 정도로 일그러져 있었다.

사실 승부는 한 끗 차이였다.

다만 이기자고 하는 의지가 흑룡대가 더 컸을 뿐이었다.

“자, 이제 이번에 상행이 결정되면 사형이 직접 표두가 되어서 이끌고 다녀오셔야 합니다. 하하하, 물론! 고객님께는 절대로 미소를 지으며 친절 봉사하셔야 하고요.”

굴욕이었다.

진 것은 둘째고 자신이 표두라니…….

그렇다고 승부의 결과를 불복할 마음은 없었다.

그런 면에서는 화통한 무광이었다.

승패는 병가지상사니, 이것이 무극수호대에게 좋은 자극이 될 것이라 믿었기에 크게 신경을 쓰지 않았다.

다만 자신이 그 승부 때문에 표두가 되어 머나먼 길을 떠나야 하는 것이 그를 더 화나게 하는 것이었다.

부들부들 떠는 모습으로 자신들을 바라보는 무광의 시선이 느껴지자, 바닥에 쓰러진 무극수호대 대원들은 한기를 느끼며 슬금슬금 자리에서 일어나기 시작했다.

자신들에게 쏘아지던 한기가 점점 짙어지고 살기가 섞이기 시작하자, 순식간에 일어나서 대열 맞춰 부동자세로 무광을 바라보며 섰다.

"졌네? 졌어. 하하하."

웃으며 나긋나긋하게 말을 하고는 있지만, 무광의 눈은 무극수호대를 씹어 먹을 듯한 눈빛을 뿌리고 있었다.

"이런 실력으로 뭐? 혈천교를 이겨? 재밌네. 오늘부터 정말 재밌고 즐거운 시간이 이어질 거야. 좋지? 하하하. 나도 기대가 되네? 너희가 그 즐거움을 제대로 버틸 수 있을지 말이야."

저 말대로 정말 즐거운 시간이 될 것인지는 앞으로 경험하면 알 일이었지만 결코 즐거운 시간이 될 것 같지 않았다.

그렇게 누군가에게는 환희와 행복을 주고 누군가에겐 끝없는 지옥 속으로 안내하는 밤이 지나가고 있었다.

❧

"이곳이 운가장인가?"

남루한 복장을 한 남자가 운가장 정문에서 운가장을 바라보며 중얼거리고 있었다.

그 모습을 문 앞에 경비무사가 보고는 그 남자를 향해 걸어갔다.

그 남자 앞에서 포권을 하며 물었다.

"안녕하십니까? 저는 이곳 운가장 정문을 지키는 무사입니다. 혹 저희 운가장에 볼일이 있어서 오신 분이신지요?"

경비무사의 말에 운가장을 보며 감탄을 자아내던 남자는 서둘러 같이 포권을 하며 말했다.

"아, 그렇소. 여기에 검황께서 계신다기에 이리 달려왔소이다. 나는 남궁가의 가주 남궁명이라 하오. 검황께서 계시면 연통을 좀 넣어 주실 수 있겠소?"

남루한 행색을 한 자가 설마, 남궁가의 가주일 것이라곤 생각하지 못했는지 매우 놀란 표정을 지으며 경비무사는 서둘러 말했다.

"헉! 이거 실례가 많았습니다. 그 유명하신 창궁신검(蒼穹神劍) 남궁명 가주님을 이렇게 뵙게 되어 너무나도 영광입니다. 제가 빨리 들어가서 여쭈어보고 오겠습니다. 잠시만 여기에서 대기하여 주십시오."

"하하하, 고맙소. 내 여기서 한 발자국도 움직이지 않고 그대를 기다리고 있겠소."

"감사합니다. 그럼 저는 이만."

그렇게 말을 하고 같이 경비를 보던 자에게 상황을 설명하고, 잽싸게 운가장 안으로 들어가 여월에게 이 사실을 보고했다.

"뭐? 창궁신검? 그분이 여기에 오셨다고? 어서 접객당으로 모셔라. 그분은 검황의 처남이시다. 나는 가주님께 이 상황을 보고하고 오겠다."

한편 문 앞에서 소식을 알리러 간 경비무사를 기다리는 남궁명을 유심히 지켜보는 눈이 있었다.

"저거 남궁명 아냐?"

"어? 그러네요? 둘째 사형 찾아온 것 같은데요?"

무광과 태성은 천룡표국에서 돌아오는 길에 어디에서 많이 본 듯한 얼굴이 운가장 앞에 있는걸 보고는 숨어서 지켜보는 중이었던 것이었다.

"그렇겠지? 우리가 있는 것도 알고 있으려나?"

"글쎄요? 알고 있지 않을까요? 형수님이 말씀하시지 않으셨겠습니까?"

"흐음……."

"사형, 뭔가 문제라도 있습니까?"

턱을 괴고 잠시 생각을 하는 무광을 보며 태성은 물었다.

그러자 무광이 태성을 보고 웃으며 말했다.

"네가 볼 때 우리 지금 모습으로 저 앞에 나타나면 과연 저놈이 우리를 알아볼까? 아니면 멋모르고 자신을 존경하는 순진한 강호 후기지수로 볼까? 어때, 어떨 것 같아?"

장난기가 가득 담긴 얼굴로 태성에게 어서 답을 해 보라는 재촉을 하는 무광이었다.

"사형, 지금 설마? 아니죠?"

"뭐가 아니야? 크크."

"정말로 후기지수…… 연기를 하시려고요?"

"크크크크. 재밌지 않니? 나는 이거 종종 써먹을 생각인데? 하자, 하자!"

"하아, 사형…… 정말 제가 알던…… 무황이 맞습니까? 몸이 어려지니 마음도 어려지신 것입니까?"

"야, 인마! 그 얘기가 여기서 왜 나와! 그래서? 하기 싫어?"

무광이 짐짓 삐진 듯한 말투로 몰아붙이자 태성이 고개를 잠시 숙였다가 다시 들어 올렸다.

다시 올라온 태성의 얼굴에는 무광과 같은 장난기가 가득 담긴 얼굴이 펼쳐져 있었다.

"크크크크, 안 하긴요. 해야죠. 딱 봐도 재미날 것 같은데요. 저는 이런 사형이 너무나도 좋습니다!"

"그치? 크크크크. 역시 너라면 내 마음을 알아줄 줄 알았어. 좋아, 준비됐지? 가자!"

"네! 사형! 연기 잘하셔야 합니다."

"염려 붙들어 매라! 내가 또 한 연기 하지."

그렇게 둘은 시시덕거리며 남궁명이 있는 곳을 향해 걸음을 옮겼다.

남궁명이 있는 곳에 가까워져 오자 둘은 연기를 시작했다.

마치 평소에 흠모하던 우상을 만난 듯이 호들갑을 떨며 남궁명에게 다가가기 시작했다.

"아니! 혹시? 창궁신검…… 남궁명 가주님 아니십니까?"

태성이 호들갑을 떨며 말하자 남궁명이 몸을 돌려 태성을 보며 답했다.

"허허허, 그렇다네. 나를 아는 자네들은 누구인가?"

그러한 남궁명을 보며 이번엔 무광이 감격에 겨운 표정을 한껏 지으며 말했다.

"정말이셨군요. 저는 이곳 운가장에서 무사를 하는 무담이라고 합니다. 평소 존경하던 창궁신검님을 뵈니 기쁨을 주체할 수가 없어서 이렇게 무례를 저질렀습니다."

무광은 천연덕스럽게 연기를 하며 남궁명을 향해 포권을 하였다.

그러자 옆에 있던 태성도 이에 질세라 감격한 표정을 지어 보이며 말했다.

"이렇게 만나 뵙게 되어 정말 가문의 영광입니다."

갑작스레 나타난 두 명의 무사가 자신을 한껏 치켜세우며 존경한다고 하자, 기분이 좋아진 남궁명이 포권을 하며 고개를 숙인 그들을 일으켜 세우며 웃으며 말했다.

"허허허, 허명일 뿐인데 이리도 나를 알아봐 주니 정말 고맙네! 내가 지금은 볼일이 있어 자네들에게 시간을 못 내는 것이 정말 안타깝고 미안할 뿐이네."

"하하, 아닙니다. 보아하니 저희 운가장을 찾아오신 것 같은데 저희가 안내를 해 드리겠습니다."

무광이 길을 안내하려고 앞으로 나서자 남궁명은 손사래를 치며 말했다.

"아닐세. 나는 여기 손님으로 온 것이 아니고, 안에 계신 검황 어르신을 뵈러 온 것이니 크게 신경 쓰지 않아도 되네. 그리고 이미 사람이 안에 기별을 넣으러 갔을 뿐더러 나는 여기서 기다리기로 약조를 했으니, 그리 신경 쓰지 않아도 되네. 마음만 받겠네."

제五장

그러자 태성이 가슴을 탕탕 두드리며 말했다.

"괜찮습니다! 이래 봬도 저희가 여기서 능력 좀 되는 사람들입니다. 가주님을 편히 모실 정도는 되니, 그러지 마시고 저희랑 같이 들어가시지요."

"그러시지요. 저희에게 대접을 할 수 있는 기회를 주십시오."

둘이서 지극정성으로 권하니 남궁명도 차마 계속 거절할 수가 없었다.

"그, 그럼 내 신세를 좀 지겠네."

남궁명의 입에서 허락의 말이 떨어지자 무광과 태성은 마치 세상을 다 얻은 듯한 표정을 지으며 감격해했다.

"감사합니다! 저희가 오늘 제대로 모시겠습니다. 거기 이리 와 봐!"

태성은 곧바로 정문에 있는 무사를 불러 얘기를 하고 접객당으로 남궁명을 데리고 이동했다.

정문 무사들은 당연히 무광과 태성을 알고 있었지만 전음으로 알은척하는 놈은 죽인다고 했기에 모른 척하고 넘어갔다.

물론 안으로 사람을 미리 보내 자신들을 알은척하지 말고 전달까지 다 해 놓은 상태였다.

이런 일에서는 누구보다 손발이 척척 맞는 두 사람이었다.

접객당으로 들어간 둘은 주안상을 봐 오게 하였고, 검황을 뵙고 난 뒤에 마시겠다는 사람에게 일생일대의 소원이라며 결국 술을 먹였다.

남궁명은 빨리 이곳에 오기 위해 제대로 먹지도 못하고 도착했기에 허기가 진 상태였고, 또 답답한 마음으로 찾아온 상태기에 눈앞에 있는 술의 유혹에 그만 넘어간 것이었다.

물론 남궁명을 유혹하기 위해 명주를 준비하는 치밀함까지 보였다.

딱 한 잔만 마시자고 마음을 먹고 술을 입에 넣는 순간, 그동안 잡고 있던 인내심이 무너져 내렸다.

세상에 이런 술이 있을까 싶을 정도로 엄청난 술이었기 때문이었다.

딱 한 잔에 눈이 휘둥그렇게 변하며, 술잔을 한 번 보고 무광과 태성을 한 번 보고, 그렇게 번갈아 가며 고개를 돌리는 남궁명이었다.

그랬다.

이 술은 세상에서 판매되고 있는 술이 아니었다.

바로 천룡이 세상에 나와 제조한 술이었다.

항상 산속에 혼자 있을 때 직접 만들어 먹던 술이었는데 그동안은 바빠서 못 만들고 있다가 운가장이 어느 정도 자리를 잡아 가자 술을 제조한 것이었다.

당연히 술에 들어간 재료는 범상치 않은 재료들이 들어갔고, 거기에 천룡의 기운이 골고루 스며들었으니 그 맛은 상상할 수 없는 엄청난 맛이었을 것이다.

특히 무인들은 이 술을 먹자마자 느낄 것이다.

온몸의 기운들을 청량하게 해 주는 기분을 말이다.

그래서 남궁명이 술을 마시고 이렇게 놀란 것이었다.

ㅡ사형, 근데 이 술 마신 거 사부가 알면 우리 죽어요. 우리더러 잘 지키라고 했는데…….

ㅡ괜찮아. 아버지가 지키면서 한두 잔은 마셔도 된댔어. 걱정 안 해도 돼.

ㅡ아! 그러면 안심이고요. 그나저나 저놈 술 한 잔에 눈이 완전 맛이 갔네요?

ㅡ당연하지! 누가 만든 술인데! 나도 저거 처음에 맛보고 얼

마나 놀랐던지……. 이제 다른 술은 도저히 못 마시겠다. 어쩌냐…….

─저도요……. 하아…… 사부는 저런 엄청난 것은 또 왜 만드셔서…….

그렇게 둘이 전음을 열심히 하고 있는데 갑자기 남궁명이 간절한 눈빛으로 그들을 바라보기 시작했다.

─야야, 한 잔…… 더 줘라……. 울겠다.

─네…….

"어떻게 입에 맞는지요?"

태성이 잽싸게 웃으며 남궁명에게 물었다. 그러자 남궁명은 그 질문을 해 주길 기다렸다는 듯이 얘기하기 시작했다.

"그, 그러네! 세상에 이런 명주가 있다니. 내 오늘 그대들 덕에 개안을 하였네. 내가 그동안 먹은 술은 술이 아니었어. 세상에 이런 술이 있다니! 이보게들! 이 술 어디서 구하나? 나도 좀 알려 주지 않겠나?"

숨이 넘어갈 것 같은 속도로 말을 하는 남궁명을 보며 태성이 머리를 긁적이며 말했다.

"아, 죄송합니다. 저희도 가주님 몰래 한 병 가져온 거라……. 나중에 기회가 되면 가주님께 여쭤보고 알려 드리겠습니다."

"그런가. 꼭 그래 주겠나? 내 정말 그대들을 만난 것은 행운이라 생각하네. 나중에 꼭 알려 주게!"

"자 자, 일단 한 잔 더 받으시지요."

그러자 남궁명은 자신이 발휘할 수 있는 최대한의 속도로 잔을 내밀었다.

-와…… 봤냐? 잔 내미는 속도로 칼 휘둘렀으면 천명이도 이기겠는데?

-그러게 말입니다. 근데 저놈이 마시니까 자꾸 저도 먹고 싶네요. 이 술맛을 모르면 모를까…….

-나도 지금 엄청나게 참고 있어……. 재미로 하려다가 고문이 되어 가네. 대충 마무리하고 한잔하러 가자!

-네! 좋죠!

전음이 오가는 와중에도 태성의 손에 들린 술병에서 술은 남궁명의 잔 속으로 흘러 들어가고 있었다.

그 모습을 황홀한 표정으로 바라보는 남궁명이었다.

-혹시…… 이거…… 아버지가 앵속(양귀비)으로…… 만드신 건 아니겠지?

-설……마요.

-어째 다들 우리만 만나면 망가지는 것 같은 기분이 드네.

-우리가 아니고 사형이겠죠?

-뭐, 인마? 싸우자는 거냐?

-사실이 그런 걸 어찌합니까.

-이게 그래도…… 가만, 근데 저놈 상태 왜 저래? 설마 술 두 잔에?

무광의 전음에 남궁명을 보니 상태가 조금 이상해 보였다.

남궁명은 태성의 술병을 지그시 바라만 보고 있었던 것이었다.

마치 더 내놓으라고 시위라도 하는 듯이 대놓고 술병을 노려보고 있었다.

"하하…… 남궁대협…… 한 잔 더 드릴까요?"

남궁명은 무엇을 생각하는지 태성의 물음에도 한참 동안을 답을 하지 않고 술병만 바라보다가 입을 열었다.

"내가…… 그동안 너무나도 힘들고 답답했는데……. 그대들이 준, 이 술 한잔이 위로가 되었네……. 마음 깊숙한 곳에 있던 불안과…… 답답함이 이 술 한잔에 사라졌어. 그래. 알고 보면 정말 별것 아닌데……. 겨우 술 한잔에 사라질 고민이었거늘……."

─어어? 뭐, 뭐야? 이거? 각성(覺城)할 분위긴데?

─그러게요? 사부 술이 아무리 대단해도 갑자기 저렇게 깨달음을 얻는다고요?

둘의 전음이 끝나기가 무섭게 갑자기 남궁명의 몸에서 금빛 휘광이 뿜어 나오기 시작했다.

그리고 몸이 공중으로 떠오르고 머리 위로 기운들이 넘실거리기 시작했다.

기운들은 곧 유형화되며 연꽃 모양으로 변하였다.

천천히, 천천히 정수리 쪽으로 기운들이 스며들기 시작하더니 이윽고 엄청난 속도로 빨려 들어갔다.

엄청난 기운이 사방팔방으로 넘실거리며 퍼져 나갔지만 접객당은 평온하기 그지없었다.

무광이 기막(氣膜)을 펼쳐 보호하고 있었기 때문이었다.

─연꽃이면…… 열두 번째 깨달음인가?

─그쯤 되겠네요. 저 정도면 이제 강호 통틀어서 열 손가락에 들겠는데요?

─그렇지. 우리는 예외니까.

그때 무천명이 놀란 표정으로 접객당 문을 열고 들어왔다.

그 모습에 무광이 다급하게 전음을 날렸다.

─쉿! 너희 처남 지금 각성 중이다.

무천명은 전음을 듣고 놀란 눈으로 사방을 둘러봤다.

자신의 처남이 왜 무광, 태성과 함께 있고 여기서 깨달음을 얻고 있는지 너무나도 궁금했다.

하지만 지금 자신의 처남이 그토록 바라던 경지에 발을 들인 것을 눈치챘기에 조용히 한숨을 쉬고 그 모습을 바라보았다.

─보아하니 며칠 걸릴 듯하니 돌아가면서 경계를 서 주자.

─네. 알겠습니다. 처남이 사고를 쳤으니 오늘은 제가 경계를 서겠습니다.

─아니야. 이왕 내가 기막을 펼쳤으니 오늘은 내가 지키마. 너희들은 순서를 정해서 내일 이 시간에 여기로 다시 와라.

－알겠습니다.

그렇게 시끌벅적한 하루가 또 지나가고 있었다.

며칠이 지나고 남궁명이 눈을 떴다.

눈을 뜨고 나니 자신이 낯선 곳에서 아무런 거리낌 없이 운기에 들어갔다는 사실을 깨달았다.

그리고 자신의 눈앞에 기뻐하는 표정으로 서 있는 세 명의 사내들이 보였다.

두 명은 자신이 너무나도 잘 아는 자들이었다.

"날 위해 호위를 서 준 것인가? 고맙네. 그대들 덕에 내 평생…… 아니지. 우리 남궁가문의 숙원이 해결되었네. 정말 고맙네. 내 이 은혜는 평생 잊지 않고 두고두고 갚겠네."

그러고는 무광과 태성을 향해 깊게 허리를 숙여 읍을 하였다.

보통 연장자가 아랫사람에게는 절대 하지 않는 진심이 담긴 감사의 인사였다.

이는 남궁명이 권위적인 사람이 아니라는 증거이기도 했다.

그 모습을 보며 매우 흐뭇한 표정으로 남궁명을 바라보는 천명이었다.

그때 남궁명이 흐뭇하게 웃고 있는 천명을 가리키며 물었다.

"근데 이자는 누구인가? 이자도 나를 평소에 보고 싶어 했나? 그래서 이 자리에 데려온 것인가?"

그랬다.

무광과 태성이 어려진 만큼 천명도 어려졌기에 전혀 눈치를 채지 못하고 있었던 것이었다.

그 모습에 무광과 태성은 크게 웃으며 천명에게 말했다.

"푸하하하! 그러냐? 너도 평소에 보고 싶어 했냐?"

"크하하하! 둘째 사형도 못 알아보네요!"

"물론 보고 싶어 하긴 했지만……."

당황하며 머리를 긁적이는 천명이었다.

"허허허, 다들 그렇게 좋아해 주니 정말 고맙구먼. 하지만 일단 나는 검황을 먼저 뵈어야 하니 그 후에 내 그대들과 어울려 주겠네. 조금만 기다려 주시게."

저들이 웃고 떠드는 것이 단지 자신을 만난 것이 너무 좋아 그러는 것으로 생각한 남궁명이었다.

그때 누군가 문을 열고 접객당 안으로 들어왔다.

"어? 누님!"

문을 열고 들어온 이는 바로 남궁명의 누나이자 검황 무천명의 부인인 남궁유미였다.

"네가 왔다는 소리를 듣고 부랴부랴 왔다. 그동안 잘 지냈느냐?"

"네, 누님! 여전히 변함없이 아름다우십니다."

"별 소릴 다하는구나."

"한데 누님도 여기에 계셨습니까? 놀랐습니다."

"서방님이 여기 계시는데 당연한 것이 아니냐."

"그렇군요. 하하. 그런데 매형께선 어디 가셨습니까? 만나뵈러 왔는데 뵙기가 힘듭니다. 혹…… 또 떠나신 건?"

"응? 그게 무슨 소리냐?"

그렇게 말하며 탁자에 앉아 재미난 구경거리를 보는 세 얼굴을 둘러봤다.

그리고 그 가운데서 어색하게 웃고 있는 자신의 남편 얼굴에 시선을 고정하며 말했다.

"가가…… 설마…… 이 아이에게 장난을 치시는 겁니까?"

"응? 아니……. 딱히 그러려고 그런 건 아닌데."

"서방님들도 참 짓궂으십니다. 이 아이를 그리도 놀리고 싶으셨습니까?"

자신의 누님이 지금 무슨 소리를 하는 것인지 몰라 어리둥절한 표정으로 남궁유미를 쳐다봤으나, 그것을 가볍게 외면한 남궁유미는 한숨을 쉬고는 말했다.

"다들 반로환동(返路換童)을 너무도 지나치게 하셨습니다. 몸이 어려졌다고 하는 행동까지 어려지시면 어찌합니까."

반로환동이라는 단어가 거기서 왜 나온단 말인가?

지금 자신의 누님이 무슨 소리를 하는지 감이 오지 않는 상태에서 곰곰이 생각하기 시작한 남궁명이었다.

'반로……환동? 가가? 아니, 누님은 왜 저 사람들을 보며 그런 소리를 하는 것인지……. 현 강호에서 반로환동이라는 전설의 경지에 오를 수 있는 사람은 단 세 사람뿐인데?'

그렇게 생각을 하고 보니 앞에 앉은 사람도 세 명이었다.

'그러고 보니…… 가운데 앉은 사람은 매형을 닮은 거 같기도…… 그 옆에 앉은 사람은…… 머리카락이 빨간색이네? 그러네…… 사황 머리카락 색이랑 같구나. 하하하.'

점점 자신이 생각하는 것이 사실인 것으로 다가오자 얼굴색이 하얗게 변하기 시작하는 남궁명이었다.

방금 운기조식을 마치고 눈을 떴는데, 주화입마에 빠질 것 같은 기분이 올라오고 있었다.

무섭지만 그래도 진실을 알기 위해 용기를 내는 남궁명이었다.

"저…… 누님, 말씀 중에 죄송하지만…… 가가라는 뜻이…… 매형을 말씀하시는 거겠죠? 저기 가운데 분이…… 제 매형이라는 뜻과도 같겠고요?"

"아휴! 얘가 정신이 나가려고 하네. 미안하다. 매형이 철이 없어서 장난을 좀 친 것 같구나. 정신 차리렴."

자신의 누님 입에서 진실이 나왔다.

매형이란다.

근데 옆에 사황을 닮은 듯한 인물은 누구인가?

사황의 아들인가?

절대 사황일 리는 없다고 확신하는 남궁명이었다.

검황과 사황은 앙숙인 관계였기 때문이었다. 그런데 둘이 같이 있다? 그건 정말 말이 되지 않았다.

심지어 친해 보이기까지 했다.

거기에 둘이 동조를 해서 자신에게 장난한다? 그건 더 말이 되지 않았다.

검황이 자신을 상대로 장난을 치는 것도 놀라 자빠질 사건이었는데 더는 생각도 하기 싫다는 듯이 머리를 흔들며 말했다.

"매형! 반로환동을 하신 것을 경하드립니다!"

그러면서 자리에서 일어나 포권을 하였다.

그리고 그 옆에 두 사람을 바라보며 얘기했다.

"실례가 되지 않는다면 매형 옆에 계신 두 분 소개를 좀 부탁드려도 될까요? 제가 큰 은혜를 입어서 말입니다."

그러자 천명이 미소를 지으며 말했다.

"너도 어렴풋이 짐작하고 있지 않더냐?"

어렴풋이 짐작은 했지만 그건 현실이 될 수 없는 상상일 뿐이었다.

"하하……하, 제 짐작은 정말 말도 안 되는 상상이라서…….."

"네 짐작은 뭔데?"

"그……게 오른쪽에 계신…… 분은 무황……이시고 왼쪽에 계신 분은 설마, 정말? 사……황?"

"제대로 알고 있구나? 그런데 무슨 상상이라고 하느냐?"

또다시 말도 안 되는 진실이 검황의 입에서 튀어나왔다.

순간 자신이 각성 중에 주화입마에 빠져서 말도 안 되는 환상을 보는 중이거나 아님, 운기가 잘못되어서 이미 육신이 죽었는데 깨닫지 못하는 것이 아닌가 하는 생각이 들었다.

자기도 모르게 자신의 허벅지를 힘껏 꼬집어 봤더니 아프다.

현실이라는 얘기다.

자꾸 정신이 혼미해지려고 한다.

이대로 기절해서 잠들었으면 하는 생각도 들었지만, 하필 깨달음을 얻는 바람에 경지가 올라서 그것마저도 쉽지 않게 되었다.

난생처음으로 경지가 오른 것을 후회하는 남궁명이었다.

그래도 정신을 바짝 차리고 다시 물어보았다.

"한데…… 어찌 다들 같이 계시는지?"

이유가 있을 것이다.

분명 엄청난 이유가 있을 것이다.

무림에 자신도 모르는 엄청난 위기가 닥쳤다거나, 아니면 황실에서 무림을 말살하기 위해 무언가를 한다거나…….

그런 경우가 아닌 이상에 이 절대자들이 이곳에 모여 있을 이유가 없었다.

"왜 같이 모여 있느냐고? 오른쪽에 계신 분이 내 사형이시다.”

쿠르르르릉!

머릿속에서 뇌성이 울려 퍼질 정도로 놀랄 말이 튀어나왔다.

“왼쪽은 내 사제고.”

콰콰콰콰콰쾅쾅!

머릿속에서 무언가 폭발하는 소리가 들리는 듯했다.

남궁명은 너무나도 놀란 나머지 입에서 침이 줄줄 나오는 줄도 모른 채 멍한 얼굴로 세 사람을 쳐다만 볼 뿐이었다.

그런 남궁명을 보고는 남궁유미가 잽싸게 달려가 입에 묻은 침을 닦아 주며 달랬다.

“에구, 애가 얼마나 놀랐으면……. 정신 차리렴. 나도 맨 처음에 너처럼 엄청나게 놀랐었단다. 이게 처음이 어렵지 지나고 보면 적응이 된단다. 굳건하게 마음을 먹고 정신을 차리거라.”

남궁유미의 손길에 나갔던 정신이 어느 정도 돌아왔는지 남궁명이 벌떡 일어나 물었다.

“저, 정말입니까? 세 분이 사형제 간이시라고요? 그런데 어찌…… 그동안은 어찌?”

남궁명의 질문이 무엇인지 대충 알겠다는 표시로 고개를 끄덕이던 무광이 나서서 답을 했다.

“하하, 놀라게 해서 미안하네. 사실 우리도 사형제지간인지 모르고 살았어. 나중에 알게 된 사실이라……. 사실 그때 우리도 자네처럼 엄청나게 놀랐었네."

"맞아. 특히 나랑 대사형은 처음에 주먹다짐까지 했지. 크크크."

태성의 입에서 엄청난 말이 튀어나왔다.

세상에 무황과 사황이 주먹다짐을 했었다니…….

정사대전(正邪大戰)이 일어날 뻔했었던 것이었다.

그런 걸 아무렇지도 않은 듯 웃으며 얘기하고 있었다.

듣는 남궁명은 온몸을 부르르 떨며, 방금 들은 말을 떨쳐내고 있었다.

"허허, 사형과 사제가 한판 했었습니까? 전 오늘 처음 듣는 이야기군요. 그 자리에 저도 있었으면 정말 좋았을 것을…… 늦게 만난 것이 너무 아쉽군요."

'아닙니다. 매형. 매형이 그 자리에 있었으면 사황이 너무 불쌍했을 겁니다.'

자기도 모르게 그러한 생각을 하는 남궁명이었다.

그렇게 정신을 못 차리고 있을 때 무천명이 남궁명에게 물었다.

"그런데 나를 찾아왔다면서? 무슨 일이라도 있는 건가? 행색을 보아하니 쉬지도 않고 온 듯한데…….."

천명의 말에 그제야 자신이 이곳에 온 목적이 생각난 남궁명은 정신을 차리고 말했다.

"헉! 맞다! 제가 너무나도 충격적인 일을 겪어서 잠시 잊고 있었습니다. 매형! 큰일입니다! 저 좀 도와주십시오!"

"무슨 일인가? 가문에 큰 위험이라도 닥친 것인가?"

"네, 매형! 이러다가 힘겹게 다시 일으켜 세운 가문이 다시 무너지게 생겼습니다."

울상인 얼굴을 보이며 천명에게 바짝 다가서며 하소연을 하기 시작하는 남궁명이었다.

"매형! 무림맹이 창설된 것을 알고 계시지요?"

"알고 있다. 중원 천지에 그걸 모르는 사람도 있을까?"

"그 무림맹에서 가입을 하라고 통보를 해 왔는데……. 저는 아시다시피 매형과 한 식구지 않습니까? 어찌 제가 매형을 버리고 삼황을 적대하겠다고 대놓고 선포한 무림맹에 가입을 하겠습니까?"

남궁명은 잠시 숨을 고르고 차로 입을 축인 뒤 계속 말을 이어 갔다.

"사실 그들도 알고 있습니다. 제가 가입을 못 하리라는 것을요. 나머지 가문들이 두려운 것이지요. 남궁가가 다시 오대세가의 으뜸이 되는 것을요. 그래서 무림맹을 등에 업고 저희에게 압박을 가하고 있습니다."

흥미진진한 얼굴로 남궁명의 말을 경청하는 사람들이었다.

"그런데 그 압박이 정말…… 하아."

"어찌했길래?"

"저희와 거래하는 표국은 무림맹과 적대하는 것으로 알고 적으로 간주하겠다고 선포했다고 합니다."

그 말에 무광이 고개를 갸우뚱하며 물었다.

"아니, 보통 명문세가쯤 되면 자신들이 운영하는 상단과 표국이 있지 않나?"

그 말에 대답은 남궁명이 아닌 천명이 답했다.

"그렇죠. 하지만 남궁가는 아닙니다. 예전에 혈천교와 전쟁으로 멸문할 뻔했던 것을 겨우겨우 살아남아 이 정도까지 온 것이죠. 그렇기에 세가로서 가져야 할 많은 것들이 아직 없는 상태입니다."

천명의 말을 바로 이어 가며 남궁명이 말했다.

"맞습니다. 솔직히 무황 어르신이 아니었으면…… 저희는 아마 세상에서 기록 속에만 남아 있는 가문이 되었을 겁니다. 다시 한번 세가를 대표하여 감사드립니다."

"아, 아니, 뭐. 그래. 고맙네."

갑자기 자신을 향해 감사의 인사를 하는 남궁명을 보고 화들짝 놀라며 쑥스러운지 시선을 다른 곳으로 옮기며 답하는 무광이었다.

"오랫동안 정말 노력했습니다. 세가를 원상태로 돌리기 위해서 말이죠. 그래서 겨우겨우 상단까지는 만들었지만…… 표국은 만드는 것보다 기존에 거래하던 곳을 계속 이용하는 것이 더 저렴하였기에 딱히 신경을 쓰지 않고 있어서…….”

갑자기 우울한 모습으로 고개를 숙이는 남궁명이었다.

그런 남궁명의 어깨를 두드리며 나온 무광의 말은 남궁명의 고개를 확 들게 했다.

“거참, 그동안 맘고생 많이 했겠구먼……. 하지만 남궁가는 하늘이 돕는가 보군. 마침 우리가 표국을 하나 크게 키우려고 준비 중이거든. 잘됐네. 그 표국을 이용하면 되겠다. 일호 손님인가? 하하하.”

“네? 표국을 키우신다고요?”

“그래. 우리 셋이 모여서 한 표국을 크게 키우고 있지. 하하하, 아마도 중원 최강의 표국일 것이야. 그러니 누구보다 안심하고 맡길 수 있지 않은가? 우리 셋이 보증하는 표국이니.”

그 말을 하며 천명과 태성을 바라보았고 무광과 눈이 마주친 그들은 고개를 끄덕이며 무광의 말에 동의의 뜻을 전했다.

그 모습에 남궁명은 정말 하늘이 도왔다고 생각했다.

이곳에 와서 가문의 숙원이었던 창궁검법을 대성한 것도 모자라, 가문의 위기를 극복할 표국까지 있다는 것에 너무나도 감사한 마음이 들어 자신도 모르게 보이지 않는 하늘을 바라보며 감사해했다.

그리고 모든 것을 뒤로하고 무작정 이곳으로 오길 정말 잘했다는 생각이 들었다.

“내일 표국주님하고 약속을 잡고 어찌할 것인지 의논을 해 보자고."

"정말 감사합니다. 이 은혜는 꼭 갚도록 하겠습니다."

"하하하, 무슨 소린가? 은혜라니? 우리는 고객을 맞이한 첫뿐인데?"

무광이 감사 인사를 하는 남궁명의 등을 팡팡 두드리며 웃었다.

"그리고 우리 세 명이 남궁가에 어려움이 닥치면 도와줄 테니, 그것 또한 걱정하지 말고. 너희도 동의하지?"

무광이 말을 하고 천명과 태성에게 자기 뜻이 어떤지를 물었고, 천명과 태성은 고개를 끄덕이며 답했다.

그들의 모습에 남궁명은 천군만마를 얻은 듯한 기분이었다. 삼황이 남궁세가를 돕겠다고 천명을 한 것이다.

이제 두려운 것이 없었다. 남궁세가의 어두운 기운이 저 멀리 날아가는 것 같았다.

"감사합니다. 정말 감사합니다. 이 은혜를 어찌 갚아야 할 지……."

연신 고개를 숙이며 감사의 인사를 하는 남궁명이었다.

"서로가 어려울 때 도와야지. 안 그런가?"

"맞습니다. 대사형. 하하."

"자 자. 이러지 말고 소화도 시킬 겸 우리 술이나 한잔하세."

"좋습니다. 하하하."

이렇게 천룡표국의 거래처에 남궁세가라는 걸출한 세가가 추가되는 순간이었다.

시간이 흘러 어느덧 천룡표국이 안정을 되찾고 표행을 떠날 준비를 열심히 하고 있었다.

무광은 태성과 내기에 졌기에 그 표행의 표두가 되어 출발 준비를 하고 있었다.

표두에 대해 아는 바가 없으니 공부를 하고 이것저것 준비를 하는 것이었다.

열심히 준비하는 무광의 곁으로 태성이 와서 감시하며 놀려 댔다.

"거, 대사형! 준비는 잘하고 계십니까? 며칠 후면 먼 길 떠나셔야 하는데 말입니다? 크크크."

으드득!

"즉……당히…… 해라……."

이가 으스러지는 소리와 함께 무광의 입에서 경고의 말이 새어 나왔다.

하지만 태성은 그러한 경고가 들리지 않는지 계속 웃으며 놀려 댔다.

"하하하하. 그 옷을 입으니 정말 오랫동안 표두를 한 것처럼 위화감이 없습니다. 얼굴이 어려 보이는 것이 좀 흠이네요. 크하하하하."

그렇게 둘이 티격태격하고 있을 때 천룡이 그곳에 나타났다.

"녀석들 뭐가 그렇게 재미나길래 웃고 떠는 것이냐?"

"앗! 사부! 오셨어요? 크크크. 보세요. 우리 대사형께서 표두가 되어 표행을 떠나십니다. 이 멋진 모습을 보기 위해 왔지요."

태성의 말에 얼굴이 폭발하기 일보 직전으로 변해 붉으락푸르락 한 무광이 아무 말도 못 하고 분만 삭이고 있었다.

그러나 천룡의 입에서 나온 말을 둘의 기분을 순식간에 뒤바뀌게 해 버렸다.

"오호? 우리 무광이가 표행을? 마침 잘되었다. 나도 세상 구경도 할 겸 같이 따라가야겠다. 일단 유 소저에게 허락을 받아야겠지?"

"헉! 정말요? 하하하! 당연하지요. 아버지, 제가 아주 성심을 다해 모시겠습니다! 걱정하지 마시고 소자만 믿고 따라오시면 됩니다!"

언제 화가 났느냐는 표정으로 아주 환하게 웃으며 기쁨을 주체하지 못하는 무광을 보며 태성은 천룡에게 따져 물었다.

"아니, 사부! 갑자기 그런 큰일을 상의도 없이 결정하시면 어찌합니까? 그런 일은 저희랑 먼저 상의를 하시고 정하셔야죠!"

"뭐? 내가 애냐? 이런 걸 너희들에게 일일이 상의하게?"

"맞아! 아버지가 애도 아니고 가고 싶으면 가시는 거지 어디 아버지한테 대들어!"

천룡에 말에 의기투합하며 맞장구를 치는 무광이었다.

그리고 아까의 복수를 위해 웃으며 말했다.

"하하하, 사제 집 잘 보고 있어! 나는 아버지 모시고 표행 잘 다녀올 테니까. 하하하."

천룡과 떨어져 표행을 가야 한다는 생각에 화도 나고 우울했었는데, 천룡이 따라간다니 그런 기분은 이미 사라지고 세상이 너무나도 아름다워 보이는 무광이었다.

그에 반해 태성은 똥 씹은 표정으로 무광을 노려볼 뿐 딱히 다른 말을 하지 못했다.

"다들 여기 모여서 뭐 하세요? 운 가가도 오셨어요?"

유가연은 그동안 일이 잘 풀려서 그런지 전보다 더 화사하고 아름다워진 모습으로 그들 앞에 모습을 드러냈다.

그런 유가연을 보며 천룡은 매우 행복한 표정을 지었고, 그런 천룡을 보며 무광과 태성 역시 행복한 표정을 지었다.

"여기 무광이 표두가 되어 표행을 나선다길래 나도 같이 따라가려고 얘기하던 중이었습니다. 안 그래도 유 소저에게 허락을 받아야 하기에 찾아뵈려는 참이었는데 마침 잘 오셨습니다."

"정말요? 표행에 따라나서신다고요?"

"네."

"괜찮으시겠어요? 먼 길 가야 해서 많이 힘드실 텐데."

"하하, 유 소저도 가는 길을 제가 못 가겠습니까? 걱정하지 마십시오."

그러면서 자신의 가슴을 탕탕 치는 천룡이었다.

그 모습에 유가연이 입을 가리고 웃었다.

"풋, 그래요. 그럼 같이 가요. 저야 가가랑 같이 가면 좋죠."

"그런데 이번은 험한 표행이라면서…… 어찌하여 가시는 겁니까?"

"아시잖아요. 저 아직 경험이 짧은 거…… 조금이라도 빨리 경험을 쌓아서 표국 사람들에게 인정받는 국주가 될 거예요."

작은 손으로 주먹을 불끈 쥐고 당당하게 외치는 그녀였다.

그 모습을 보며 미소 짓는 천룡이었다.

"힘들긴 하겠지만 그래도 무광 공자님하고 태성 공자님이 지원해 주신 무사님들 덕에 표행을 안전하게 갈 수 있어서 안심하고 가기로 결정한 거죠."

"네? 무광…… 공자님요?"

표국 사람들은 다들 유가연이 무광과 태성을 지칭하는 단어에 놀랐다.

"아니……. 무광 공자님이 꼭 그렇게 호칭하셔야 한다고 하셔서…….”

유가연이 빨개진 얼굴로 고개를 푹 숙이며 변명하자 무광이 나서서 정리했다.

“뭐? 왜? 내가 우리 국주님께 그렇게 불러 달라 부탁했는데? 불만 있어? 불만 있는 놈은 나와!”

이에 질세라 태성도 나서서 으르렁거렸다.

“나에게도 태성 공자님이라고 부르는데 그것도 불만이겠네? 그놈들도 같이 나와! 왜, 뭐? 문제 있어?”

너무 젊어진 모습과 경박해진 행동 때문에 가끔 표국의 사람들이 간과했던 사실이 있었다.

저 둘은 무림 삼황 중 두 명이었다.

여기 있는…… 아니, 표국의 모든 무사가 덤벼도 옷깃 하나 스치지 못하는 절대 강자들.

심지어 경지까지 올라가서 더 강해진 두 사람이다.

그러한 사람들이 으르렁거리면서 자신들을 노려보고 있었다.

심장이 떨리고 오한에 몸이 추워지기 시작하는 표국 사람들이었다.

“대답 안 해? 이따가 뒤에 연무장에서 볼래?”

이미 새빨갛게 변한 태성의 눈동자를 보며 다들 자신들도 모르게 부동자세로 목청껏 외치며 답했다.

“아닙니다! 아무런 문제가 없습니다!”

껄렁껄렁하게 표국 사람들을 협박하는 모습에 천룡은 고개를 절레절레 흔들며 유가연에게 다가가 사과했다.

"유 소저, 내가 미안합니다. 하아, 저놈들이 어려지더니 정신도 같이 어려졌나 봅니다."

"풋, 아니에요. 저는 저 모습이 더 보기 좋은걸요? 운 가가도 이제 저렇게 편히 사세요."

"네? 그게 무슨?"

"솔직히 운 가가도 저분들하고 비교하면 별 차이 나지 않아 보여요. 그런데 하는 행동은 좀 늙은이 같다고 해야 할까? 가끔은 주변 눈치를 좀 많이 보시는 것 같아서요. 그냥 좀 편하게 세상을 즐기셨으면 좋겠어요."

"제가…… 그랬습니까?"

"네! 보면 제자분들은 운 가가와 조금이라도 더 가까이 지내고 싶어서 저렇게 거리낌 없고 순수하게 행동하시는데 가끔 보면 운 가가는 경계를 정하고 딱 끊는 기분이에요."

유가연의 말은 천룡에겐 정말 충격이었다.

자신은 지금까지 제자들에게 허물없이 행동하고 있었다고 생각했는데 그게 아니었다니…….

"오랫동안 만나지 못했다는 걸 알아요. 그래서 아직은 그 시간의 벽이 메워지지 않았다는 것도요. 거기에 운 가가의 기억 속에 있던 어린아이들이 변한 모습에 거리감이 생겼을 수도 있고요."

천룡은 유가연의 말을 조용히 듣고 있었다.

그러한 천룡의 손을 살포시 감싸며 유가연은 계속 말했다.

"운 가가도 이제 저분들에게 본연의 모습으로 다가가세요. 그게 저분들에게도, 운 가가에게도 다시없을 소중한 선물이 될 거예요."

유가연에 말에 천룡은 깊은 생각에 빠졌다.

그러한 천룡을 살짝 미소 지으며 바라보는 유가연이었다.

무광과 태성은 둘이 다정하게 손을 잡은 모습을 보며 조용히 자리를 피했다.

'내가…… 저 아이들에게 벽을 만들고…… 거리를 두었다고?'

생각해 보니 예전에는 엄하게 가르칠 때는 가르치고 친구처럼 놀 때는 같은 또래처럼 재밌게 놀았었다.

그랬는데 지금은 툭하면 잔소리에 아이들이 하는 행동마다 말리기만 하고 혼내기만 할 뿐이었다.

'하아…… 변한 것은 나였구나. 저 아이들은 변함없이 나를 바라봐 주는데.'

한숨을 쉬며 바라본 하늘은 언제나 변함없이 푸르렀다.

그 풍경을 한참을 바라보다 고개를 끄덕였다.

그러고는 자신의 손을 살포시 잡고 있는 유가연의 손을 꼭 잡으며 감사 인사를 했다.

"유 소저! 고맙소! 덕분에 큰 깨달음을 얻었소. 앞으로는 주변 눈치 보지 않고 아이들을 대할 것이오."

아까보다 초롱초롱해진 눈빛으로 유가연을 바라보았다.

그런 눈빛을 보며 유가연은 무언가 무거운 짐을 벗어 던진 듯한 천룡의 모습에 흐뭇한 미소를 지었다.

천룡은 행복한 표정을 지으며 말했다.

"예전부터 꿈꿔 왔던 소원이 이렇게 현실이 되었는데 바보같이 이상한 것에 얽매여 있었다니."

천룡이 고개를 저으며 중얼거리고 있을 때 유가연이 얼굴을 들이밀며 말했다.

"그리고! 저에게도 편하게 말하세요. 아셨죠?"

갑작스러운 유가연의 말에 천룡은 당황했다.

"네? 그, 그래도 아직……."

"제가 많이 불편하세요? 저는 운 가가께서 편하게 저를 대해 주셨으면 좋겠어요."

"부, 불편하다니요! 저, 절대 아니오."

"그럼 불러 보세요. 가연이라고."

"지, 지금?"

"네!"

"가, 가……."

차마 입에서 떨어지지 않았다.

쑥스러움에 얼굴이 빨갛게 변한 천룡이었다.

그런 천룡에게 유가연이 슬픈 얼굴로 말했다.

"아, 운 가가는…… 저와 거리를 두고 싶어 하시는구나……."

그리고 금방이라도 울 것 같은 얼굴로 뒤돌아섰다.

그 모습에 크게 당황한 천룡이 다급하게 소리쳤다.

"가, 가연아! 아, 아니, 그게 아니고."

"더 해 보세요."

"응?"

"……."

"가, 가연아. 가연아."

다급하게 유가연의 이름을 부르는 천룡이었다.

그제야 뒤를 돌아보며 환한 미소로 바라보는 유가연이었다.

"거봐요. 그렇게 부르니까 훨씬 정감 가고 좋잖아요. 앞으로는 꼭 그렇게 불러요!"

"으, 응, 알았……어."

아직은 어색하고 당황스러워하는 천룡을 보며 웃는 유가연이었다.

"자, 이제 어서 가서 제자분들이랑 출발 준비 잘하시고요."

"으, 응."

"저한테 편하게 말하는 것도 연습하고 오시고요!"

"응……."

"제가 매일 확인할 거예요."

"아, 알았어."

유가연과 헤어진 천룡은 곧바로 운가장으로 돌아가 제자들과 모임을 했다.

"아버지! 무슨 일이 생겼습니까?"

"아니야. 내가 그동안 너희들에게 정말 못된 짓을 한 것 같다. 미안하다."

"네? 그……게 무슨?"

"나도 모르는 사이에 나에게 다가오려는 너희들에게 경계를 세우고 막은 것 같다. 세상 물 좀 먹었다고…… 이렇게 이쁜 내 아이들을……."

천룡의 표정은 금방이라도 울 것 같은 표정이었다.

"내가 아비가 돼서…… 사부가 돼서…… 무의식중에 너희에게 거리를 주었다. 미안하다."

그 모습에 제자들은 펄쩍 뛰면서 필사적으로 말했다.

"무, 무슨 소리십니까? 그, 그런 말씀이 어디 있습니까? 저희는 괜찮습니다."

"맞습니다! 사부님. 그런 소리 마십시오."

"사부! 솔직히 좀 그런 게 없지 않아 있었……."

찌릿!

태성의 말이 다 끝나기도 전에 무광과 천명이 내지르는 엄청난 살기가 태성을 뒤덮었다.

"……지 않았죠. 저희가 잘 보필을 못 한 겁니다. 사부 잘못이 아니에요."

순식간에 태세 전환을 하며 자신의 잘못이라고 말하는 태성이었다.

그런 모습을 보며 천룡은 크게 웃었다.

"우리 앞으로 정말 즐겁게 잘 살아 보자."

"네! 좋습니다! 그 말씀은 정말 좋은 말씀이십니다."

방금 천룡이 한 말은 세 제자가 그토록 듣고 싶어 했던 말이었다.

네 사람은 서로를 바라보며 오랫동안 웃었다.

"이번에 천룡표국에서 표행을 가는 것 다들 알고 있지?"

"네! 알고 있죠."

"우리 다 같이 가자! 가연이에겐 이미 허락을 받고 왔으니 따로 말하지 않아도 된다."

"하하, 정말 사부 갑자기 추진력이 엄청나지셨네요. 그런데…… 가연이요?"

"어? 그거 유 국주님을 지칭하시는 말?"

"우와! 아버지, 정말로 변하셨네요?"

자신도 모르게 튀어나온 말이었다.

그것에 바로 반응하는 제자들이었다.

"그, 그게 가연이가 그리 부르라고 해서……."

"흐흐흐, 사부 좋으시겠습니다."

얼굴이 빨개진 천룡을 평소처럼 놀리는 태성이었다.

"왜? 부럽냐?"

그런데 반응이 전하고는 달랐다.

전 같으면 꿀밤이 날아왔을 텐데 오히려 반격하니 당황하는 태성이었다.

"네?"

"넌 내가 여랑이한테 말해 주마. 태성이가 부러워하더라고."

"헉! 사, 사부. 그, 그게 무슨 말씀이세요? 제, 제가 언제 부러워했다고…… 사부?"

태성은 울상이 되어 천룡을 따라다니며 용서를 빌었다.

그런 모습에 무광과 천명이 행복한 미소를 지으며 바라보았다.

며칠 후, 천룡표국은 모든 준비를 마치고 표행을 출발하였다.

먼 길이었지만 다들 상기된 표정으로 즐겁게 표행을 하고 있었다.

그도 그럴 것이 표사가 된 무극수호대와 흑룡대는 이렇게 여유롭게 세상 구경을 하며 어디를 가 본 적이 없기에 더욱 신이 났던 것이었다.

항상 수련하거나, 남들 눈에 띄면 안 되기에 숨어 지내서 그런지 더욱더 이번 표행이 남다를 것이다.

마차 안의 천룡과 제자들 역시 기분 좋게 표행을 즐기고 있었다.

"가연아! 안색이 별로 안 좋은데 왜 그래? 어디 아프니?"

천룡이 유가연을 아주 자연스럽게 부르며 안색이 안 좋은 그녀를 살피고 있었다.

이제는 자연스럽게 이름을 부르는 천룡이었다.

처음엔 어색했지만, 유가연이 매일 찾아와 이름을 부르게 했다.

그 덕분에 더는 어색해하지 않고 유가연을 이리 부르는 것이다.

"아니요. 아픈 것보다 좀 긴장이 돼서요. 이렇게 큰 표행은 처음이라……. 무슨 일이 생기면 어쩌나 걱정도 되고요."

유가연이 배시시 웃으며 천룡을 바라봤다.

그 모습에 천룡이 유가연을 다정하게 바라보며 말했다.

"걱정하지 마. 너에겐 그 어떤 나쁜 일도 일어나지 않을 거야. 다짐을 깨는 한이 있더라도 널 지켜 줄 테니."

"다짐요? 무슨 다짐요?"

유가연이 질문을 하자 한 마차에 같이 있던 제자들 역시 귀를 쫑긋 세우고 대답을 기다렸다.

"아…… 세상에 나올 때 다짐을 한 게 있어. 나의 힘은 절대로 사용하지 않기로……. 하지만 너와 내 아이들이 위험에

천하무적
유가장

처한다면…… 그땐 세상이 무너지든 말든 나는 내 힘을 개방하고 사용할 것이야."

그 말에 유가연은 행복한 표정을 지으며 고개를 끄덕였지만, 제자들의 표정은 그게 아니었다.

다들 경악한 표정으로 천룡을 쳐다보며 말했다.

"그, 그럼, 저희랑 대련하시면서 사용한 건 뭡니까?"

"에이, 그건 그냥 일상생활에서 충분히 쓰는 힘 정도지."

도대체 어떤 일상생활을 해야 삼황을 가지고 놀 정도의 힘을 쓴단 말인가?

사부가 말하는 그 일상생활에서 쓰는 힘이면 지금 당장 무림 일통도 가능해 보였다.

딱히 힘을 개방하지 않아도 유가연과 자신들을 보호해 주기엔 충분하다는 생각을 동시에 하고 있었다.

그리고…… 사부가 힘을 개방했을 때가 너무도 궁금했다.

아니, 그 힘을 개방하게 할 존재가 세상에 존재할까?

다들 그럴 일은 절대 없을 것이라며 고개를 저었고 사부에게 절대 대들지 말자는 생각을 동시에 하였다.

한편, 천룡표국의 일행을 멀리서 지켜보면서 쫓는 복면 무리가 있었다.

그중의 우두머리로 보이는 자가, 자신의 뒤에 앉아 있는 무사에게 물었다.

"뭐야? 다 망해 가는 표국이라고 하지 않았나? 표사들이 엄청 많은데."

"네! 듣기로는 그렇게 들었습니다."

"정보와 매우 다르다. 정보에는 표사들도 없어서 표행을 간신히 떠날 정도라 했잖아."

"그렇긴 하지만 저기 호위하고 있는 표사들을 보십시오. 인원만 많지 개판입니다. 건들거리면서 주위를 경계하지도 않고 대충 걸어가고 있지 않습니까? 표사의 기본도 안 되어 있는 놈들입니다. 아마 큰 표행이니 낭인들로 구색만 대충 갖춰 놓은 것 같습니다."

"흐음, 듣고 보니 그렇군. 남궁가도 급하긴 급했나 보군. 저런 형편없는 표국에 일을 맡기다니……."

"받아 주는 표국이 저곳밖에 없었겠지요. 저희야 남궁가의 의뢰를 맡은 표국을 혼내 주라는 명만 이행하면 되지 않겠습니까?"

"그래도 생각보다 인원이 많다. 정보가 잘못되었어. 찜찜한데."

우두머리가 신중한 태도를 보이며 생각에 잠기자 옆에 무사가 웃으며 말했다.

"하하, 조장님. 너무 과민 반응이십니다. 저희 조원들을 못 믿으시는 겁니까? 저런 어중이떠중이는 수백 명이 모여도 우리 상대가 안 됩니다. 적당히 따라가다가 후딱 해치우고 철수하시죠."

"맞습니다. 저딴 삼류 낭인들로 채운 표사 때문에 너무 과민 반응하십니다."

무질서하게 걸어가는 표사들을 보며 낭인들을 고용해서 표사로 위장시킨 것을 확신하는 그들이었다.

거기에 느껴지는 기세 역시 형편없었다.

"알았다. 괜히 눈먼 칼에 다치지 말고 다들 조심해야 한다."

"알겠습니다!"

"좋아! 그럼 예정대로 일을 시작하지. 일 조가 저들을 막고 이 조와 삼 조는 뒤를 친다."

"네!"

하지만 이들은 모르고 있었다.

저 무리가 얼마나 위험한 무리인지를…….

당연하게도 복면인들의 그러한 움직임들은 이미 천룡과 제자들의 기감에 전부 포착되고 있었다.

─사부. 날파리들이 달라붙었는데요?

태성이 천룡에게 전음을 보냈다.

─그렇군. 밖에서 알아서 잘 처리하겠지?

─그럼요! 저런 잔챙이들은 우리 애들 몇 명이면 충분합니다. 알아서 잘 정리하고 처리할 겁니다.

─그래도 가연이가 놀라지 않게 조용히 처리하라고 해.

─알겠습니다. 조용히 처리하라고 지시하겠습니다.

그리고 바로밖에 있는 자신의 부하들에게 전음을 날렸다.

-잔챙이들이 쫓아오는 거 알고 있지? 적당히 달래고 일꾼으로 만들어. 국주님 놀라시지 않게 조용히 처리하고…….

표사들은 태성의 지시에 조용히 고개를 끄덕이고는 그 무리가 있는 장소로 각각 흩어졌다.

많은 인원도 아니고 소수의 인원이 사라졌기에 복면 무리는 눈치를 채지 못한 채 따라오고 있었다.

그렇게 복면인들이 따라오다가 자신들의 임무를 시작하려할 때 뒤에서 누군가가 말을 걸었다.

"어디를 그렇게 급하게 가시려고 하나?"

"헉!"

갑작스러운 소리에 다들 화들짝 놀라며 뒤를 돌아봤다.

그곳에는 조금 전까지 자신들이 지켜보던 천룡표국의 옷을 입은 표사들이 서 있었다.

하나같이 어찌나 인상이 더러운지 복면인들은 자신들도 모르게 침을 꿀꺽 삼켰다.

하지만 이내 정신을 차리고 일제히 검을 뽑아 들었다.

차차차차창!

"오호라, 칼 뽑는 걸 보니 그래도 아주 쭉정이들은 아닌데? 생각보다 재미있겠어."

복면인들이 칼을 뽑는 모습을 보며 눈빛을 반짝이는 표사들을 보며, 무언가 일이 잘못되어 가고 있다는 느낌이 들었다.

지금 자신들은 기운을 개방해서 표사들을 압박하고 있었는데 저들은 아무런 영향을 받지 않는 듯이 서로 낄낄거리며 자신들을 평가하고 있었다.

오히려 두려워하는 것이 아니라 신나 있는 표정으로 자신들을 바라보고 있었다.

"크크크. 표사라는 거 생각보다 재미난 직업이었네? 이렇게 즐길 거리도 생기고 말이야."

"그러게 말이야. 크크크크. 앞으로도 가야 할 길이 먼데 기대해도 되겠어."

표사들이 하는 대화치곤 무언가 이상했다.

분명히 자신들이 위일 텐데 저들이 하는 대화는 마치 자신들이 이류 무사들을 마주했을 때나 할 법한 대사들이었기 때문이었다.

그들은 더욱더 기운을 집중하여 저들을 압박하기 시작했다.

"오호! 찌릿찌릿한걸? 다른 데서 힘 좀 주고 다녔나 봐?"

"우와! 이거지! 이래야 강호지! 하하."

기세를 더욱 올리니 오히려 신나 하며 좋아했다.

복면인들은 당황했지만, 우두머리는 그저 저들의 허세라고 생각하고 앞으로 나섰다.

"당황하지 마라. 낭인 놈들은 허세가 심한 것을 잘 알고 있지 않으냐? 네놈들. 지금까지는 그러한 허세가 먹혀들었겠지만, 오늘은 상대를 잘못 만났구나."

우두머리가 앞으로 나서자 당황하던 복면인들의 기세가 진정되면서 눈빛이 가라앉았다.

그리고 그들을 압박하던 기세가 살기로 변하기 시작했다.

"우와! 살기도 제법이고? 그런데…… 누가 그래? 우리가 낭인이라고?"

표사들이 갸웃거리며 묻자 우두머리가 웃으며 말했다.

"왜? 정체가 들통나니까 이제야 겁이 나는 것이냐? 늦었다. 너희들의 생은 여기까지니까."

"뭔 개소리야? 우리 낭인 아닌데? 대천룡표국의 표사님들이시다."

표사들의 대답에 복면인들은 피식거리며 그들이 도망가지 못하게 주변을 에워싸기 시작했다.

"그래. 그렇다고 치자꾸나. 처리하고 따라와."

"네!"

우두머리의 말이 끝나기가 무섭게 복면인들이 표사들을 향해 돌진하기 시작했다.

우두머리는 그곳에 신경을 쓰지 않고 천룡표국을 놓칠세라 그들이 있는 곳을 다시 주시하기 시작했다.

표사들이 이곳에 왔다는 것은 자신들이 쫓고 있다는 사실을 저들도 알고 있다는 뜻이다.

하지만 크게 신경 쓰지 않았다.

자신들의 상대가 되지 않을 것으로 생각을 하고 있기 때문이었다.

그렇게 잠시 생각을 하고 있는데 요란한 소리가 울렸다.

퍼퍼퍼퍼퍼퍽!

쩌적! 콰쾅!

"커헉!"

"켁!"

털썩! 털썩! 털썩!

요란했던 소리는 얼마간의 시간이 지나고 다시 조용해졌다.

고요함에 우두머리는 뒤도 돌아보지 않고 미소를 지으며 말했다.

"끝냈으면 이제 일 시작하자. 일단 저기 저 마차에 있는 놈들을 먼저 제압한다."

그리고 발걸음을 옮기려는데 부하들이 따라오는 기척이 느껴지지 않았다.

이상한 생각이 들어 뒤를 돌아보니 표사들이 아닌 자신의 부하들이 모두 바닥에 널브러져 꿈틀거리고 있었다.

"헉! 이, 이게 무슨……."

당연히 쓰러졌을 것으로 생각한 표사들은 불만이 가득한 얼굴로 짜증을 내고 있었다.

"카악! 퉤! 시바, 이게 뭐야? 아까는 그럴싸하더니만! 쭉정이들이네!"

"그러게! 에이씨! 입맛만 버렸네!"

"어찌 한 수를 견디는 놈들이 없냐?"

"그러니까 살살 하랬잖아! 살살!"

그러다가 일제히 우두머리를 쳐다보았다.

남은 먹이를 바라보는 포식자들처럼.

그 모습에 너무나도 놀란 나머지 뒷걸음질을 치다가 나무뿌리에 걸려 넘어졌다.

오십에 달하는 인원이다.

그것도 일부는 초일류에 가까운 고수들이었다.

그런 부하들을 순식간에 제압한 것이다.

남궁가에서 이런 형편없는 표국에 의뢰를 하고도 남궁가 무인들을 배치하지 않은 이유가 있었다.

내내 찝찝했던 이유가 바로 이것이었다.

그걸 의심했어야 했다.

자신의 멍청함을 자책하다가 다시 보니 표사들이 가위바위보를 하고 있었다.

무언가 순서를 정하는 것 같았다.

"가위! 바위! 보!"

"우와! 내가! 내가 이겼다!"

"에이씨! 좋다 말았네."

"쳇! 야, 재미 적당히 보고 와. 애네들 교육해서 데려가려면 시간이 부족하니까."

"으흐흐흐흐! 알았어."

멍하니 보고 있는데 가위바위보를 진 사람들이 자신의 부하들을 점혈 하고 있고, 가위바위보에서 이긴 사람은 자신을 향해 해맑은 표정을 지으며 다가오고 있었다.

그 모습이 마치 저승사자가 다가오는 기분이 드는 우두머리였다.

하지만 이대로 당할 수는 없는지 정신을 차리고 벌떡 일어나 칼을 뽑아 들고 언제든지 공격을 할 수 있는 자세를 잡았다.

"우와! 나랑 한판해야 하는 걸 어찌 알고 준비까지 바로바로 하냐? 이쁜 것! 크크크."

제발 자신이 생각한 것이 틀렸기를 바랐는데 아니었다.

자신을 상대할 사람을 뽑는 것이 맞았다.

기세가 잘 느껴지지 않았기에 이류 낭인 무사 정도로 생각을 했는데, 아니었나 보다.

자신보다 고수라는 소리다.

망해 가는 표국이 무슨 재주가 있어서 이러한 고수들을 고용했을까?

지금은 그런 게 중요한 게 아니었다.

상황을 보아하니 자신을 향해 다가오는 놈을 제외하곤 이쪽에 전혀 관심들이 없어 보였다.

자신에게 관심이 없다는 얘기는 한 명만 처리하면 도주할 방법이 생긴다는 뜻이다.

'그래, 딱 보니 날 만만하게 보고 방심을 하고 있구나. 기습해서 처리한 후 최대한 이곳을 벗어나자.'

그렇게 생각하며 정신을 집중하기 시작했다.

단 한 번의 기회를 최대한 살려야 했다.

조금만 더…… 조금만 더…….

'지금이다!'

우두머리는 자신이 가지고 있는 모든 힘을 한 곳에 집중하여 기습했다.

쐐애액!

콰콰쾅!

온 힘을 다한 공격이 맞았는지 엄청난 기파와 함께 충격파가 퍼지며 사방에 먼지구름이 피어올랐다.

그 속에서 검 끝에 무언가가 확실하게 박히는 느낌이 들었다.

'됐다!'

회심의 미소를 지으며 이제 이곳을 탈출하기만 하면 된다는 생각에 검을 회수하고 재빨리 몸을 돌리려는 찰나에 먼지 속에서 목소리가 들렸다.

"기습은 그렇게 하는 게 아니야."

"헉! 설마?"

파앙!

표사가 손을 휘젓자 먼지구름이 튕겨 나가듯이 사라졌다.

그리고 그 앞에는 자신이 온 힘을 다해 날린 검을 손으로 잡고 서 있는 표사가 보였다.

딸꾹!

히죽히죽 웃으며 자신을 바라보는 이 괴물을 보니 자신도 모르게 딸꾹질이 나왔다.

비록 자신이 무림맹에서 미움을 받아 이렇게 뒤처리나 하며 보내는 하류 인생이 되었지만 나름 절정에 신공까진 아니지만 어디 가서 꿀리지 않는 무공도 있었다.

그런데 이자는 그러한 자신이 혼신을 향해 날린 검을 아무렇지도 않게 손으로 잡았다.

'설⋯⋯마. 초절정 그 이상이라는 건가? 말도⋯⋯ 안 되는⋯⋯.'

"뭘 그렇게 심각하게 생각하고 있어? 자! 다시 해 보자. 아까 이 부분이 살짝 부족하더라. 그거 참고해서 다시 와 봐."

다정하게 웃으면서 움켜쥐었던 검을 놔주었다.

누가 보면 사제 간에 무공을 봐주는 줄 착각할 정도로 다정했다.

표사는 두 팔을 벌려 어서 공격하라는 신호를 보냈다.

자신 앞에 지옥 길이 펼쳐진 기분이었다.

우두머리는 무언가 결심을 한 듯 복면을 벗었다.

그리고 비장한 얼굴로 자신 앞에 있는 표사를 쳐다보았다.

"오호! 자신의 모든 것을 걸고 온다는 것인가? 좋아! 남자라면 그래야지!"

우두머리의 각오가 느껴졌는지 더욱더 환한 미소를 지으며 기대하는 표사였다.

털썩!

하지만 그의 기대와는 다르게 우두머리는 표사 앞에 무릎을 꿇으며 매달렸다.

"살려 주십시오! 저는…… 저는 그냥 위에서 시켜서 한 죄밖에 없습니다. 살고 싶습니다! 살려 주십시오!"

비장했던 얼굴은 이미 사라진 지 오래고 눈물 콧물이 온 얼굴을 뒤덮고 있었다.

빠아악!

그 모습에 열이 뻗친 표사가 뒤통수를 후려갈겼다.

단 한 방에 입에 거품을 물고 기절을 한 우두머리를 보며 짜증을 냈다.

"시바! 그래도 남자답게 덤볐으면 적당히 하고 말랬는데…… 넌 내가 지옥 훈련을 시켜서라도 네놈 실력을 키운 뒤 두고두고 데리고 다니면서 대련하고 만다."

그 말에 기절한 상태임에도 몸을 떠는 우두머리였다.

표사는 짜증 나는 얼굴로 우두머리의 발을 잡고 질질 끌어서 자신의 동료들이 있는 곳으로 이동했다.

꿈

하남성 신양으로 이전을 한 천금상단의 안에서 상단주와
총관이 무언가 대화를 나누고 있었다.

"천룡표국이 표행을 떠났다고? 어찌 그게 가능하단 말인
가?"

"이번에 남궁세가의 의뢰를 받았다고 합니다. 이렇게 되면
계획에 차질이 생길 것 같습니다."

총관의 말에 천금상단주인 배금령의 인상이 구겨졌다.

"천룡표국에 의뢰가 들어가지 않게 하려고 내가 그동안 얼
마나 노력을 했는데…… 끈질기군…… 무너질 듯하면서도
끝까지 버티는 지독한 놈들……."

"남궁세가가 천룡표국과 손을 잡을 줄을 몰랐습니다."

"흥! 남궁가도 급하긴 급했나 보군. 다 쓰러져 가는 표국과
손을 잡을 정도로 말이야."

"그런 것 같습니다. 어차피 무림맹에 찍혔으니 크게 신경
쓰지 않아도 알아서 무너지지 않겠습니까?"

"아니야. 그리 생각하면 안 돼. 남궁가는 저력이 있는 세가
다. 또한, 그는 천검문과 혈연으로 이어져 있어. 쉽게 무너질
가문이 아니야."

"그러면 위험한 거 아닙니까? 남궁가에서 무사들을 지원했을 수도 있지 않습니까?"

"하하, 지금 남궁가는 무사를 빼낼 여력이 안 된다. 언제 어디서 무슨 일이 벌어질지 모르는 상황이기 때문이지. 사방이 적이거든."

천금상단은 무림맹이 형성될 때 누구보다 빠르게 그들을 적극적으로 지원함으로써 상단의 규모를 전보다 열 배 넘게 키웠다.

또한, 창업 공신으로 인정을 받아 무림맹 내에서 입지도 높은 편이었다.

이제 어느 정도 자리도 잡혀 가고 있었으니, 자신의 목표인 유가연을 차지하기 위해 다시 천룡표국에 마수를 뻗치고 있었다.

"그러면 안심이고요. 어찌할까요? 공격할까요?"

"흠, 지금 천룡표국의 사정으로 보면 어중이떠중이들 모아서 표행을 떠났을 것 같긴 한데……."

"무림맹에 지원을 요청해 보는 건 어떻습니까?"

"뭐, 인마? 그래도 정의를 수호한다는 명목하에 모인 단체인데……. 표국을 공격하는 일에 도움을 달라고 하자고? 제정신이야?"

"죄, 죄송합니다. 제가 생각이 짧았습니다!"

"정신 차려! 우리가 무림맹에서 입지가 좋아졌다지만 여긴

소리 없는 전쟁터야. 조그마한 실수가 나중에 크게 되어 돌아올 수도 있다. 특히나 너는 총관이니 더욱더 조심하란 말이야."

그렇게 말을 하고는 차를 한 모금 마시다가 무언가 떠올랐는지 옆에 있는 총관에게 말했다.

"전에 무림맹에 입맹하기 위해 돈이 필요하다며 우리에게 돈을 빌려 간 문파들이 좀 되지?"

"네! 그렇습니다. 혹시 그들을 이용해서?"

"굳이 우리 애들 손까지 쓸 필요가 있나? 우리에게 돈을 빌려 간 문파 중에서 그래도 좀 힘 좀 쓴다고 하는 문파에게 넌지시 말을 해. 이번 일을 해 주면 빚은 탕감해 준다고 말이야."

"네? 정말입니까? 그들이 빌려 간 돈이 적은 돈이 아닌데?"

"쯧쯧. 내 평생소원을 이루는 일이다. 그깟 푼돈에 연연할 때가 아니야. 자네도 알지 않는가? 내가 유가연 고것을 얼마나 가지고 싶어 하는지를……."

"아, 알겠습니다. 지금 바로 가서 처리하고 오겠습니다."

"그래. 어서 가 봐."

그렇게 총관을 보내고 배금령은 음흉한 웃음을 지으며 차를 홀짝거렸다.

'흐흐흐, 유가연. 유가연. 넌 내 거야.'

찰싹! 찰싹!

자꾸 뺨이 따갑다.

잠이 든 지 얼마 되지 않은 것 같은데 이상했다.

잘 떠지지 않는 눈을 억지로 떠서 보니 낯선 공간이 눈에 들어왔다.

"이제 정신 차렸네?"

누군가 자신의 눈앞에 얼굴을 들이밀며 말했다.

누군지 좀 더 자세히 보기 위해 눈에 힘을 주었다.

짜악!

눈에 힘을 주는 순간 다시 뺨에 충격이 왔다.

"이게 죽으려고! 어디에다가 눈을 부라려!"

억울하다.

눈을 부라린 게 아닌데…….

다시 정신을 차리고 주위를 둘러보니 표국의 표사들로 보이는 자들이 자신을 빙 둘러싸고 있었고, 그 가운데 머리가 붉은 청년이 부채질하며 자신을 바라보고 있었다.

'뭐지? 내가 왜 여기 있는 거지?'

뭐가 뭔지 지금 이 상황이 전혀 이해되지 않았다.

"야야, 아직 정신 못 차린 거 같은데? 어찌 된 거야? 더 기다려야 하나?"

어디선가 자신의 앞에 있는 표사를 갈구는 목소리가 들린다.

"죄송합니다! 아까 머리를 너무 세게 갈긴 것 같습니다. 후딱 조치하도록 하겠습니다!"

빠악!

뒤통수에 다시 엄청난 충격이 다가왔다.

그리고 다시 눈을 떴을 때 모든 기억이 났다.

습격을 왔다가 한 방에 기절했던 것이 떠올랐다.

"이제 정신이 좀 드냐? 우리 할 얘기가 많지?"

남자의 말에 정신없이 고개를 끄덕였다.

"그럼 묻는 대로 다 대답할 거지?"

"넵!"

나의 대답이 만족스러웠는지 미소를 머금으며 물었다.

"정체."

"네?"

빠악!

뒤통수가 없어지는 고통과 함께 다시 정신이 번쩍 들었다.

"넵! 저희는 무림맹 소속으로 건방지게 남궁가의 표행 의뢰를 받았다는 이유로 천룡표국을 손봐 주라는 명을 받고 왔습니다!"

"남궁세가의 의뢰를 받은 게 왜 건방지지?"

"넵! 무림맹에서 가입 권유를 했음에도 무시했다는 이유입니다!"

눈앞의 남자는 어이가 없는 표정으로 자신을 바라보다 붉은 머리 쪽으로 고개를 돌리며 말했다.

"그렇다는데요."

아······.

저자가 이들을 고용한 고용주인가 보다.

"나 참나······ 진짜 그게 이유라고? 하는 짓이 완전 동네 건달패거리만도 못한데?"

나의 대답이 못 미더운지 시큰둥한 표정으로 나를 노려본다.

"정말입니다! 사실 저는 아는 게 그다지 많지 않습니다! 저 같은 말단이야 위에서 까라면 까라는 수밖에 없습니다! 제발 불쌍히 여겨서 살려 주십시오. 훌쩍."

나는 최대한 불쌍한 표정을 지으며 애원했다.

"흐음······."

고민하는 모습이 나를 죽일까 살릴까 고민하는 것 같았다.

고개를 조아리며 부디 자신이 살 수 있는 길이 열리길 빌었다.

"살고 싶냐?"

"넵!"

살고 싶냐? 라는 말이 나오기 무섭게 다른 소리를 할까 싶어 잽싸게 대답했다.

"그럼 우리 표국에서 일해라. 그럼 살려 주고. 아니면 뭐 죽여야지."

"일하겠습니다! 시켜만 주시면 견마가 되어 열심히 일하겠습니다! 사실 제 꿈이 쟁자수였습니다. 헤헤헤."

살기 위해 발버둥 치는 나를 보며 어이가 없다는 듯이 웃는 그들을 보며 살 수 있다는 희망을 품었다.

그러자 붉은 머리가 고개를 끄덕이며 표사들에게 말했다.

"좋은 자세네. 딱히 정신교육은 안 해도 될 것 같다. 안 한다고 했으면 사흘 밤낮으로 패고 다시 물어볼랬더니……."

소름이 돋았다.

말 한마디 잘못했으면 돼지 잡듯이 처맞을 뻔했다.

등 뒤가 식은땀으로 축축하게 젖어 갔다.

"알아서 적당하게 배치해."

"존명!"

표사들의 동작이 절도 있다.

아무리 봐도 낭인들이 아니었다.

물론 낭인들은 고용이 되면 고용주에게 깍듯하게 대한다.

하지만 저들처럼 존명을 외치며 절도 있게 행동하지 않는다.

진실로 충성을 맹세한 자들에게서만 나오는 자세였다.

붉은 머리가 사라지자, 조금 전까지 절도 있게 행동하던 자들이 다시 껄렁해졌다.

"야! 이제부터 우리 한 식구네? 크크."

한 놈이 침을 뱉고 건들거리며 나에게 물었다.

"넵! 그렇습니다! 앞으로 잘 부탁드리겠습니다!"

목청이 터져라 외쳤다.

경험상 처음이 중요하다는 것을 알기 때문이었다.

"이야, 빠릿빠릿하네! 맘에 든다!"

"감사합니다!"

그러더니 인상이 더럽게 생긴 두 놈을 불러 내 앞에 세운다.

"야, 이 둘 중에 누가 더 젓갈같이 생겼냐?"

"……."

말문이 막혔다.

인상도 더러운 놈들이 살기도 더럽게 뿌리고 있었다.

"어쭈? 대답 안 해? 벌써 개기는 거야?"

"저…… 그게. 이쪽 분이십니다!"

이래도 맞고 저래도 맞을 거…… 그나마 좀 덜 아프게 때릴 것 같은 사람을 골랐다.

그러나…… 내 예상은 틀렸다.

"푸하하하하하하! 제가 뭐라고 했습니까? 조장님을 선택한다 했죠? 제가 이겼습니다! 어서 돈 주세요! 돈!"

아뿔싸…… 저놈이 상관이었구나.

조장이라는 자가 엄청난 얼굴을 하고 나에게 다가온다.

내 인생 안녕.

그렇게 나의 천룡표국의 쟁자수로서 하루가 시작되었다.

❧

－그러니까 저놈들을 보낸 것이 무림맹이다, 이거지?

－네. 하는 짓이 세상 쪼잔해서 입에 담기도 뭐하네요.

－허…… 그런 놈들이 무림의 평화를 입에 담아? 미친놈들…….

－이게 다 대사형 때문이잖아요. 그놈들이 그동안 얼마나 억눌려 지내 왔으면 감투 쓰자마자 저렇게 지랄 염병을 떱니까? 좀 여기저기에 권력도 나눠 주고 했어야죠!

－그게 왜 내 탓이야? 지들이 지레 겁먹고 벌벌 떨면서 가만히 있었으면서? 그리고! 나 없었으면 지금 혈천교 아래서 그놈들 발가락이나 빨고 있었을 놈들이!

－아무튼, 절대로 국주님한테는 비밀입니다. 아시면 충격이 크실 거예요.

－안 그래도 적당히 둘러댔다. 갱생시키기 위해 쟁자수에 넣겠다고 허락도 받았고.

무광, 천명, 태성이 전음으로 열심히 대화하고 있을 때 유가연이 어두운 얼굴로 한숨을 쉬며 앉아 있었다.

"가연아, 왜 한숨이니?"

옆에 있던 천룡이 그 모습을 보고 물었다.

"그냥…… 제 인생이 왜 이럴까 싶어서요……. 그저 아버지가 물려주신 표국을 일으켜 세우고 싶을 뿐인데……. 계속 실수투성이에…… 발버둥 칠수록 자꾸 여기저기서 적이 생기네요……. 전 이 일하고 안 맞나 봐요."

무림맹이라는 큰 단체에서 습격했다고 하면 유가연이 큰 충격을 받을까 봐, 일부러 누군가의 사주에 의한 습격 같다고 둘러댔다.

하지만 그것도 그녀에겐 충격이었다.

자꾸 자신의 표국을 공격하는 적들이 생기니까.

시무룩해 있는 게 보기 안쓰러웠는지 천룡이 유가연의 어깨를 두드려 주며 말했다.

"가연이 인생이 어때서? 내가 볼 땐 세상 최고의 인생인 것 같은데? 나를 만났잖아."

그 말을 하고선 쑥스러웠는지 고개를 살며시 돌리는 천룡이었다.

그 모습에 유가연은 웃음이 나왔다.

'그래. 표국을 안 했으면 가가를 만나지도 못했을 것이고, 여기 계신 분들도 못 만났겠지. 내가 너무 부정적으로만 생각했구나…….'

그러한 생각을 하면서 살포시 천룡의 품으로 파고들었다.

"고마워요. 가가."

유가연의 따뜻한 체온이 느껴지자 천룡은 기분이 좋은지 세상을 다 가진 얼굴이었다.

"그, 그래."

"고마워요. 공자님들."

유가연의 인사에 나머지 제자들도 헛기침하며 쑥스러워하며 손을 내저었다.

"아유, 아닙니다! 저희 사부를 이렇게 웃게 해 주신 것만으로도 저희가 감사해야죠."

"맞습니다! 사부님을 잘 부탁드립니다!"

"험험! 그 걱정 안 하셔도 됩니다. 저희가 누굽니까! 걱정하지 마시고 앞으로 표국을 크게 키우시면 됩니다."

"네! 저 힘낼게요!"

눈을 부릅뜨며 각오를 다지는 유가연을 다들 흐뭇한 얼굴로 바라봤다.

❧

닷새 후.

천룡표국 일행은 넓은 공터에 자리를 잡고 야영을 시작했다.

야영지 주변을 정리하고 잡다한 일들은 닷새 전에 잡아 온 무림맹 무인들에게 시켰다.

잡혀 온 무림맹의 무인들은 적응력이 어찌나 빠른지 처음부터 마치 일행이었던 것처럼 위화감 없이 무리에 녹아들어 움직이고 있었다.

　그 모습을 보며 표사들이 한마디씩 했다.

　"와…… 쟤들은 어딜 가도 죽지 않고 살아남겠다. 적응력이 아주 남다르네."

　"그러게. 내 살다 살다 저렇게 적응을 빨리하는 놈들은 처음 본다야."

　"붙임성도 좋아서 막 뭐라 할 수가 없더라."

　"크크크크. 난 놈들이여. 아주."

　그렇게 새로 합류한 무인들까지 합세하여 순식간에 야영 준비를 마쳤다.

　"야! 이제 너희들은 쟁자수 오(五) 조다. 알겠냐?"

　일을 다 끝마친 무림맹 무인들을 불러 모으고 나서 그들에게 직책을 내려 줬다.

　"네가 여기의 조장이다. 잘해라."

　"넵! 쟁자수 오(五)조장 허상! 잘하겠습니다!"

　무림맹 무리의 우두머리는 그렇게 쟁자수 오 조의 조장이 되었다.

　"자! 일단 주변 탐색부터 좀 하고 와라. 딱히 큰 위험도 없어 보이고, 뭐 있어도 어느 정도 대처는 할 수 있을 듯하니……."

　"넵! 애들아, 가자!"

쟁자수 오 조로 편입된 무인들은 사방으로 인원을 나눠서 탐색을 나섰다.

"탐색하는 길에 사슴이나 멧돼지가 보이면 잡아 오고!"

탐색을 떠나는 오 조원을 향해 외치는 표사들이었다.

❧

밖에서 이렇게 시끌벅적거리고 있을 때 천막 안 숙소에서 무광이 눈빛을 빛내며 말했다.

"어라? 이번 표행은 진짜 뭔가 있는 건가? 아님, 무림맹 놈들이 작정한 건가? 또 한 무리 오네?"

무광의 말에 천명과 태성이 집중을 하자, 이곳을 향해 달려오는 무리의 기운이 느껴졌다.

"어? 정말이네요? 마가 꼈나? 출발날을 잘못 잡았나 봐요."

"야야, 혹시라도 국주님 앞에서 그딴 소리 하지 마라. 또 의기소침해지실라. 그나저나 또 습격이 있다고 말하기 좀 그런데…… 간신히 달래 놨는데……."

"이번에도 딱히 크게 위험한 놈들은 없는데…… 문제는 계속 이렇게 피라미들만 몰려와도 피곤하겠는데요? 오는 놈들마다 다 잡아서 일꾼을 시킬 수도 없는 노릇이고……."

"이 새끼들! 자꾸 보내서 포로로 만든 다음 우리 식량을 축

내게 하려는 전략인가?"

무광이 씩씩거리며 말하자 천명과 태성이 고개를 저으며 말했다.

"에이, 대사형도 참…… 저들이 볼 때 그만큼 천룡표국이 만만한 거죠. 그런 애들만 보내도 된다고 생각할 정도로……."

그 말에 무광이 더 분노했다.

"이번 기회에 우리 천룡표국이 어떤 곳인지 똑똑히 알려 줘야겠어! 그래야 다신 이런 도발을 안 하지!"

"맞습니다! 그러기 위해선 일단, 이 표행부터 무사히 마쳐 야겠지요."

"밖에 애들한테…… 딱히 경고는 안 해 줘도 되겠지?"

"하하하! 농담이 지나치시네요. 저딴 놈들한테 당하면…… 그놈들은 제 손에 죽지요."

북풍한설이 담긴 듯한 차가운 눈빛으로 말하는 태성이었 다.

밖에서 야영하는 표사들 전부가 알 수 없는 오한에 휩싸인 것은 덤이다.

"야, 갑자기 좀 쌀쌀하다. 불 좀 더 때 봐."

"너도? 나도 그런데…… 어휴! 몸이 허해졌나. 왜 이러 지?"

야영장 곳곳에 펼쳐진 모닥불이 더 활활 타오르기 시작했다.

그 무렵, 무광이 말한 무리가 가까운 거리까지 온 뒤에 멀리 보이는 불빛을 보고 일제히 멈춰 섰다.

"장로님, 모닥불 수를 보니 저희 생각보다 인원이 꽤 되는 것 같습니다! 어찌할까요?"

"이미 알고 있는 내용이다. 이번 표행이 저들의 사활이 걸려 있는 표행이라 모든 것을 동원했을 것이라고…… 아마 표사들도 여기저기서 모집해서 채워 넣었겠지."

장로라 불린 사람의 말에 무사들이 경청했다.

"급하게 불러 모은 무사들의 실력이 뛰어나면 얼마나 뛰어나겠냐. 기껏해야 낭인 시장에 가서 모은 삼류 낭인들이겠지. 아니면 대충 표사로 보이게 만들어 사람만 채워 넣었던가."

그렇게 말하며 저 멀리 목표를 바라보며 계속 말을 이어 나갔다.

"그래도 우리 전력을 노출해서 괜히 피해를 볼 필요는 없겠지. 좀 더 어두워지면 가장자리부터 정리한 후 중앙을 돌파한다."

"알겠습니다."

그때 멀리서 무언가 움직이는 소리가 들렸다.

사사삭-! 사삭-!

"누군가 이쪽으로 오고 있습니다!"

그 말과 함께 일제히 경계하며 그 소리가 들리는 방향을 주시하기 시작했다.

표국의 일행이라면 저 멀리 있는 자들이 알기 전에 조용히 처리해야 하기 때문이었다.

그렇게 한참을 집중하자 갈대숲에서 네 명의 사람이 모습을 드러냈다.

갈대숲을 헤치고 나온 그들은 갑자기 많은 수의 무인들이 나타나자 화들짝 놀라며 검을 뽑아 들었다.

챙―! 촤촤챙―!

"누구냐! 정체를 밝혀라!"

"우리는 천룡표국의 쟁자수들이다!"

상대방의 입에서 쟁자수라는 소리를 듣자 안심하는 소리와 함께 여유로운 표정으로 그들을 둘러싸며 말했다.

"쟁자수라……. 쟁자수면 쟁자수답게 물건이나 나를 것이지 순찰을 하다니……. 평소였으면 너희들은 살려 주었겠지만…… 오늘은 시기가 좋지 않구나. 이것 또한 너희들의 운이니 우릴 너무 원망하지 말아라."

그러고는 손을 들어 공격하라는 표시를 했다.

장로의 뒤에 있던 무사들이 일제히 발검(拔劍)하며 쟁자수들을 공격했다.

하지만 그들의 공격은 쟁자수들의 칼에 의해 허무하게 막혔다.

채채채채챙-!

그리고 바로 반격을 하는 쟁자수들.

그 기세가 범상치 않았다.

네 명이 하나 되어 공격하는 쟁자수들은 그 합이 절묘하게 잘 맞았다.

"뭐야! 이 자식들 단순한 쟁자수들이 아니다! 모두 전력을 다해라!"

"우리를 방심하게 하려고 자신들을 속이다니! 이런 비겁한 놈들!"

뭐 뀐 놈들이 성낸다더니 이놈들이 딱 그 짝이었다.

어이가 없는 쟁자수들이 외쳤다.

"뭐? 그럼 우릴 죽이려는 놈들을 상대로 가만히 있으란 말이냐? 그리고 우린 쟁자수 맞다! 비겁하게 기습 따위나 하는 놈들에게 그딴 소리는 듣고 싶지 않다!"

순식간에 수십 합이 지나가며 선방하고 있었지만 수에 의한 전력이 너무도 부족했다.

그렇게 점점 밀리기 시작했을 때 다른 곳을 탐색하던 나머지 오 조 쟁자수들이 모습을 드러냈다.

그들이 나타남으로 인해서 이제 머릿수도 어느 정도 맞춰진 것이다.

전투가 잠시 소강상태가 되었고, 이들은 서로 대치하고 있었다.

"으드득! 미리 습격에 대비하고 있었구나…… 그리고……
예상보다 강한 무사들을 고용했나 보구나."

상대방의 말에 오 조장 허상은 괜히 뜨끔했다.

전에 자신들의 모습과 겹쳤기 때문이었다.

그들을 유심히 관찰한 결과, 자신들과 붙으면 막상막하였
다. 승패를 장담할 수는 없는 상황이었다.

어찌하나 고민을 하고 있던 찰나에 전음이 귓가를 때렸다.

─야! 지면 죽는다 생각해! 뒤에 우리가 있으니까 겁먹지 말
고 붙어!

그 전음을 듣는 순간 온몸에서 알 수 없는 힘이 샘솟기 시
작했다.

사기(士氣)가 오른다는 말이 무엇인지 실시간으로 체감하고
있었다.

이 자리에 모인 쟁자수들이 모두 사기가 충전하여 이글거
리는 눈빛으로 발산하고 있었다.

'뭐지? 이놈들 기세가 돌변했다…….'

미적지근한 태도에서 적극적인 태도로 바뀌자 정체불명
무리의 장로는 당황했다.

이곳에 오기 전만 해도 이렇게 당황하는 일은 없을 것이라
고 자신하고 왔는데 말이다.

반면에 쟁자수들의 사기가 충전하는 이유도 있었다.

생각해 보니 자신들의 뒤에 아무도 없는 게 아니었다.

자신들의 뒤에는 언제든지 자신들을 구해 주러 올 동료들이 있었고, 그 동료들이 상상을 초월하는 괴물들이라는 것이었다.

처음에는 표국에서 정말 전 재산을 털어 몇 명의 고수들을 초빙한 줄 알았다.

그래서 기회를 봐서 저 고수들이 잠시 자리를 비우거나 없을 때 이곳을 빠져나가기로 했었다.

하지만 그 생각은 오래가지 않았다.

표사 무리가 있는 곳에 오자마자 느꼈다.

여기 있는 표사들 하나하나가 괴물들이라고…….

그런 괴물들이 무려 백 명 가까이 있었다.

이런 괴물들이 모여 있는 표행을…….

어중이떠중이가 모여 있어서 쉬울 거라며 자신들에게 정보를 준 그놈…….

나중에 반드시 잡아서 죽인다고 다짐을 했다.

그렇다고 이 표국에 뼈를 묻을 생각은 아니었다.

그러나…….

이 괴물들이 마차 안에서 나온 네 사람에게 쩔쩔매는 것이었다.

심지어 붉은 머리에게는 얻어터지기까지 했다.

그 모습에 이제 저들은 고용주고 뭐고 끝났구나! 라고 생각을 하며 눈을 질끈 감기까지 하지 않았던가.

저 괴물들이 저런 대접을 받고도 참을 거라곤 생각하지 않았기 때문이었다.

하지만 그건 자신의 착각이었다.

오히려 맞은 괴물들이 두려움에 덜덜 떨고 있었다.

그때 괴물들이 방주님이라는 단어를 사용했다.

강호무림에는 수많은 방파가 존재한다.

그중에서 방주라는 단어를 사용하는 방파 역시 많다.

하지만 방주라고 불리면서 머리가 붉은색인 방파는 자신이 알기에 단 한 곳밖에 없었다.

'구룡방!'

소름이 온몸을 휘감았다.

이제 저 괴물들이 왜 저렇게 두려움에 덜덜 떨었는지 모든 것이 이해되었다.

그리고 왜 저 표사들이 그렇게 강한지도 알게 되었다.

미친 표국이 구룡방에게 의뢰를 맡겼다고 생각을 했다.

그리고 그 구룡방의 방주가 직접 나섰다는 사실이 그들을 더욱 경악하게 만들었다.

더는 놀랄 것이 없을 것으로 생각했다.

그런데!

이번엔 구룡방주가 다른 청년에서 온갖 아부를 떠는 것이었다.

그러다가 그 청년에게 한 대씩 맞기도 했다.

그때 하도 눈을 크게 떠서 아직도 눈언저리가 아려 왔다.

심지어 그 네 명 중에서 서열이 제일 낮은 듯 보였다.

나중에 표사들에게 진실을 듣고 너무 놀라 턱이 빠지기까지 했었다.

그 뒤로 자신들을 이 지옥에 던진 무림맹을 버렸다.

자신들이 있을 곳은 바로 여기 천룡표국이었다.

그들 뒤에는 중원…… 아니, 고금 최강의 전력이 버티고 있었다.

사기가 하늘 높이 치솟을 만한 이유다.

다시 보니 자신들의 앞에 서 있는 저 녀석들이 너무나도 우스워 보였다.

"우리는 최강표국! 천룡표국의 쟁자수다! 전원 공격!"

시간이 흐르고.

혼신의 힘을 다해 공격하고, 젖 먹던 힘까지 쥐어짜며 칼을 휘두르고 나니 어느덧 승부가 갈리고 있었다.

장로라 불리던 자만이 피범벅이 되어 간신히 칼을 지팡이 삼아 서 있었다.

"그르륵, 그르륵…… 네……놈들의 정체……가 그르륵…… 무엇이냐?"

피가래가 끓는 소리와 함께 장로가 물었다.

"허억, 헉헉. 쟁자수……라고 몇 번을 말해……. 헉헉."

"거……짓말하……."

털썩-!

끝내 자신의 말을 다 하지 못하고 쓰러지는 장로였다.

그가 쓰러지자 긴장이 풀린 오 조 쟁자수들도 자리에 주저앉으며 안도의 한숨을 몰아쉬었다.

그런 그들을 가만히 지켜보던 태성이 부하들에게 말했다.

"저놈들 숙소로 옮기고 치료해. 그리고 저 정체 모를 놈들도 싹 다 치료해서 내 앞으로 데리고 와."

그렇게 말하고는 자신의 사부와 사형제들이 있는 숙소 쪽으로 발길을 돌렸다.

완전한 어둠이 찾아오자 표사들은 잡혀 온 무리를 한곳에 모았다.

그리고 그들이 정신이 들기 전까지 이런저런 이야기를 나누고 있었다.

"그러니까 너희들은 전혀 모르는 애들이다. 이거지?"

"네! 그렇습니다!"

태성이 묻자 전(前) 무림맹 소속이었던 오 조 쟁자수들이 말했다.

"흐음, 너희들이야…… 남궁세가라는 확실한 이유가 있다지만, 이놈들은 뭐지? 깨어나 봐야 알겠는데?"

턱을 긁적이며 깨어날 기미가 보이지 않는 불청객들을 바라보았다.

그렇게 바라보고 있을 때, 한 명이 꿈틀거리며 일어날 기색을 보였다.

"오호! 저놈 일어나려고 한다. 가서 끌고 와."

태성의 명에 잽싸게 꿈틀거리는 인영을 질질 끌고 태성 앞에 대령하였다.

그리고 찬물을 뿌려 정신이 확실하게 들게끔 했다.

촤악-!

"푸아악! 어푸어푸!"

갑자기 얼굴에 쏟아진 물에 놀랐는지 눈을 번쩍 뜨며 허우적거렸다.

그렇게 한참을 허우적거리다가 자신의 몸에 이상이 없다는 것을 깨닫고 주변을 두리번거렸다.

낯선 이들의 눈동자가 모두 자신을 향하고 있다는 사실을 깨닫고는 살짝 민망함에 얼굴에 홍조가 깃들었다.

하지만 이내 현재 상황을 깨닫고 자신이 잡혀 왔다는 기억을 되살렸다.

다시 주변을 둘러보니 자신의 앞에 붉은 머리만 의자에 앉아 있고 나머지는 서 있다는 사실을 알았다.

'저자가…… 제일 상관이구나!'

누가 결정권자인지를 파악한 후 고개를 숙였다.

"잘 잤어? 아주 푹 자던데?"

붉은 머리 태성의 물음에 잔 것이 아니고 너희들 때문에 기절했던 거다! 라고 외치고 싶었지만 차마 그럴 용기는 나지 않았다.

사방팔방에서 눈을 부라리며 엄청난 투기를 발산하는 놈들 때문이었다.

말 한마디 잘못했다가는 자신의 사지를 찢어발길 것 같은 인상들에 둘러싸여 있으니 기가 죽는 건 당연할지도 모른다.

"대답 안 하네? 역시 그냥 편하게 묻는 건 서로 신뢰도가 떨어지겠지?"

그 말이 끝나기가 무섭게 남자는 고개를 번쩍 들며 흔들리는 동공으로 태성을 보며 외쳤다.

"아, 아닙니다! 편하게…… 물으셔도 됩니다."

"아냐, 아냐! 그냥 물어보면 너도 좀 찝찝할 거 아냐. 그치?"

"절대 그렇지 않습니다. 제발……!"

눈물이 나왔다.

자신이 왜 이런 처지가 되었는지 생각을 해 봤다.

어릴 적부터 강호에 낭만이 있었다.

그래서 도시에서 가장 큰 문파에 무작정 가서 문도로 받아 달라고 했다.

받아 줄 때까지 계속 도전하고 또 하고 해서 결국 그 문파의 문도가 되었다.

그리고 재능이 있었는지 문파의 인정을 받아 나름 힘 좀 쓰는 위치까지 올라왔다.

그러던 어느 날 문파를 위해 더러운 일을 하나 해야 한다며, 지원자를 받는 장로의 말에 지금껏 자신을 키워 준 문파를 위해 자신이 할 수 있는 일이 생긴 것을 기뻐하며 지원했다.

그것이 지옥문으로 들어가는 일인 줄도 모르고 말이다.

꿈이기를 바랐지만 지금 이 상황은 현실이었다.

살고 싶은 간절한 마음을 담아 크게 외쳤다.

"저, 저기 누워 있는 자가 이번 일을 계획하고 진행한 자입니다! 저자에게 물으시면 모든 것을 알 수 있을 겁니다!"

남자의 손끝으로 모든 시선이 몰렸다.

그곳에는 곧 죽어도 이상하지 않을 노인네가 하나 누워 있었다.

"저기 시체? 아닌가? 그리고 보니 저놈을 장로라 불렀다고?"

"그렇습니다! 저놈이 저희 문파의 장로입니다!"

살고자 하는 의지가 물어보는 족족 바로바로 답이 튀어나오게 했다.

"하하, 고놈 참. 대답 한번 시원하게 잘하네. 그래. 너희들 소속 문파가 어디냐?"

"네! 벽검문입니다!"

"벽검문? 그런 문파도 있어?"

"글쎄요? 저도 잘……."

"뭐 됐다. 그런 거 알아서 뭐 하냐. 암튼 누가 보냈어?"

태성이 별로 궁금하지도 않다는 듯 손을 휘휘 젓고 나서 물었다.

"그게…… 저도 잘……."

"몰라? 왜 몰라?"

"문파의 영광을 위해 꼭 해야 하는 일이라고만 들었습니다!"

보아하니 정말로 모르는 눈치였다.

"흠…… 갈파랑!"

태성이 자신의 옆에 서 있던 전(前) 흑룡대주 갈파랑을 불렀다.

"넵!"

"벽검문에 가서 문주 잡아 와."

"충!"

묻지도 따지지도 않고 표사들을 이끌고 사라지는 그들이었다.

그런 모습을 보며 남자는 더욱더 두려움에 떨었다.

저런 괴물들이 바글바글한 표국을 처리하라니…….

그렇게 두려움에 바들바들 떨고 있는데 나갔던 갈파랑이 다시 들어와 송구스러운 얼굴로 뒷머리를 긁으며 말했다.

"저희가 중원 지리도 모르고…… 벽검문 위치를 몰라

서…… 데려가겠습니다."

태성은 피식 웃으며 고개를 끄덕였다.

태성의 허락에 떨고 있는 무사를 들쳐 메고 고개를 다시 꾸벅이며 어둠 속으로 사라졌다.

다음 권으로 이어집니다

꿈의 도약, 로크에서 하십시오
(주)로크미디어에서 신인 작가를 모십니다

즐거운 세상, 로크미디어는 꿈을 사랑하고 도전을 두려워하지 않는 작가 분들의 참신한 작품을 기다리고 있습니다. 21세기 장르 문학계를 이끌어 갈 차세대 선두 주자 (주)로크미디어에서 여러분의 나래를 활짝 펴 보시길 바랍니다.

모집 분야 판타지와 무협을 포함한 장르 문학
모집 대상 아마추어 작가, 인터넷 작가
모집 기한 수시 모집

작품 접수 시 유의 사항

1. 파일명은 작가명_작품명.hwp형식을 갖춰 주십시오.
1. 파일에 들어갈 내용은 다음과 같습니다.
   — 성명(필명인 경우 실명을 밝혀 주세요), 연락처, 이메일 주소.
   — 제목, 기획 의도.
   — A4 용지 1장 분량의 등장인물 소개.
   — A4 용지 2장 분량의 전체 줄거리.
   — 본문.
1. 작품이 인터넷에 연재되고 있다면, 게시판명과 사이트의 구체적이고 정확한 주소를 기재해 주십시오.

선택된 작품은 정식 계약 후 출판물로 간행되어 전국 서점에 유통됩니다.
작가분은 (주)로크미디어의 전폭적인 지원하에 전속 작가로 활동하시게 됩니다.
※ 자세한 내용은 로크미디어 홈페이지(rokmedia.com)를 참조하세요.

(04167)서울시 마포구 마포대로 45 일진빌딩 6층
(주)로크미디어 편집부 신간 기획 담당자 앞
전화 : 02 - 3273 - 5135
www.rokmedia.com   이메일 : rokmedia@empas.com